Wolf von Dohrenberg

Heldenburg
Band 1

Das Geheimnis des Burgschreibers

Über den Autor:

"Wolf von Dohrenberg" arbeitete 40 Jahre als Berufsschullehrer, 3D-Artist und Moderator. Im Jahr 2011 veröffentlichte er einen Film mit dem Titel "Die Heldenburg im Jahr 1652". Die Dokumentation macht durch fotorealistische 3D-Computeranimationen Geschichte lebendig. Bei dieser Arbeit entstand die Idee zu der Heldenburg Romanreihe.

Danksagung

Viele Menschen haben Anteil daran, das diese Romanreihe enstehen konnte. Stellvertretend möchte ich folgende Personen nennen:
Meine Frau Brigitte und meine Freunde, die über viele Monate meine Fantasien "ertragen" mussten. Rabea Hartwig, Maik Bode und Steffen Döllerer, ohne die mein Cover blass geblieben wäre. Susanne Gerdes und Wolfgang Lange, die sich um Logiklücken und sonstige Fehler gekümmert haben. Dr. Elke Heege, die mir mit ihrer professionellen Kompetenz, mit Anregungen und historischen Dokumenten geholfen hat.

Bibliografische Information der Deutschen
Nationalbibliothek: Die Deutsche
Nationalbibliothek verzeichnet diese Publikation
in
der Deutschen Nationalbibliografie; detaillierte
bibliografische Daten sind im Internet über

dnb.dnb.de <http://dnb.dnb.de/> abrufbar.

„Herstellung und Verlag:

BoD – Books on Demand, Norderstedt

ISBN 9783749437191

Inhaltsverzeichnis

Über dieses Buch

Anfang des 17. Jahrhunderts wächst Konrad Gassner als Sohn einer Händlerfamilie in Wetzlar auf. Gerade 14 Jahre alt geworden, verschwindet plötzlich auf rätselhafte Weise sein Vater Robert auf einer Handelsreise: ein Trauma, das ihn nicht mehr loslässt. Nach der Lehre in einer Kunstgießerei im nahe gelegenen Hirzenhain wird Konrad als Söldner angeworben. Er durchlebt im Gefolge des großen Heerführers Tilly die Wirren des 30-jährigen Krieges. Als er nach vier langen Jahren die Gräueltaten nicht mehr erträgt, desertiert er. Auf der Flucht durch das Ilme- und Leinetal führt ihn sein Weg in den Flecken Salzderhelden und zur Heldenburg. Durch eine glückliche Fügung schlüpft Konrad in eine neue Identität als Burgschreiber. Zunächst froh, dem Albtraum Krieg entkommen zu sein, muss er einige packende Abenteuer bestehen und lernt seine große Liebe kennen.

Es ist ein historischer Roman, der aufwendig recherchiert ist und seine Leser auf eine spannungsgeladene, lebendige Zeitreise mitnimmt. Die fiktive Handlung orientiert sich an Originalschauplätzen im geschichtlichen Kontext.

„Das Geheimnis des Burgschreibers" wird in drei Bänden veröffentlicht.

1. Prolog – Goslar 1617

Die Wolken hingen bedrohlich tief. Wie eine undurchdringliche, dunkle Masse hatten sie die Sonne verdunkelt. Sturzregen prasselte seit Tagen unaufhörlich auf die Erde und verwandelte die Handelswege in eine einzige Schlammlandschaft. Dieses schon viel zu lange anhaltende Unwetter brachte Robert Gassners Zeitplan gänzlich durcheinander. Den Fluten trotzend, saß er zusammengekauert unter einer triefenden Plane auf dem Kutschbock, an seiner Seite sein Knecht Walter, der Robert bei allen Handelsreisen begleitete. Vor Anstrengung schnaufend, legten sich die muskelbepackten Zugtiere kräftig ins Geschirr, doch mehr als ein behäbiges Schritttempo war unter diesen widrigen Bedingungen nicht möglich. In dem aufgewühlten Untergrund fanden die Hufe der Rösser nur mühsam Halt. Die eisenbeschlagenen Räder des schwer beladenen Gefährts versanken bei jeder Umdrehung mehr. Robert setzte all seine Steuerkünste ein, um nicht noch kurz vor dem Ziel vom Weg abzukommen. Er war froh, dass er die Reichsstadt Goslar fast erreicht hatte. Ein deutlich zunehmendes und dichter werdendes

Sammelsurium aus Wagen, Karren und Kiepenträgern kündigte die alte Kaiserstadt bereits an. Doch leider führte dieses Getümmel zu immer mehr unwägbaren Hindernissen.

»Schau dir das an! Schon wieder so ein Landei, das uns aufhält!«

Ein Ochsenkarren hatte sich im morastigen Boden regelrecht eingegraben. Erbarmungslos drosch der Bauer mit einer langen Peitsche auf die Zugtiere ein. Gleichzeitig zerrte ein Knecht mit seinem ganzen Körpergewicht an ihren Nasenringen. Robert Gassner übergab Walter die Zügel, nahm die Hände vor den Mund, formte einen Trichter und brüllte aus Leibeskräften: »He, du da vorn, pass´ gefälligst auf, wo du hinschlägst! Lass´ uns erst mal passieren, sonst triffst du womöglich noch eines meiner braven Rösser!«

Der Bauer unterbrach nur kurz sein Treiben, um dann um so heftiger fortzufahren. Dieses ohrenbetäubende Getöse aus schreiendem Fuhrmann und blökenden Ochsen wirkte so bedrohlich auf Roberts Pferde, dass sie zu tänzeln anfingen. Knecht Walter sprang schnell vom Bock, packte die Tiere am Zaumzeug, redete beruhigend auf sie ein und führte sie so am Unglücksort vorbei.

Mit groß aufgerissenen Augen und weit aufgeblähten Nüstern drängten die kräftigen Tiere aufgeregt schnaufend vorwärts. Die Rösser eilten plötzlich so zügig voran, als hätten sie ihre schwere Last und den tiefen Boden total vergessen. „Nur weg von hier!", schien ihnen eine innere Stimme zuzurufen. Robert Gassner brauchte das letzte Stück der Wegstrecke die Pferde nicht einmal mehr anzutreiben.

Es waren nur noch wenige Pferdelängen, da ertönte vom weithin sichtbaren, hohen Turm der Marktkirche der helle Klang der Mittagsglocke. Just in diesem Moment erreichte Robert Gassner mit seinem Handelswagen das Stadttor. Mit den mächtigen Rundtürmen und einem sich anschließenden Zwinger hatten Goslars Stadtväter schon vor Jahrzehnten das Haupttor ihrer Reichsstadt, ähnlich einer Burganlage, wehrhaft geschützt.

Und als ob das Geläut der Marktkirche die längst verloren geglaubte Sonne ankündigte, riss die seit Tagen alles beherrschende, grauschwarze Wolkendecke unversehens auf. Die wärmenden Sonnenstrahlen bahnten sich unaufhaltsam ihren Weg zur Erde und ließen die letzten Tropfen des Dauerregens auf den erhitzten Körpern der Rösser verdampfen. Man sah den Tieren die hinter ihnen liegende

Anstrengung deutlich an. Die Adern der muskelbepackten Beine traten zuckend hervor. Ein tiefes Durchschnaufen füllte ihre Lungen mit frischem Sauerstoff. Robert Gassner parierte die Zugpferde durch und brachte mit einem lang gezogenen »Brrr!« den Wagen unmittelbar vor den gekreuzten Hellebarden der Wachsoldaten zum Stehen.

Einer der Männer umkreiste das Fuhrwerk, hob mit seiner Waffe die Abdeckung und warf einen Blick von hinten auf die Ladefläche. Der zweite sah sich mit erstauntem Gesichtsausdruck die auffällige Zeichnung auf der Seitenfläche der Plane an.

»Außergewöhnlich, sehr außergewöhnlich! So etwas habe ich bisher auf keinem Handelswagen gesehen«, sagte der Wachsoldat erstaunt.

»Nun, das sind Darstellungen meiner Ware. Ich verkaufe kunstvoll hergestellten Eisenguss, wie zum Beispiel Ofenplatten.« »Ofenplatten? Was ist daran Kunst?«

Robert Gassner sah ihn fassungslos an. „Was für ein einfältiger Banause!", dachte er.

»Na, wie auch immer. Genau solche Ofenplatten liefere ich heute hier bei Eurem ehrenwerten Goldschmied und Ratsherrn Jürgen von Hagen ab.«

»So, so, Ratsherr von Hagen. Das wundert mich nicht, der ist dafür bekannt, dass er sich öfter mal was gönnt.«

Der Wachmann trat näher heran und sprach mit gedämpfter Stimme weiter: »Mit Verlaub, aber es trifft ja auch keinen armen Schlucker. Er führt ein lukratives Geschäft. Nach der Geburt meines Erstgeborenen habe sogar ich schon mal meinem Weib ein kleines Armband aus reinem Silber von ihm anfertigen lassen. Ich hab´ es mir allerdings nur geleistet, weil sich der von Hagen auf Ratenzahlung eingelassen hat.«

Dann streckte er seine Hellebarde in Richtung der vom Tor wegführenden Straße aus.

»Wenn Ihr einfach immer der Nase nach bis ans Ende der Breiten Straße fahrt, dann findet Ihr sein Haus an der rechten Seite, unmittelbar vor unserem Marktplatz. Ihr könnt es nicht übersehen, denn sein Zunftwappen, auf dem ein goldener Pokal und ein Ring mit einem großen Edelstein zu sehen ist, hängt über seiner Tür.«

Einen Augenblick später, Robert Gassner hatte sein Fuhrwerk kaum zum Stehen gebracht, kam ihm schon der freudestrahlende Hausherr mit ausgebreiteten Armen entgegen.

»Endlich ist es so weit! Ihr glaubt gar nicht, wie ich diesen Moment herbeigesehnt habe!«

Robert sprang vom Wagen und wurde vom Goldschmied herzlich umarmt.

»Ihr müsst schon entschuldigen, Herr von Hagen, aber der ständige Regen und die aufgeweichten Wege haben unseren Zeitplan völlig durcheinandergebracht.«

»Mein Herr, nicht dass Ihr mich falsch versteht, ich mache Euch keinen Vorwurf. Es ist nur so, dass ich einfach viel zu gespannt auf Eure Arbeit bin und es kaum erwarten kann, Eure Gießkunst zu sehen.«

Robert Gassner schaute beeindruckt, als ihm der Goldschmied den schon seit Wochen fertig gemauerten, riesigen Kamin zeigte.

»Ohne Zweifel, Herr von Hagen, hier finden die vier großrahmigen Ofenplatten, die Ihr bestellt habt, einen würdigen Platz.«

Als Roberts Knecht Walter die gusseisernen Kunstwerke - eines nach dem anderen - hereintrug und in die dafür vorgesehenen Lücken platzierte, verlor Jürgen von Hagen zusehends die Beherrschung. Er kroch förmlich in die Exponate hinein. Er betrachtete sie wie durch eine Lupe, so als hätte er eine seiner Goldschmiedearbeit vor sich. Nicht das kleinste Detail schien ihm zu entgehen. Jede Kontur des Reliefs betastete er so behutsam, als fühlte er nicht massives Eisen, sondern zerbrechliches Porzellan unter seinen Fingern.

»Robert Gassner ... was soll ich sagen, ich bin begeistert.«

Mit verklärtem Blick drehte er sich zum Handelsmann um. Ein zufriedenes, breites Lächeln überzog sein Gesicht.

»Als ich hörte, dass Ihr im fernen Hirzenhain Kunstwerke aus Eisen herstellt, die ihresgleichen suchen, da habe ich gehofft, dass nur ein Fünkchen Wahrheit daran wäre. Das, was Ihr mir heute mitgebracht habt, übertrifft meine kühnsten Erwartungen. Von der unglaublich feinen Gussoberfläche bis zu den sauber ausgearbeiteten Motiven: Es stimmt wirklich alles!«

Robert Gassner nickte ihm ein wenig verlegen zu.

»Es freut mich, dass unser guter Ruf bis zu Euch vorgedrungen ist und dass Euch meine Ware gefällt. Als mich die Zeichnungen Eurer Wunschmotive per Boten erreichten, habe ich sie sofort unserem besten Modellschnitzer übergeben. Wie Ihr soeben feststellen konntet, ist der alte Hermann ein wahrer Künstler in seinem Fach. Ja, und Meister Michels ist weit über die Grenzen von Hirzenhain für den feinporigen Guss bekannt. Eine fast samtige

Oberfläche zeichnet sein hartes Metall aus. Um dieses Gussgeheimnis beneidet ihn so manches andere Hüttenwerk.«

Herr von Hagen trat wieder näher an die Ofenplatten heran.

»Um Euren Kunstwerken die Krone aufzusetzen, habe ich mir etwas Besonderes ausgedacht. In meiner Profession als Goldschmied werde ich die erhabenen Konturen mit Blattgold verzieren.«

Der Meister sah Robert erwartungsvoll an.

»Was haltet Ihr davon?«

Robert legte abwägend den Kopf auf die Seite, dann nickte er zustimmend.

»Zugegebenermaßen eine nicht alltägliche Idee! Nur einige meiner Kunden könnten da mithalten.«

»Nun ja, die wenigsten werden Goldschmiedemeister sein«, fügte Herr von Hagen stolz hinzu.

»Diese perfekt nachgebildeten Silhouetten der wichtigsten Gebäude unserer Reichsstadt: großartig, einfach großartig!«

Herr von Hagen ließ seinen Blick zwischen den Platten hin und her pendeln.

»Als zentralen Blickfang hänge ich die altehrwürdige Kaiserpfalz in die Mitte.«

Der Goldschmiedemeister nahm genau diese Motivplatte in seine Hände. Es wirkte beinahe so, als umarmte er das Kunstwerk; dann schwärmte er weiter: »So etwas findet Ihr im gesamten Harzgebirge in keinem Patrizierhaus!«

Jürgen von Hagen stellte die Ofenplatte wieder auf den für sie vorgesehenen Platz. Er klatschte vor Begeisterung in die Hände und vollführte dabei fast einen kleinen Freudentanz.

»Dank Eurer kunstvollen Ware werden die Ratsherren, die ich als Gäste in einer Woche bei mir begrüße, aus dem Staunen nicht herauskommen! Ach, was sag ich, beneiden werden sie mich!«

Mit einem tiefen Seufzer sah er Robert Gassner an.

»Und so ganz nebenbei könnt Ihr Euch schon darauf einrichten, den ein oder anderen Folgeauftrag ins Harzer Land zu liefern.«

Robert Gassner verbeugte sich tief und deutete einen Kratzfuß an.

»Ich danke Euch, Herr von Hagen, für Eure schmeichelnden Worte. Aber Ihr müsst mich entschuldigen, der nächste Kunde wartet. Wie ich schon eingangs sagte, haben wir durch die aufgeweichte Wegstrecke viel zu viel Zeit verloren, und da das Wetter sich etwas beruhigt hat, werden wir unsere Reise heute noch fortsetzen. Hinzu kommt, dass ich meinem Sohn Konrad versprochen habe, bis zum 28. Juli zurück zu sein. Das ist sein vierzehnter Geburtstag und gleich anschließend beginnt er seine Lehre als Kunstgießer bei Meister Michels in Hirzenhain. Bis dahin führt mich mein Weg über Wolfenbüttel, Braunschweig-Lüneburg bis Hamburg. Ihr seht, da sind noch etliche Meilen, die ich mit meinem Handelswagen zurücklegen muss.«

Jürgen von Hagen sah ihn mit einem enttäuschten Gesichtsausdruck an.

»Sehr bedauerlich! Ich hätte Euch wahrlich gern als mein Gast über Nacht bei mir beherbergt. Ganz zu schweigen von dem leckeren Tropfen, der für besondere Anlässe in meinem Gewölbekeller lagert und auf den Ihr nun verzichten wollt.«

Der Goldschmiedemeister sah ihn nochmals prüfend an, aber Robert Gassner zuckte nur mit den Schultern und hob bedauernd seine Arme.

»Nun ja, ich möchte Euch nicht bedrängen. Welche Wegstrecke wollt Ihr denn heute Nachmittag noch zurücklegen?«

»Mein nächster Kunde ist der Vogt auf Burg Gebhardshagen.«

»Oh, was für ein Zufall! Ich kenne ihn flüchtig. Er hat sich von mir vor Jahren einen Siegelring anfertigen lassen. Die Streckenführung ist mir durchaus vertraut, denn ich habe das edle Stück selbst ausgeliefert.«

Er schloss seine Augen und fasste sich nachdenklich ans Kinn.

»Wenn ich mich richtig erinnere, dürften es drei Meilen bis zur Burg sein. Beim letzten Wegstück, kurz vor Eurem Ziel, müsst Ihr achtgeben. Dort führt die Landstraße durch ein ausgesprochen düsteres Waldstück. Eine nicht ungefährliche Ecke. Ein schmaler, kurviger Weg mit steilen Hängen erwartet Euch. Erschwerend kommt hinzu, dass Ihr mit Eurem Wagen dort erst bei schon nachlassendem Tageslicht eintreffen werdet. Der Schutz des Handelskonvois bleibt Euch ebenfalls verwehrt, denn der ist bereits in den frühen Morgenstunden aufgebrochen.«

»Ich weiß die wichtigen Hinweise zu schätzen. Ich verlasse mich da ganz auf meine beiden zuverlässigen Vierbeiner. Die braven Rösser werden es mit Gottes Hilfe schon meistern!«

Jürgen von Hagen zuckte mit den Achseln, schüttelte dann aber lächelnd den Kopf.

»Ich sehe schon, Ihr seid wirklich nicht zu bewegen, die Nacht im sicheren Goslar zu verbringen. Na, dann folgt mir mal in mein Arbeitszimmer.«

Dort angekommen, holte er einen Lederbeutel und eine kleine Schachtel aus seinem massiven Schreibtisch.

»Hier habe ich für Eure Ware die versprochenen Silbermünzen und als Ausdruck meiner vollen Zufriedenheit eine kleine Zugabe.«

Robert Gassner steckte den Beutel weg und öffnete erwartungsvoll die Schachtel. Er war sprachlos. In ihr lag ein silbernes Medaillon. Und als ob das noch nicht genug wäre, hatte der Meister auf der Rückseite die Initialen R.G. – für Robert Gassner – eingraviert. Einen so dankbaren Kunden hatte er schon lange nicht mehr erlebt.

Walter, der Knecht, hatte in der Zwischenzeit die Pferde mit Hafer und Wasser versorgt. So setzten sie mit frisch gestärkten Rössern ihre Reise fort. Wenig später passierte der Handelswagen das Rosentor, und schon bald lagen die hohen Mauern der Reichsstadt Goslar hinter ihnen.

Da sie derweilen von der Sonne begleitet wurden, war die Stimmung auf dem Kutschbock deutlich besser als bei der Anreise. Robert erzählte seinem Knecht begeistert von den Eindrücken im Haus des Goldschmieds, und er zeigte stolz das Medaillon, das ihm geschenkt wurde. Sogar die Pferde legten nun, mit den wärmenden Sonnenstrahlen auf dem Fell, ein zügiges Tempo vor.

Aber wie es der Goldschmied prophezeit hatte, setzte schon die Dämmerung ein, als der Handelswagen das ohnehin recht düstere Waldstück – kurz vor ihrem Ziel Burg Gebhardshagen – erreichte. Zu allem Überfluss zog – wie aus dem Nichts – eine gespenstisch wirkende, tiefschwarze Wolke über den Baumwipfeln heran und verdunkelte endgültig den Himmel. Der bis eben still vor sich hinschweigende Wald fing plötzlich an zu atmen. Als ob er wie ein riesiger Organismus zum Leben erweckt wurde, ließen stürmische Böen Blätter und Äste wild tanzen. Die Geräuschkulisse schwoll für einen Moment so mächtig an, dass selbst Robert Gassner, der sich nicht gerade zu den furchtsamen Menschen zählte, beeindruckt ob des tosenden Szenarios, eine Gänsehaut bekam und gleich die Zügel etwas fester aufnahm. Lautes Knacken und wild um sich schlagende Hölzer kündigten nichts Gutes an. Begleitet von einem immer näher kommenden grummeln, bahnten sich mystisch tanzende Lichter den Weg zwischen den hohen, dicht stehenden Bäumen zum Handelsge-fährt. Die eben noch braven Pferde wurden zunehmend nervöser. Die beiden Rösser spannten ihre

Muskeln, fingen an zu tänzeln und zerrten immer kräftiger an den Zügeln. Der Knecht wirkte besorgt. Robert war aufgefallen, dass Walter, seitdem sie in das Waldstück eingebogen waren, laufend das Unterholz beobachtete.

»Herr, hab Ihr nicht auch das Gefühl, dass uns jemand heimlich folgt?«

Robert schaute sich um und sah ihn erstaunt an.

»Wie meinst du das? Außer Bäumen, Gestrüpp und diesem merkwürdigen Wetterleuchten vermag ich nichts Außergewöhnliches zu erkennen.«

Walter griff hinter sich, hielt sich am Wagengestell fest, zog sich vom Sitzbrett hoch und sah über die Plane zurück in den Wald. Fast überschlug sich seine Stimme vor Erregung.

»Doch, doch, gerade eben noch, als wieder dieses, dieses Licht aufflackerte, da, da habe ich deutlich ein paar Gestalten im Unterholz gesehen!«

Verängstigt ergriff Walter seinen langen Dolch, den er am Gürtel trug.

»Seht doch ... da, da drüben hinter uns, jetzt auf Eurer Seite!«

Robert drehte seinen Kopf in die Richtung, doch er kam nicht mehr zum Antworten. Im nächsten Moment zerschnitt ein gewaltiger Blitz die Dunkelheit, und unvermittelt krachte der dazugehörige Donner wie eine ohrenbetäubende Kanonensalve auf ihre Trommelfelle und ließ die Männer erschrocken zusammenzucken. Für die ohnehin schon nervösen Pferde wirkte dieses Naturereignis wie ein Signal zur Flucht. Wiehernd sprangen sie mit unbändiger Kraft an und rissen Robert mit den Zügeln von seinem Sitz hoch. Unkontrolliert schwenkten die panischen Rösser auf die steile Böschung zu, gerieten ins Rutschen und zogen dabei das linke Vorderrad über den Rand des Abgrunds. Eine erneute abrupte Richtungsänderung der wild stampfenden Pferde vermochte Robert nicht mehr auszusitzen. Wie von einem Katapult abgeschossen hebelte es ihn aus. Die weit aufgerissenen Augen seines außer Kontrolle geratenen Körpers sahen, wie die steinige Erde rasend näher kam. Mit dem Kopf voran schlug Robert gegen einen dicken Fels und verlor die Besinnung. Walter, der Knecht, hatte sich schon beim ersten Aufbäumen des Wagens mit einem mutigen Sprung zur anderen Seite gerettet. Er landete zwar unsanft im breiigen Schlamm des Weges, blieb aber unverletzt.

Als Walter sich wieder aufrappelte, sah er, wie die beiden aufgebrachten Rösser mit dem Handelswagen davonstürmten. Weit kamen sie jedoch nicht. Schon nach ein paar hundert Schritten sprangen beherzt zupackende Männer den Pferden in den Weg und brachten das Fuhrwerk zum Stehen.

Plötzlich vernahm Walter ein Stöhnen. Er stolperte dem Geräusch entgegen und sah am Fuß der gegenüberliegenden Böschung seinen Herrn. Robert Gassner war wieder zu sich gekommen. Er kniete, sich mit beiden Händen den blutigen Kopf haltend, auf dem steinigen Boden.

»Ich hoffe, Herr, Ihr seid wohl ... «, rief ihm der Knecht zu. Doch mitten in seiner Frage stockte ihm der Atem.

Aus dem Dunkel des Unterholzes tauchten unmittelbar hinter Robert Gassner drei wie Waldgeister wirkende Gestalten auf. Langsam vorwärts schleichend, trennten sie nur noch wenige Schritte von seinem Herrn. Die Gesichter waren mit struppigen Bärten zugewachsen, die Beinkleider verdreckt und verschlissen. Eine angsteinflößende Aura umgab sie und ließ Walter das Blut in den Adern gefrieren.

„Also doch keine Gespenster!", dachte er. Ihm war sofort klar, was diese verwahrlosten Gesellen im Schilde führten. Der Erste, ein groß gewachsener, stämmiger Bursche mittleren Alters, trug einen Knüppel mit einem dicken, keulenförmigen Ende, das ihn zu einer gefährlichen Schlagwaffe machte. Der Zweite, nicht minder kräftig gebaut, hielt einen mannslangen, mit Eisen beschlagenen Spieß in seinen groben Händen. Der Dritte im Bunde, eine kleine hagere Gestalt, mit einer das Gesicht entstellenden, tiefen Narbe auf der Stirn, hatte eine Armbrust in Anschlag gebracht.

Walter erkannte, dass er das Ziel dieses Strauchdiebes war, und obwohl er nicht zu den Mutigsten gehörte, löste er sich aus der Schockstarre, zog erneut seinen langen Dolch und rannte auf die Männer los.

»Herr, Achtung ... seht hinter Euch, da sind die Gestalt ...«, brachte er noch heraus.

Doch bevor er den Satz zu Ende sprechen konnte, schwirrte der todbringende Bolzen der Armbrust über Robert Gassners Kopf hinweg und bohrte sich tief in Walters Brust. Ein alles lähmender Schmerz durchfuhr den Körper und der Knecht sank unvermittelt in die Knie. Ungläubig an sich herunterschauend öffnete sich die kraftlos werdende Hand und der Dolch glitt zu Boden. Ein letztes Mal hob er das Haupt, und durch die gebrochenen Augen sah er, wie sich der Bursche mit der Keule wild schreiend von hinten auf seinen Herrn stürzte und ihm mit brachialer Gewalt auf den Kopf schlug. Dann schwanden Walter die Sinne, und eine nicht enden wollende Dunkelheit hüllte ihn ein.

Irgendetwas Feuchtes hatte Roberts Gesicht berührt. Dicht am Ohr vernahm er ein merkwürdiges Geräusch. War es ein Traum? Er versuchte seine Augen zu öffnen, doch so sehr er sich auch anstrengte, es funktionierte nicht. Sie waren wie zugeklebt. Da wieder das Geräusch, ein Grunzen, ganz nah. „Nein, nein", sagte er sich, „das kann kein Traum sein". Erneut nahm er alle Willenskraft zusammen. Diesmal gaben die schweren Augenlider nach, und allmählich öffneten sie sich.

Durch einen schmalen Sehschlitz drang Licht in seine Pupillen. Schmerzhaft schoss es bis tief in sein Inneres. Was war nur geschehen? Robert erinnerte sich an nichts. Trotz der pochenden Schmerzen, die seinen Schädel auseinanderzusprengen drohten, zwang er sich die Augen weiter zu öffnen. Ein verschwommenes Bild und umherhuschende Schatten waren alles, was er zunächst sah. In seine Arme kehrte, mit einem anhaltenden Kribbeln, allmählich Leben und Kraft zurück. Langsam hob er die Hände und versuchte den Schleier, der die Sicht trübte, durch reibende Bewegungen zu entfernen.

Es dauerte einen Moment, doch dann endlich gewannen die Konturen langsam an Schärfe. Was er dann sah, ließ ihn ungläubig zusammenzucken. Das Grunzen, der Luftzug am Ohr, die unscharfen Schatten, alles das stammte von einer Rotte ausgewachsener Wildschweine. Diese borstigen Gesellen hatten ihn neugierig beäugt und beschnuppert und suchten nun quiekend das Weite.

Mit aller Kraft stützte Robert sich auf seinen Oberschenkeln ab und streckte vorsichtig den schmerzenden Rücken. Breitbeinig und wackelig dastehend sah er an sich herunter.

»Wo sind meine Schuhe?«, sagte er zu sich selbst, wobei ihm die Worte nur merkwürdig lallend über die Lippen kamen. Seine Zunge wollte ihm nicht mehr gehorchen. Was immer er zu sagen versuchte, alles fühlte sich wie nach einem ausgedehnten Trinkgelage an.

Und genau da, wo sein Kopf gelegen hatte, entdeckte er eine Blutlache. Schwindel überkam ihn. So dauerte es einen Augenblick, bis er realisierte, dass es sein Blut war. Er fasste sich an seinen dröhnenden Schädel. Er fühlte die verklebten Haare und die Kruste, die sich im Gesicht gebildet hatte. Robert befeuchtete die Finger mit Speichel und strich sich erneut über Stirn und Wangen. Wahrhaftig, überall angetrocknetes Blut! Auch über die Augenlider und Wimpern hatte es sich einen Weg gesucht.

Robert starrte fassungslos ins Leere. Wie war das alles passiert? Aber so sehr er auch grübelte, er erinnerte sich nicht. Taumelnd machte er ein paar Ausfallschritte. Sein Gleichgewicht war ihm verloren gegangen. Er torkelte hin und her, und immer wieder spürte er dieses kaum zu ertragene Stechen im Kopf. Dem Schmerz ausweichend, sank er zurück auf die Knie und fing an, auf allen Vieren die Böschung zum Weg hinaufzuklettern, bis er unvermittelt innehielt. Robert erschrak. Vor ihm lag ein Mann. Auch er trug keine Schuhe mehr. In seinen weit aufgerissenen Augen spiegelte sich das blanke Entsetzen wider. Er atmete nicht mehr. Dann entdeckte Robert den Bolzen, der sich tief in die Brust des Toten gebohrt hatte. Das Blut, das aus dem Körper gequollen war, bildete auf seiner Leinenbluse einen großen, fast kreisrunden Fleck. Beleuchtet von einigen Sonnenstrahlen, die durch das dichte Grün des Waldes einen Weg gefunden hatten, wirkte es wie ein tiefroter, zugefrorener See, unter dessen Eis alles Leben erstarrt war. Offensichtlich hatte ein Kampf stattgefunden. Roberts Muskeln verkrampften. Es schauderte ihn. Ihm wurde klar, dass er irgendetwas Unheilvolles überlebt hatte. Er grübelte erneut, versuchte, sich zu konzentrieren, sich zu erinnern. Nichts, absolut nichts, nur Leere! Er wusste weder etwas von einem Kampf, noch kannte er den vor ihm liegenden Mann. „Armer Kerl!", dachte er, dann rappelte er sich wieder auf und kroch weiter den Hang zum Weg hinauf. Oben angekommen, erforderte es nochmals alle Willensstärke und Kraft, um sich erneut aufzurichten. Robert war ratlos. Und wieder hörte er im Selbstgespräch diese ihm fremd vorkommende, lallende Stimme: »Wo soll ich nur hin?«, sagte sie. Er drehte sich um seine eigene Achse, schaute in alle Richtungen, doch weit und breit war niemand zu sehen. Ziellos stolperte Robert vorwärts und folgte dem Weg, der ihn letztendlich aus dem Wald hinausführte.

2. Auf der Heldenburg 1625

Und wieder war eine Woche vergangen, weitere sieben Tage, in denen Konrad sein Glück immer noch nicht fasste. Ob es doch so etwas wie Vorsehung war, die ihn ausgerechnet in diesen Ort, mit dem merkwürdigen Namen Salzderhelden führte? Doch Konrad hatte vor allem – und das nicht zum ersten Mal – durch zielstrebiges Handeln sein Schicksal selbst in die Hand genommen.

Es war auf den Tag genau drei Monate her, als ihn die Blutspur, die Tillys Söldnertruppen durch das ganze Land zogen, auf die Heldenburg spülte. Konrad hatte in einer Kammer im ersten Stock über dem Reisigenstall der Burg, nach fast vier Jahren unsteten Soldatenlebens und schrecklichsten Kriegserlebnissen, seinen Frieden gefunden. Unrecht, Leid und Verzweiflung hatte er ertragen. Immer wieder verfolgten ihn die fest eingebrannten, grausamen Bilder dieses alles zerstörenden Krieges. Tief in der Nacht kroch oft die Kriegsfurie aus den kalten Burgmauern in seine Albträume. Dann war er wieder da, der verzerrte Klang der klagenden Schreie, die wie ein fortwährendes Echo in seinem Kopf widerhallten. Zum Greifen nah schwebten dann die zerfetzten Körper vor ihm. Sie ließen nicht selten den Schlaf zu einem nicht enden wollenden Martyrium werden.

Trotz alledem fühlte er sich – hoch über dem Leinetal, hinter den dicken Mauern der Burg und in seiner neuen Identität als Burgschreiber – zumindest vorerst sicher. Doch Konrad wusste genau, dass es mehr eine trügerische Sicherheit war, die er sich nur allzu gern vorstellte, um endlich den Krieg hinter sich zu lassen. Die immer wieder aufsteigende Angst sagte ihm indes, dass die Heldenburg mit ihrer nur geringen Stammbesatzung einem Sturmlauf eines Söldnerheeres nicht lange standhalten würde.

So saß er, grübelnd seinen Gedanken nachhängend, am derben Holztisch, der direkt unter dem kleinen Kammerfenster stand. Ausgeleuchtet von zwei dicken Kerzen, war es sein Arbeitsplatz, an dem er die Hausbücher und Inventare der Heldenburg führte. Den Kopf auf beide Hände aufgestützt, schweifte sein verträumter Blick durch das Butzenglas in den engen, quadratischen Innenhof der Burg. Es war Oktober geworden. In dieser Jahreszeit wurde der Burghof – mit seinen ihn umgebenden dreistöckigen Gebäuden schon am späten Nachmittag von ausladenden Schatten – eingehüllt. Nur durch das rauchige, flackernde Feuer der Fackeln, angebracht neben den drei Treppenturmeingängen, hellte sich die Szene mit gespenstisch bizarrem Lichtspiel ein wenig auf.

In Erinnerungen entschwebte Konrad tief zurück in die Vergangenheit. Sein bisheriges Leben blätterte sich – wie die Seiten eines nicht vollendeten Buches – vor seinem geistigen Auge auf.

3. Erste Rückblende

Konrad Gassner hatte das große Glück, dass er im Jahr 1602 in eine Kaufmannsfamilie – und somit in den Bürgerstand – hineingeboren wurde. Sein Elternhaus stand hinter den hohen, schützenden Mauern unweit des alles überragenden Marienstifts in der Freien und Reichsstadt Wetzlar. Zum Hausstand gehörten – neben Mutter Brigitta, Vater Robert und seinen beiden älteren Schwestern Anne und Barbara – die Magd Ursula sowie Walter, der Knecht.

Fast jeden Tag streifte Konrad mit seinen Freunden durch die Gassen. Sein Abenteuerrevier reichte vom Domplatz bis hinunter zur großen Lahnbrücke. Tobend jagten die jungen Burschen über die steilen, steinernen Treppen der auf hügeligem Grund gebauten Altstadt auf und ab. Nicht selten wurden bei diesem übermütigen Treiben brave Bürger angerempelt oder gar von den Beinen geholt. Konrad war, gelinde ausgedrückt, ein äußerst umtriebiges Kind. Größter Beliebtheit erfreuten sich die Ritterspiele. Sie führten die Rasselbande immer wieder im wilden Galopp über die Wehrgänge der 36 Fuß hohen Stadtmauer. Sehr zum Ärger der Stadtsoldaten gab es dabei eine besondere Mutprobe zu bestehen. Sie bestand darin, unbemerkt einen der neun die Stadt umgebenden Wehrtürme zu erobern. Für alle sichtbar, galt es dann eine selbst gebastelte Fahne aus einer Schießscharte zu schwenken. Hier besaß Konrad wegen des aufgebrachten Mutes zwar viel Ansehen bei den Spielgefährten, doch der nachfolgende Ärger ließ nicht lange auf sich warten. Regelmäßig wurde er mit seiner Mutter zum Stadtkommandanten zitiert. Mahnende Worte donnerten dann auf ihn herab. Da aber auch der Sohn des Bürgermeisters zu der verschworenen Gemeinschaft gehörte, drückte die Obrigkeit in den meisten Fällen ein Auge zu.

Konrads Vater Robert war als Kaufmann und Hausbesitzer ein angesehener Vollbürger dieser Stadt. Er hatte sich über die letzten 20 Jahre ein die Familie gut ernährendes Geschäft aufgebaut. Der Handel mit kunstfertigen Gussprodukten war seine Profession. Eisenhandel hatte in Wetzlar eine lange Tradition, sodass Robert Gassner froh war, genau an diesem Ort, in der Schmiedgasse, ein Fachwerkhaus erwerben zu können; ein schmales, zweiachsiges, giebelständiges Gebäude, ohne verzierte Schwellen und Riegel, erbaut aus schlichtem Balkenwerk. Aber zusammen mit einem Hinterhof, groß genug, um der Familie einen gesicherten, eigenständigen Lebensraum zu bieten. Zudem wurde auf einem direkt vor der Stadtmauer gelegenen kleinen Stück Land Obst und Gemüse angebaut, und obendrein fand hier ein Schuppen für Pferd und Kutsche seinen Platz.

Ursprünglich wohnten Konrads Eltern im sieben Meilen entfernten Hirzenhain. Hier absolvierte Robert Gassner im Hüttenwerk des Meister Michels eine Lehre als Kunstgusseisengießer. Auf der sich der Lehrzeit anschließenden Walz traf er nicht nur mit anderen Gesellen der unterschiedlichsten Gewerke zusammen, sondern es kreuzten dazu etliche Wanderhändler seinen Weg. Er war sofort fasziniert, wie eigenständig diese Männer ihr Leben führten.

Die Idee, es ihnen gleich zu tun, ließ ihn nicht mehr los. Er stellte sich vor, die Kunstgussprodukte, die er einst entworfen und hergestellt hatte, in fernen Städten zum Kauf anzubieten. Als Robert nach Hirzenhain zu seinem Lehrherrn Meister Michels zurückkam, fand er für sein Vorhaben offene Ohren und volle Unterstützung. Die Verwandlung vom Handwerksgesellen zum Händler wurde aber erst mit dem wichtigen Wanderhändlerprivileg vollzogen. Dank der Gunst, die sich Meister

Michels am Hof des Landesfürsten erworben hatte, konnte er sich dort für Robert verwenden, und den geplanten Handelsreisen stand bald nichts mehr im Weg.

Obwohl Konrads Vater im ersten Jahr nur mit einem eingeschränkten Sortiment kleinerer Kunstgussexponate unterwegs war, fasste er erstaunlich schnell Fuß. Als Transportmittel spendierte ihm Meister Michels fürs Erste einen Maulesel mit zwei Packtaschen. Robert Gassner entwickelte sich auf jeder Reise mehr vom Handwerker zu einem überzeugenden Verkäufer. Er verstand es, die Geheimnisse der Gießkunst den Menschen lebendig und spannend darzulegen. Er hatte das Talent, vor den Augen der Kunden seinen Ideen auf Papier Gestalt zu geben. Skizzenhaft passte er mitgeführte Musterstücke den Wünschen der feinen Herrschaften an.

Hatte er nicht das passende Exponat dabei, so nahm er – gegen eine Anzahlung – zumindest einen Auftrag mit nach Wetzlar. Der Kunstguss wurde dann in Hirzenhain bei Meister Michels hergestellt und das Objekt der Begierde bei der nächsten Reise ausgeliefert.

Da die Geschäfte des Vaters hervorragend gediehen, wurden Konrad und seine beiden älteren Schwestern von einem Privatlehrer aus dem Marienstift zu Wetzlar unterrichtet. Die Lehrgegenstände entsprachen zwar nicht ganz den sieben freien Künsten des Altertums, die in Klosterschulen oft gelehrt wurden, aber neben Rechnen, Schreiben und Lesen – ergänzt durch Latein – wurde speziell Konrad in Rhetorik, Geometrie und Zeichnen unterrichtet. Sein Vater hielt genau diese letzteren Disziplinen für eine später ins Haus stehende Geschäftsfortführung durch seinen Sohn für ausgesprochen wichtig.

Konrad war durchaus ein fleißiger und begabter Schüler, wobei sein hervorstechendes Talent im Zeichenfach schon früh zu erkennen war. Er hatte sich inzwischen, nach dem Vorbild des Vaters, ein eigenes Skizzenbuch angelegt, und wenn er nicht mal wieder über die hügeligen Gassen seiner Heimatstadt tobte, dann traf man ihn immer öfter im Dom auf Motivsuche an. Hier hatten es ihm die ausdrucksstarken Ornamente des reich verzierten romanischen Heidenportals angetan. Es lag etwas versteckt im Inneren der nie ganz fertiggestellten Westseite des Marienstifts. An dieser geheimnisvollen Darstellung übte Konrad seine Freihand Zeichentechnik. Er skizzierte die geschwungenen Linien immer wieder und mit so großer Leidenschaft, als würde er ahnen, dass das

Relief in seinem späteren Leben eine bedeutende Rolle spielen sollte.

Mittlerweile waren ein paar Jahre ins Land gegangen. Robert Gassner war inzwischen mit einem zweispännigen Planwagen unterwegs, immer begleitet von seinem Knecht Walter. Es war ein auffälliger Handelswagen. Auf jeder Seite der Plane sah man eine selbstgefertigte Zeichnung, die jeweils eine kunstvoll verzierte Ofenplatte darstellte. Auf der Ladefläche standen drei große, schwere Truhen. Sie waren aus massivem Eichenholz, mit dicken Eisenbändern beschlagen und mit einem aufwändigen Schließmechanismus verriegelt. Im Inneren durch Fächer unterteilt, wurde die Kunstgussware sicher aufbewahrt.

Roberts Angebot konnte sich wahrlich sehen lassen. Es reichte von Figuren, Skulpturen und Büsten bis zu Ofen- und Brunnenplatten. Aber auch Wappenschilde, Kerzenständer sowie Tischgarnituren für Feder und Tinte gehörten genau so dazu wie reich verzierte Namensschilder, Türklopfer und Hausglocken. Für die Damen hielt der Handelsmann sogar filigranen Eisen- und Bronzeschmuck bereit.

Seine Routen führten das Gespann über die traditionellen Fernhandelswege regelmäßig

Richtung Norden. Lange, mühsame und abenteuerliche Wegestrecken galt es zurückzulegen. Braunschweig, Lüneburg und Hamburg waren lohnende Ziele. Doch nicht nur die Messen und Märkte in den Städten wurden regelmäßig besucht. Ertragreiche Geschäfte versprachen ebenso die vielen Gutshöfe, Schlösser und Burgen links und rechts der Strecke.

Konrads Vater war ein findiger Kaufmann. Um nach dem Ausliefern der Ware den Laderaum auch auf der Rückfahrt zu nutzen, lud er regelmäßig in Hamburg einige Fässer mit gepökelten Heringen. In seiner Heimatstadt Wetzlar fand er dafür reichlich Abnehmer.

Wenn Robert Gassner und sein Knecht dann endlich nach vielen Wochen wieder gesund mit dem Fuhrwerk zu Hause ankamen, konnte Konrad es kaum erwarten, seinen Vater in die Arme zu schließen. Mit großen Augen saß er dann vor ihm. Gespannt hörte er all die Geschichten, von den fremden Städten, wehrhaften Burgen und von den erlebten Abenteuern. Dann wurde jedes Mal deutlich, dass seine Mutter, obwohl sie sich rührend um ihn kümmerte, ihm den Vater nicht ersetzen konnte. Und so erhoffte sich Konrad bei jedem Abschied, dass er eines Tages mit auf dem

Planwagen, an der Seite seines Vaters, hinaus in die Ferne fahren könnte.

Doch im Juli des Jahres 1616 kam alles anders.

Das Fuhrwerk mit den Kunstgussexponaten kämpfte sich schon drei Monate über die holprigen, mit vielen Spurrinnen und Schlaglöchern übersäten Handelswege. Mehr als fünf bis sechs deutsche Meilen pro Tag waren mit dem schweren Wagen und mit den kräftigen, Kaltblütern ähnelnden Pferden nicht möglich. Kam ein Bruch an den eisenbeschlagenen Holzspeichenrädern oder an den Achsen hinzu, wurde der Zeitplan unkalkulierbar durcheinandergeworfen. Sein Vater hatte Konrad versprochen, dass er diesmal pünktlich zu seinem 14. Geburtstag, spätestens am 28. des Monats wieder in Wetzlar eintreffen wollte.

Doch Robert Gassner war nun schon fünf Tage überfällig. Die ganze Familie machte sich inzwischen große Sorgen. Die sonst bei längeren Reisen übliche Nachricht, die er vom Wendepunkt seiner Route in die Heimat vorausschickte, war ausgeblieben. Es verging eine weitere Woche mit Bangen und Hoffen, doch es gab vom Vater kein Lebenszeichen. Konrads Mutter traf man inzwischen immer häufiger auf dem Marktplatz. Jeder in Wetzlar eintreffende Händler und Reisende wurde von ihr nach dem auffälligen Planwagen mit den Ofenplattenzeichnungen befragt. Und tatsächlich, hatte ein umherziehender Handwerksgeselle das nicht alltägliche Gefährt vor etlichen Wochen kurz hinter Kassel gesehen. Er erzählte, dass er mit den Männern auf dem Kutschbock gesprochen habe und dass sie durchaus guter Dinge gewesen seien. Bei allen anderen Gefragten gab es immer nur ein bedauerndes Kopfschütteln.

Die Verzweiflung in der Familie nahm spürbar zu. Brigitta Gassner beschloss, zusammen mit ihrem Sohn Konrad nach Hirzenhain zu Meister Michels zu reisen. Sie hoffte, beim langjährigen Geschäftsfreund ihres Mannes etwas Näheres über den Verbleib zu erfahren.

Während die beiden älteren Schwestern Anne und Barbara zusammen mit der Magd das Haus in der Schmiedgasse hüteten, spannte Konrad die Fuchsstute vor die Kutsche. Er freute sich darauf, endlich mal wieder mit Pferd und Wagen über Land zu fahren. Konrad hatte das Steuern des Einspänners von seinem Vater gelernt. Vor genau einem Jahr begleitete er ihn schon einmal nach Hirzenhain. So war es für ihn nichts Außergewöhnliches, den Kutscher zu spielen. Die gutmütige, 16 Jahre alte Stute reagierte leicht auf jede Zügelhilfe und bewegte sich fast wie von selbst durch die engen, abschüssigen Gassen von Wetzlar und über die rumpelige Landstraße.

Seine Mutter, die ebenfalls eine erfahrene Kutscherin war, hatte großes Vertrauen in die schon beachtliche Fahrkunst ihres Sohnes. Sie war froh, dass sie, mit dem Kopf voller Sorgen, sich in ihrem recht bequem gefederten Einspänner zurücklehnen konnte. Obwohl sie wusste, dass ihr Robert ein besonnener und zuverlässiger Handelsmann war, der auf seinen unzähligen Reisen schon öfter schwierige Situationen gemeistert hatte, wurde sie allmählich ihrer allgegenwärtigen Ängste nicht mehr Herr. Sie setzte alle Hoffnung in den Besuch bei Meister Michels, der weit mehr als nur Geschäftspartner war. Robert Gassner und ihn verband seit vielen Jahren eine enge Freundschaft und ein darüber hinaus großes Vertrauen in allen geschäftlichen Dingen. Nicht zuletzt deshalb hatte Meister Michels beim Hauskauf in Wetzlar für den damals jungen Handelsmann Robert gebürgt und ihm ein gesichertes Leben in der wehrhaften Stadt erst ermöglicht.

Konrad und seine Mutter brachen gleich nach der Öffnung der Stadttore, schon in den frühen

Morgenstunden auf. Über die Turmstraße und das Obertor verließen sie Wetzlar. Eine Wegstrecke von sieben deutschen Meilen lag vor ihnen, ein mitunter schweres Geläuf, gepaart mit giftigen Anstiegen. Je länger die Reise dauerte, um so mehr musste Konrad die Fuchsstute immer wieder aufzumuntern und antreiben.

Die Sonne stand schon recht tief, als sie endlich, aus einem Waldstück herauskommend, die ersten Häuser von Hirzenhain erkannten. Einige direkt am Waldrand stehende, vor sich hin schmauchende Meiler empfingen sie. Konrad wusste von seinem Vater, dass mit ihnen die wichtige Holzkohle zur Eisenverhüttung hergestellt wurde. Aus dem Wald und Flur einhüllenden Rauch tauchten plötzlich, wie aus dem Boden gewachsen, gespenstisch wirkende Silhouetten auf. Es waren die Köhlerknechte, die, von Kopf bis Fuß mit dunklem Schmutz überzogen, wie Waldgeister wirkten. In ihren rußverschmierten Gesichtern stach das Augenweiß leuchtend hervor und unterstrich nachdrucksvoll den unheimlich anmutenden Auftritt. Diese fleißigen Naturburschen standen Tag und Nacht bereit, um die Temperatur in den vor sich hin kokelnden, mit Erde bedeckten aufgestapelten Holzkegeln zu regulieren.

Die letzten Rauchschwaden verzogen sich und das 160 Seelen zählende Hirzenhain, der Ort mit der langen Waldschmiedetradition, war nach ermüdender Fahrt erreicht. Konrad steuerte den Einspänner auf den Zusammenfluss vom Merkenfritzerbach und Nidder zu. Genau in der Gabelung befand sich das Ziel der mühseligen Reise. Exakt auf diesem Grund und Boden lag die eisenverarbeitende Traditionsstätte von Meister Michels; ein idealer Standort, denn er nutzte die vorhandene Wasserkraft, um die schweren Hammerwerke und die großen Blasebälge des Schmelzofens anzutreiben.

Die ohnehin hohe Anspannung, die bei Konrads Mutter schon während der gesamten Fahrt zu spüren war, ließ ihren Puls spätestens seit Erreichen des Ortseingangs deutlich ansteigen. Sie hatte das Gefühl, ihr Herz zerspränge. Gab es hier von ihrem Robert die so sehnlichst erhoffte gute Nachricht?

Meister Michels saß im Schatten einer dicken Kastanie mitten auf seinem Hof. Er hatte an einem großen, runden Tisch, der aus massiven Sandsteinplatten zusammengesetzt war, Platz genommen. Der Meister prüfte gerade Entwürfe für neue Gussexponate, als er plötzlich durch lautes Hufklappern und durch rumpelnde Radgeräusche aus seiner Konzentration gerissen wurde. Er staunte nicht schlecht, als der Einspänner mit Schwung über die zum Grundstück führende steinerne Brücke direkt auf ihn zu fuhr. Als Meister Michels erkannte, wer da in der kleinen, offenen Kutsche saß, brach es aus ihm heraus: »Ich glaub´ es nicht!«

Er sprang auf und eilte, so schnell es seine nicht unbeträchtliche Körpermasse zuließ, ein paar Schritte auf den Einspänner zu.

»Brigitta und Konrad Gassner! Besuch aus der Freien und Reichsstadt Wetzlar! So eine Freude! Aber sagt, wo habt ihr euren Robert gelassen?«

Während Konrad die Zügel straffte und die Fuchsstute durchparierte, sprang seine Mutter, schluchzend und mit Tränen in den Augen, von der noch leicht rollenden Kutsche in die weit ausgebreiteten Arme von Meister Michels. Sogleich drückte er sie an seine breite Brust.

»Aber Brigitta, Ihr seid ja total aufgelöst! Sagt, was ist passiert?«

Konrads Mutter wand sich aus seiner Umarmung. Tränen rannen über ihr Gesicht.

»Was passiert ist? Wartet Ihr denn nicht auf unseren Robert? Er ist doch schon seit Wochen überfällig! Ich mache mir inzwischen große Sorgen.«

Meister Michels hielt sie mit beiden Händen an den Schultern fest.

»Kommt, Brigitta, setzt Euch erst einmal zu mir in den Schatten und trinkt einen kühlen Schluck! Nach der anstrengenden Reise wird es Euch guttun.«

In der Zwischenzeit kümmerte sich ein Knecht um die Fuchsstute, und Konrad setzte sich nun ebenfalls an den Tisch. Meister Michels nahm Brigittas Hände, denn er spürte ihre Verzweiflung.

»Brigitta, auch ich wollte schon einen Boten zu Euch schicken. Bisher kehrte Euer Robert ja tatsächlich von all seinen Reisen zur verabredeten Zeit zurück. Und dazu brachte er mir stets ein prall gefülltes Auftragsbuch mit. Ja, und diesmal?«, er hob seine Hände.

»Ich kann mir nicht erklären, wo er bleibt!«

Konrads Mutter schossen abermals Tränen in ihre geröteten Augen. Mit halb erstickter Stimme sprach sie: »Und ich hatte so große Hoffnung, dass Ihr vielleicht eine gute Nachricht für mich und meine Kinder habt!«

Meister Michels runzelte die Stirn. Ratlosigkeit spiegelte sich auf seinem Gesicht. Dann sah er Konrad an.

»Na, und du mein Junge, sorgst du dich auch um deinen Vater?«

Ein gesenkter Kopf und ein schüchternes Nicken war seine stumme Antwort. Meister

Michels sah ihn einen Augenblick nachdenklich an, richtete sich auf und schlug unvermittelt mit der Faust so kräftig auf die steinerne Tischplatte, dass Konrad und seine Mutter zusammenzuckten und ihn mit großen Augen ansahen.

»Auch wenn es schwerfällt, dürft ihr auf keinen Fall die Hoffnung aufgeben! Ich werde euch natürlich, so gut es geht, beistehen. Ich schlage Euch vor erst einmal in meinem Haus zu übernachten. Gleich morgen wird dann mein Sohn Georg, mit Pferd und Proviant ausgerüstet, die uns bekannte Reiseroute abreiten. Georg war ja schon einmal mit Robert Richtung Norden unterwegs. Er kennt also auch ein paar Kunden, die er besuchen wollte, und so bin ich mir sicher, dass er auf jeden Fall etwas in Erfahrung bringen wird.«

Meister Michels lächelte Konrad und seine Mutter erwartungsvoll an.

»Na, was haltet ihr davon? So schnell geben wir nicht auf, oder?«

Brigitta wischte sich ihre Tränen aus den Augen und schnaufte einmal kräftig durch. In ihrem Gesicht war endlich mal wieder etwas Zuversicht zu sehen. Auch Konrads Antlitz hellte sich auf, und er nickte seiner Mutter und dem Meister zustimmend zu.

Am nächsten Vormittag ritt mit Georg Michels nicht nur ein gut instruierter Späher, sondern ebenso eine beklemmende, letzte Hoffnung vom Hof. Der Meister stellte sich zwischen Brigitta und Konrad und legte tröstend seine Hände auf ihre Schultern.

»Nun, meine Lieben, können wir leider nichts weiter tun als abzuwarten.«

Bevor Georg die Brücke über die Nidder erreichte, drehte er sich noch einmal winkend um.

»Verlasst euch darauf, ich werde mein Bestes geben! Lasst den Kopf nicht hängen!«

Konrads Mutter atmete nochmals tief durch und drehte sich zu Meister Michels.

»Ich weiß gar nicht, wie ich Euch danken soll!«

Ihre Stimme geriet für einen Moment ins Stocken.

»Aber ich habe da noch einen Wunsch.«

Meister Michels lächelte sie wohlwollend an.

»Nur zu, nur keine falsche Scham.«

Brigitta stellte sich direkt neben ihren Sohn und nahm ihn in den Arm.

»Meister Michels, ich weiß, dass Ihr mit meinem Robert schon vor vielen Jahren über Konrads berufliche Zukunft einen Kontrakt geschlossen habt. Ich glaube, es wäre in dieser für uns schwierigen Situation nun der richtige Zeitpunkt und obendrein für unsere Familie eine Hilfe, wenn Konrad die Lehre sofort antreten könnte.«

Der Meister runzelte die Stirn und griff sich an seinen Vollbart. Dann blickte er Konrad tief in die Augen.

»Nun ja, es stimmt, es war der Wunsch deines Vaters, dass du die Geheimnisse der Gießkunst erlernst.«

Meister Michels machte einen Schritt zurück und musterte Konrad mit einem kritischen Blick.

»Wenn ich richtig rechne, bist du jetzt 14 Jahre alt.«

»Ja, Meister Michels, das stimmt. Ich hatte vor zwei Wochen Geburtstag. Genau an diesem Tag wollte ja mein Vater wieder zurück sein.«

»Du bist für dein Alter wirklich schon groß und kräftig. Aber das ist nur die eine Voraussetzung. Wie sieht es denn mit deinen schulischen Leistungen aus? Ein tüchtiger Kunstgießer muss sich in vielen Disziplinen auskennen.«

Konrad strahlte ihn an, und plötzlich sprudelte es nur so aus ihm heraus: »Ich denke gut, denn unser Hauslehrer hatte oft einen Grund, mich zu loben. Das Lesen, Schreiben und Rechnen fällt mir recht leicht, aber meine große Leidenschaft gehört dem Zeichnen. Da habe ich schon viel vom Vater abgeschaut.«

Zufrieden faltete der Meister die Hände über seinem runden Bauch.

»Also gut! Wie mit deinem Vater verabredet, so möge es nun geschehen. Du kannst von mir aus gleich hierbleiben und die Lehre schon morgen beginnen.«

Vor Dankbarkeit fiel Konrads Mutter dem Lehrherrn um den Hals. Sie wusste, dass ihr Sohn in Hirzenhain bei Meister Michels und seiner Familie herzlich willkommen und gut aufgehoben war.

4. Alarm auf der Heldenburg

Der Tag war bereits weit fortgeschritten und die Sonne versteckte sich allmählich hinter dem hohen Dach des Speichers. Ein Wachmann schritt zielstrebig über den von Schatten eingehüllten Innenhof. Sein Weg führte ihn zur Burgküche. Es wurde Zeit, die Abendration für die Nachtwache abzuholen. Die wenigen noch auf der Burg lebenden Menschen hatten sich schon hinter die dicken Mauern zurückgezogen. Bis auf ein schrilles Gelächter, das durch die geöffnete Tür der Wachstube drang und durch das daran anschließende Tunnelgewölbe des Torhauses verstärkt wurde, herrschte Totenstille.

Konrad saß immer noch am Arbeitstisch in seiner Stube. Er drehte den Kopf ein wenig zur Seite und schaute verträumt in die züngelnden Flammen der beiden Kerzen, die den Raum nur spärlich ausleuchteten. Er war der Gegenwart weit entrückt. Vor seinen Augen verschwamm in der flimmernden Luft der aufsteigenden Wärme zwar das Raumbild, aber mit gestochen scharfen Gedanken wanderte er ein weiteres Mal zurück in die Vergangenheit.

Konrad erinnerte sich noch genau an den Augenblick damals in Hirzenhain, als er und seine Mutter dem Sohn von Meister Michels erwartungsvoll hinterhersahen. Sie schickten mit Georg all ihre Hoffnungen auf ein baldiges Wiedersehen mit dem verschollenen Vater auf den Weg. Dass genau in diesem Moment für ihn selbst, mit dem Beginn der Lehre, ein neuer, aufregender Lebensabschnitt seinen Anfang nahm, ahnte er damals noch nicht.

Doch plötzlich wurde Konrad durch ein helles, durchdringendes Geräusch aus seinem Tagtraum gerissen. Der Krach kam vom Schlagen des Alarmeisens. Der Turmausguck signalisierte dadurch der Wachmannschaft der Burg, dass ein mutmaßlicher Feind anrückte.

»Bei Gott, das Signal!«, rief Konrad laut in den Raum und sprang auf.

Den Stuhl umwerfend, fast stürzend, stürmte er zur Tür. Überhastet stolperte Konrad ein halbes Stockwerk höher und gelangte so auf den Wehrgang über dem Torhaus. Seine Hände zum Trichter geformt vor den Mund haltend, brüllte er mit erhobenem Blick zum obersten Fenster des Bergfrieds: »Heiner! Warum der Krach? Die nächste Übung ist doch erst übermorgen!«

Aus 70 Fuß Höhe kam, mit sich leicht überschlagender Stimme, die sofortige Antwort: »Ich habe eine Gruppe Reiter ausgemacht! Sie kommen aus Richtung Northeim. Sie sind alle bewaffnet und sehen nicht so aus, als ob sie mit uns üben wollten!«

»Wie viele hast du erkannt? Tragen sie Uniformen?«

»Mindestens ein Dutzend müssten es wohl sein.«

Der Wachmann nahm das Fernrohr nochmals ans Auge. Dann brüllte er wieder in den Hof herunter.

»Ja, ein paar tragen Uniformen, aber ich kann sie nicht zuordnen! Sie sind noch ein Stück zu weit entfernt.«

»In welcher Gangart sind sie unterwegs?«

Nach nochmaligem Spähen durch sein Fernrohr kam die Meldung: »Sie bewegen sich im Trab.«

»Trab also, das bedeutet noch genug Zeit, um uns vorzubereiten. Behalte sie auf jeden Fall im Auge!«

Konrad war froh, dass er mit Heiner einen zuverlässigen Wachposten für den Bergfried an seiner Seite hatte. Heiner war ein schon in die Jahre gekommener Burgsoldat mit einem Bauchumfang, als hätte er mehrere Kanonenkugeln verschluckt. Kurzatmig und mit kaputten Gelenken war er für den normalen Wacheinsatz nicht mehr zu gebrauchen. Heiner hatte sich im Bergfried eine kleine Stube eingerichtet und bekam seine Verpflegung hinaufgebracht. Dafür war er von Sonnenaufgang bis Sonnenuntergang ein überaus pflichtbewusster Ausguck, der diese wichtige Aufgabe mit Leidenschaft ausführte. Wohl aber musste ihm das Bier zu den Speisen – in Maßen gereicht – werden.

Seitdem wieder vermehrt plündernde Söldnerbanden im Leinetal ihr Unwesen trieben, war es Konrads Idee, ein Frühwarnsystem – dem Beispiel der gut funktionierenden Landwehr der nahegelegenen Stadt Einbeck folgend – auch für den Flecken Salzderhelden auf die Beine zu stellen. Einbeck verfügte zu diesem Zweck rund um seine Gemarkung über acht Wachttürme. Von hier aus wurden die Bürger vor einem anrückenden Feind vorgewarnt. Der Flecken Salzderhelden hatte den Vorteil, dass vom Bergfried ihrer Burg der Blick weit ins Leine- und Ilmetal reichte und der Wachmann mit Hilfe eines Fernrohres schon recht früh Freund und Feind voneinander unterscheiden konnte.

Obwohl sich nur eine kleine Reitergruppe näherte, war man in Salzderhelden, nicht zuletzt durch schreckliche Geschehnisse in Nachbargemeinden, vorgewarnt. Denn die oft im Schein des großen Krieges umherziehenden Banden waren selbst in dieser geringen Mannschaftsstärke zu allem fähig. Sie zogen, sich das Kriegsrecht nehmend, plündernd, vergewaltigend und oft auch mordend durch die Gegend und verbreiteten Angst und Schrecken.

Um nach einem Alarm wirkungsvoll zu reagieren, hatte Konrad seit Wochen die Burgsoldaten mit etlichen Übungseinheiten auf solch einen Einsatz vorbereitet. Der Amtmann, der gleichzeitig Burgkommandant war, nahm ihn gern in die Pflicht. Konrad war es schließlich, der als Söldner in vier kämpferischen Jahren Erfahrungen an der Seite des Heerführers Tillys gesammelt hatte. Konrad fiel das alles jedoch nicht leicht. Hatte er einerseits dem soldatischen Treiben abgeschworen, so fühlte er sich nun andererseits in der Pflicht, für sein neues

Zuhause Salzderhelden Verantwortung zu übernehmen.

Während Konrad eilig seinen Waffenrock mit dem großen, weißen, mit aufwändigen Stickereien verzierten Kragen überstreifte, den Gürtel mit Degen und Dolch anlegte, sich die breite rote Schärpe umband, seine beiden immer einsatzbereiten Reiterpistolen aufnahm und nach dem breitkrempigen Hut mit dem opulenten Federschmuck griff, sammelten sich im Innenhof die Burgsoldaten.

Seitdem die Heldenburg für den Herzog von Braunschweig-Lüneburg an Bedeutung verloren hatte und die eigentliche Residenz seines Fürstentums das Herzberger Schloss am Harzrand war, bestand die militärische Burgbesatzung nur noch aus einem kleinen Trupp: Zehn Soldaten zu Fuß, vier Reiter, Feldwebel Meyer als Kommandant der Wache, Heiner, der Turmausguck, und dazu die dreiköpfige Haupttorwache sowie am Ortsein- und ausgang je zwei Mann am Schlagbaum. Wahrlich keine große Streitmacht, mit der Konrad sich begnügen musste!

Nur einige Augenblicke nach dem Erklingen des Alarmsignals stürmten die Burgsoldaten in den Hof. Das intensive Üben für den Ernstfall trug erste Früchte.

Feldwebel Meyer kontrollierte noch schnell die Vollzähligkeit und die Bewaffnung, ein letzter einschwörender Blick, und schon setzte sich die Fußabteilung im Laufschritt in Bewegung. Durch das Torhaus rannte der Trupp auf der kürzesten Wegstrecke den Abstieg zum Amtshaus hinunter, um dann über den steilen Zuweg der Burg ins Dorf zu gelangen. Nun waren es nur noch rund 300 Schritte auf der Hauptstraße, bis zum östlichen Ortseingang. Wie schon bei den Übungen der letzten Wochen sorgte auch dieses Mal der ausrückende kleine Trupp im sonst recht eintönigen Tagesgeschehen des Orts für eine willkommene Abwechslung. Sogleich schlossen sich ein paar Dorfjungen laut johlend an, um bei dem vermeintlichen Spektakel ja nichts zu versäumen. Doch diesmal wurde der vorweglaufende Feldwebel sofort ungehalten und polterte lauthals los: »Verdammte Rotzgören, heute ist es keine Übung! Seht zu, dass ihr nach Hause kommt, und sagt allen Bescheid, dass sich niemand mehr auf der Straße herumtreiben soll.«

Dieser unverhoffte Befehlston kam so eindrucksvoll rüber, dass der Dorfnachwuchs unvermittelt auf dem Hacken kehrtmachte. Wild gestikulierend und die Neuigkeiten lauthals verbreitend stürmten sie davon. Die Soldaten liefen nur noch um die letzte Hausecke herum, dann waren auch schon die Leinebrücke und das massive, steinerne Wachhaus in Sicht.

Die beiden Wachposten staunten nicht schlecht, als der schwergewichtige Feldwebel, dicht gefolgt von seinen Männern, mit hochrotem Kopf auf sie zugelaufen kam.

»Wer ist denn hinter euch her? Doch nicht etwa schon wieder eine Übung?«, hörte man einen der Wachsoldaten fragend rufen.

Mit halb erstickter Stimme, keuchend und sich dabei auf seinen Degen aufstützend, kamen postwendend die Befehle aus dem nach Luft ringenden, weit aufgerissenen Mund des Feldwebels.

»Reiter sind im Anmarsch! Sichert sofort den Schlagbaum! Alle Mann auf ihre Posten!«

Während die eine Hälfte der Burgsoldaten auf der Rückseite des Wachhauses Deckung fand, versteckten sich die anderen fünf im Inneren. Hinter einer Tür warteten sie so auf ihr verabredetes Stichwort. Der Feldwebel und die beiden Wachsoldaten bauten sich demonstrativ direkt vor dem Schlagbaum auf und blickten erwartungsvoll Richtung Osten. Jeden Moment mussten die fremden Reiter durch eine Linkskurve auf das letzte Teilstück der

Landstraße einbiegen und auf die Soldaten zureiten.

In der Zwischenzeit waren auf der Burg die Pferde aus dem Reisigenstall geholt und gesattelt worden. Konrad und seine aus vier Mann bestehende kleine Kavallerie saßen auf. Sie hatten sich für den Ernstfall ein ganz besonderes, den Feind hoffentlich einschüchterndes Szenario ausgedacht. Konrad mimte einen Offizier mit dem klingenden Namen und Titel Wolf Eberhard Baron von Dohrenberg. Er spielte den Kommandeur der Leibgarde des Burgherren Herzog Georg von Braunschweig-Lüneburg. So sollte der anrückenden Bande eine mit vielen Soldaten besetzte Burg vorgegaukelt werden. Damit verband Konrad die Hoffnung, dass die ungebetenen Gäste sich beeindrucken ließen und schnell weiterziehen würden.

Es war schon ein imposantes Erscheinungsbild, als diese kleine, schwerbewaffnete Kavallerie mit ihren auf Hochglanz polierten Brustharnischen im vollen Galopp erst durch den Zwinger und den Burggraben preschte, um dann auf der Dorfstraße alles zur Seite zu scheuchen, was den Ernst der Lage immer noch nicht erkannt hatte. Und um dem ganzen Auftritt noch mehr

Nachdruck zu verleihen, hatte man einen von Konrads Begleitern sogar mit einem fürstlichen Banner ausgestattet.

Mittlerweile hatten die fremden Reiter, fünfzehn an der Zahl, die Wachposten erreicht. Sie staunten nicht schlecht, dass man es wagte ihnen in diesem nichtssagenden Flecken Salzderhelden einfach den Weg zu versperren. Der Trupp trug zusammengewürfelte Uniformen, und so erinnerten die verwegenen Gestalten eher an eine wilde Bande als an eine reguläre Kavallerieabteilung eines Heeres. Ihr Anführer, ein furchterregender Hüne, unter dem selbst sein großrahmiges Ross klein wirkte, polterte mit rauer, lauter Stimme los: »Was fällt euch einfältigen Bauerntrampeln ein, uns, den Reitern des ehrwürdigen Generalfeldmarschalls Tilly den Weg zu versperren?«

Breitbeinig und selbstbewusst stand der Feldwebel vor dem Schlagbaum, an seiner Seite die beiden Wachsoldaten, die ihre Hellebarden drohend in Position brachten. Seine Hände ruhten auf den runden Knäufen der schussbereit im Gürtel steckenden Steinschlosspistolen. Sein Gesichtsausdruck signalisierte den Fremden absolute Entschlossenheit.

»Ihr befindet euch hier auf dem Gebiet des Fürstentums Braunschweig-Lüneburg und ich, als Kommandant der Wache, bestimme wer passieren darf oder nicht.«

Der Anführer der Reitertruppe konnte sich vor Lachen nicht mehr halten, und auch seine nicht mehr ganz nüchternen Begleiter prusteten lauthals los.

»Habt ihr das gehört, Männer? Diese dicke, kleine Witzfigur mit den beiden Möchtegern Wächtern will uns tatsächlich den Weg versperren!«

Und schon waren auch aus der Mitte des Trupps Stimmen zu hören.

»Lasst uns kurzen Prozess mit diesen drei Armleuchtern machen!«

Wild gestikulierend schrie ein anderer laut dazwischen: »Genau, lass´ uns schnell ins Dorf reiten und nach den willigen Weibern Ausschau halten! Hoch mit dem Schlagbaum, sonst werden wir euch drei Figuren in den Boden stampfen!«

Der Feldwebel zuckte zwar ob der Drohung zusammen, blieb aber standhaft. Er und seine beiden Wachsoldaten nahmen sofort eine eindeutige Abwehrhaltung ein, und mit leicht erregter Stimme feuerte der Wachführer zurück: »So, so nur drei Figuren! Dann zählt lieber noch mal durch!«

Was folgte, war das verabredete Kommando.

»Wachmannschaft vor!«, schrie Feldwebel Meyer mit Leibeskräften.

Die zehn Burgsoldaten sprangen mit gezogenen und schussbereiten Pistolen aus ihren Verstecken. Sichtlich erschrocken und erstaunt um sich schauend, zogen die fremden Reiter reflexartig ebenfalls ihre Schusswaffen.
»Was soll das werden? Seid ihr von Sinnen?«, waren die ungläubigen Worte des Rädelsführers.

Die Überraschung war gelungen, und Teil eins von Konrads Plan zeigte erste Wirkung. Wildes Fluchen und gegenseitige Drohgebärden beherrschten die Szene. Die Pferde fingen schon an nervös auf der Stelle zu trippeln, als Konrad mit seiner kleinen Kavallerieabteilung auf den Schlagbaum zugetrabt kam. Dicht hinter der Straßensperre nahmen die fünf Reiter Aufstellung. Teil zwei der List begann.

Konrad hob eine seiner langläufigen Reiterpistolen und feuerte in die Luft. Von sprühendem Mündungsfeuer und Pulverrauch begleitet, verfehlte der laute Knall dann auch nicht seine Wirkung. In das tumultartige Durcheinander kehrte ruckartig Ruhe ein.
»Haltet ein und sagt mir sofort, was hier vor geht!«, herrschte Konrad die Kontrahenten an.

»Wer bis du denn, du herausgeputzter Gockel?«, kam es prompt vom Rädelsführer der Söldnerbande zurück.

»Mein Name ist Wolf Eberhard Baron von Dohrenberg, Offizier und Kommandant der Leibgarde des Herzogs Georg von Braunschweig-Lüneburg. Da der Fürst im Moment auf seiner Heldenburg weilt, habe ich die Ehre, Ihre fürstliche Hoheit mit fünf Dutzend Kavalleristen der herzoglichen Leibgarde zu begleiten.«

Es war unverkennbar, wie dem Anführer der fremden Reiterei die Gesichtszüge entgleisten. Eben noch großmäulig, wurde er schlagartig kleinlaut und fing fast an zu stottern. Er war offensichtlich von der Anzahl der Soldaten, die unweit auf der Burg warteten, beeindruckt und rechnete sich so wohl kaum eine Chance aus, hier in Salzderhelden seinen Raubzug erfolgreich zu Ende zu bringen.

»Ich - ich, ah, ich habe nur um Durchlass gebeten. Wir, wir haben den Auftrag, der Stadt Einbeck von unserem Feldherrn Graf von Tilly eine Nachricht zu überbringen.«

Konrad musste in sich hinein schmunzeln. Es war, wie nicht anders zu erwarten, eine schnell zurechtgelegte Verlegenheitsantwort.

»Was soll denn das für eine Nachricht sein, die so wichtig ist, dass ihr hier so einen lauten Aufstand veranstaltet und sogar unseren erlauchten Herzog auf der Burg in seiner Ruhe stört?«

»Es handelt sich um einen Schutzbrief, den Generalfeldmarschall Tilly der Stadt anbietet, damit wir sie beim nächsten Durchziehen verschonen.«

Konrad wusste zwar, dass Schutzbriefe durchaus übliche Praxis waren, um ohne großen Aufwand Geld einzustreichen, doch Tilly würde niemals so eine wilde Horde, schon gar nicht ohne Banner und Offizier zu den Stadtvätern schicken.

»So, so, mal wieder eine Stadt, die zur Kasse gebeten wird. Na, hoffentlich hält euer Tilly dann auch wirklich Wort, falls überhaupt noch genug Silbertaler im Stadtsäckel vorhanden sind.«

»Wie auch immer«, meldete sich Feldwebel Meyer zu Wort und sah Konrad mit einem Augenzwinkern an.

»Halten zu Gnaden Herr Baron, ich habe vom Amtmann die Anweisung, keine fremden Soldaten in den Ort zu lassen!«

Konrad merkte, dass er mit seiner ausgedachten List fast am Ziel war, und auch der

Wachführer spielte die ihm zugedachte Rolle bemerkenswert gut.

»Nun ja Feldwebel, aber in diesem Fall wollen wir unseren Herzog nicht noch weiter verärgern. Das Beste wird sein, wir begleiten Tillys Reitertrupp gemeinsam durch den Flecken. Da ich dabei bin und im Namen des Fürsten handele, habt Ihr vom Amtmann nichts zu befürchten.«

Die Kontrahenten sahen sich an, und ein bejahendes Nicken machte die Runde. Konrad handelte schnell und ergriff erneut das Wort.

»Also gut! Steckt eure Waffen weg, und dann hoch mit dem Schlagbaum! Ich reite mit meinen Leuten vorweg, und Ihr, Feldwebel, marschiert mit Euren Wachsoldaten hinterher. Und nochmals an euch Söldner: immer schön Schritt reiten und keine Zicken, bis wir den Ortsausgang Richtung Einbeck erreicht haben!«

Um den Befehlen mehr Gewicht zu geben, stemmte sich Konrad in seinen Steigbügeln aus dem Sattel und richtete sich in voller Größe auf.

»Und denkt immer daran, wir werden von der Burg beobachtet. Ein Eingreifen der Leibgarde wäre sicherlich für euch alle mehr als verhängnisvoll.«

Der intensive Blickkontakt mit dem Anführer der Söldnerbande zeigte Konrad, dass der bärtige Hüne die Kröte wohl oder übel geschluckt hatte. Doch noch lag genug Spannung in der Luft, und die Situation war gefühlt immer noch nicht ausgestanden. So setzte sich der Zug unter leisem Fluchen einiger Männer der Söldnerbande in Bewegung. Je weiter sie in den Ort vordrangen, umso mehr Salzderheldener Bürger trauten sich langsam wieder auf die Straße. Von der gerade erfolgreich umgesetzten List wussten die immer noch verängstigt dreinschauenden Schaulustigen natürlich noch nichts. Sie standen miteinander tuschelnd und staunend vor ihren Häusern.

Als der Trupp unterhalb des Amtshauses und der darüber liegenden Südfront der Burg vorbeizog, schaute vor allem die Söldnerbande skeptisch nach oben. Doch was sie sahen, räumte letzte Zweifel aus. Denn trotz der 100 Fuß Höhenunterschied von ihrer Blickposition bis zur wehrhaften Burgmauer waren die aus den Schießscharten auf sie gerichteten Musketenläufe deutlich zu erkennen.

Auch wenn nicht mehr viel Soldaten die Burg bewohnten, lagerten in der Waffenkammer immer noch reichlich Gewehre, Pistolen und Pulver. Und so hatten die drei hinter den Mauern verbliebenen Wachleute kein Problem, sich aus diesem großen Fundus zu bedienen, die

Schießscharten zu bestücken und die Musketen – ein wenig nach unten zur Straße ausgerichtet – drohen zu lassen. Um die Wirkung noch zu erhöhen, sprangen sie schnell hin und her und wackelten mit den Büchsenläufen. Die Inszenierung wirkte aus der Straßenperspektive so echt, dass die neugierig hinterherlaufenden Salzderheldener Bürger sofort auseinanderstoben und Deckung suchten.

Erst als Konrad mit dem gesamten Geleitzug den Ortsausgang Richtung Einbeck erreicht hatte, atmete er tief durch. Er und seine Männer lenkten ihre Rösser an den Rand der Straße und ließen die Bande passieren. Noch einmal hörte man von ihm eine deutliche Ansage: »So, meine Herren! Von hier aus könnt ihr frei des Weges ziehen. Allerdings, wenn ihr mit euren Geschäften in Einbeck fertig seid, würde ich euch empfehlen, für den Rückweg Salzderhelden weiträumig zu umgehen. Es sei denn, ihr legt Wert darauf, doch noch mit der Leibgarde des Herzogs Bekanntschaft zu machen.«

Der Anführer der fremden Reiter verbarg seinen Unmut nicht. Mit grimmigem Gesichtsausdruck polterte er zurück: »Wir werden unserem Feldherrn über Eure nicht alltägliche Gastfreundschaft berichten. Und ich versichere Euch, dass er sich den Namen Salzderhelden gut merken wird!«

Doch Konrad ließ sich nicht mehr provozieren. »Öffnet den Schlagbaum!« Mit diesem Befehl galoppierte die Söldnerbande laut fluchend Richtung Einbeck davon. Damit war die von Konrad erdachte List endgültig aufgegangen.

Es verging nur wenig Zeit, und schon am Tag darauf wusste der ganze Ort von der geglückten Täuschung. Allen Bürgern war klar, dass Konrad ihnen viel Leid erspart hatte. Ob Jung, ob Alt, jeder im Flecken kannte mit einem Schlag den neuen Burgschreiber. Wo immer er sich sehen ließ, wurde ihm anerkennend auf die Schulter geklopft. Auf die Spitze trieb es die Dorfjugend, die Konrad voller Bewunderung, nach dem von ihm selbst erdachten Titel, nur noch den „Baron" nannte und das Spektakel im Spiel nachahmte.

5. Zweite Rückblende

Konrad wurde nicht zuletzt auf Grund der seit Langem bestehenden Freundschaft zwischen dem Meister und seinem Vater in der Familie Michels herzlich aufgenommen.

Zwei Kinder des Meisters waren schon aus dem Haus. Die Tochter hatte, ausgestattet mit einer stattlichen Mitgift, im nahegelegenen Lißberg in das dort ansässige Hüttenwerk eingeheiratet. Der zweitgeborene Sohn des Meisters führte mit seiner Frau, einigen Mägden und Knechten in der unmittelbaren Nachbarschaft einen zum Betrieb des Vaters gehörenden Hof mit 42 Morgen Wiesen und Äckern. Dort standen nicht nur die kräftigen Arbeitspferde des Hüttenwerks, sondern ebenso das Vieh, das der gesamten Familie Michels und der Belegschaft immer ausreichend Wurst, Schinken, Käse und den leckeren Sonntagsbraten bescherte. Nur der ältesten Sohn Georg, seine Frau Gerda und ihre Tochter Johanna wohnten mit im Haupthaus auf dem Eisenhüttengelände.

Konrad hatte in diesem großen, dreigeschossigen Fachwerkgebäude eine geräumige Kammer beziehen dürfen. Ein zwar schmucklos eingerichteter Raum, jedoch weitaus größer als sein Zimmer unter dem Dach zu Hause in Wetzlar. Zusammen mit dem Meister, seiner Familie und Hermann, dem Altgesellen, der sich durch lange Treue und sein einmaliges kunsthandwerkliches Geschick den Platz am Tisch verdient hatte, nahm auch Konrad mehrmals täglich an den reichhaltigen

Mahlzeiten teil. So fühlte er sich bald als vollwertiges Familienmitglied rundum wohl. Vor allem wurde er von Frau Michels rührend umsorgt und immer mehr wie der eigene Sohn behandelt.

Konrad hatte seinen Platz am großen Esstisch genau neben der dreizehnjährigen Johanna zugewiesen bekommen. Vom ersten Moment an ließ sie ihn nicht aus den Augen. Die zierliche, rotblonde Enkelin des Meisters wirkte mit ihrem Sommersprossengesicht nicht nur wie ein frecher Klabautermann, nein, sie benahm sich auch so. Sie kicherte fast in einem fort, kippelte mit dem Stuhl, neckte Konrad heimlich unter dem Tisch oder ließ eben mal ihren Löffel in die Suppe fallen. Johanna tat einfach alles, um Konrads Aufmerksamkeit zu erregen. Sie war so ganz anders als seine braven Schwestern. Doch gerade das imponierte ihm, vor allem, wenn Johanna von ihrem Großvater, Meister Michels, zur Ordnung gerufen wurde und sie ihn dann mit ihrem kessen Lächeln und mit einem unwiderstehlichen Blick jedes Mal besänftigte.

Meister Michels und sein neuer Lehrling standen auf dem erhöhten Eingangssockel des Wohnhauses. Von hier aus hatten sie einen umfassenden Überblick über das gesamte

Betriebsgelände. Väterlich legte er den Arm um Konrads Schultern und zog ihn zu sich heran.

»So, mein Junge! Schau dich nur um. Alles, was du hier zwischen den beiden Wasserläufen und weiter bis zur Buchenhecke dort hinten siehst, all das gehört zu unserem Betriebsgelände.«

Konrad fielen sofort drei große Gebäude ins Auge. Sie waren parallel zu einem der Bachläufe angeordnet. Das beeindruckendste dieser imposanten, aus soliden Steinquadern gemauerten Bauwerke hatte gut 35 Fuß hohe Wände. Aus dem mit Schieferplatten bedeckten, steilen Dach ragte ein mächtiger, trapezförmig aufsteigender Schornstein. Gegenüber standen zwei lang gestreckte, eingeschossige, schlichte Fachwerkhäuser. Sandsteinsockel bildeten das Fundament, und über je drei Stufen erreichte man eine der acht Eingangstüren. Wie er später erfuhr, wohnten hier die Hüttenarbeiter und ihre Familien.

Konrad ließ gerade diesen ersten Eindruck auf sich wirken, als ein lautes Knarren und Rumpeln die Köpfe der beiden herumfliegen ließ. Meister Michels schnaufte tief durch und klopfte ihm auf die Schulter.

»Nun, schau dir das an! Da kommt endlich unser Eisenerznachschub. Du musst wissen, der ist längst überfällig. Wir hatten ihn bereits gestern erwartet.«

Über die stabile Nidderbrücke in der Grundstückseinfahrt bogen gleich drei hochbeladene Fuhrwerke auf den gepflasterten Hofweg ein. Gezogen wurden diese quietschenden, vor schwerer Last ächzenden Ungetüme von je vier muskelbepackten Kaltblütern. Sie legten sich unter den anfeuernden Schreien und knallenden Peitschen ihrer Kutscher mächtig ins Zeug. Die Zuggeschirre wurden so enorm angespannt, als könnten sie jeden Moment dem unwiderstehlichen Kräftespiel nicht mehr standhalten und bersten. Meister Michels eilte mit Konrad die Treppe hinunter. Zielstrebig marschierte er quer über den Hof auf die Fuhrwerke zu.

»Warum kommt ihr erst heute?«, schrie er sichtlich erbost dem ersten Kutscher entgegen.

»Verzeiht, Meister, aber wir hatten meinen Wagen wohl ein wenig zu voll beladen. Und dann kam da, nach der halben Strecke, dieses verdammte Loch in der Fahrbahn, und schon war es passiert. Gleich zwei Speichen brachen mir weg. Dem Himmel sei Dank haben wir ja für jeden Wagen ein Ersatzrad dabei. Aber das Auswechseln hat uns viel Zeit gekostet.«

Meister Michels schüttelte nur den Kopf und machte seinem Unmut Luft.

»Verdammt noch mal, das war in den letzten zehn Tagen schon der zweite Bruch! Langsam müsstest du doch jedes tiefe Loch auf der Strecke kennen, oder?«

Der Fuhrmann sah ihn verlegen an und suchte nach entschuldigenden Worten.

»Es tut mir wirklich leid, Meister. Ich werde beim nächsten Mal an den ausgefahrenen Stellen der Wegstrecke einen Fuhrknecht zu Fuß vorwegschicken, der uns dann rechtzeitig warnen kann.«

»Na also! Warum nicht gleich so? Und nun seht zu, dass ihr die Zeit wieder hereinholt, und helft gefälligst beim Abladen!«

Fuhrleute und Fuhrknechte schauten mit betroffenen Gesichtern zum Meister. Um nicht noch mehr Zeit zu verlieren, waren sie nach dem zeitaufwändigen Radwechsel und einer unbequemen Nacht in freier Natur früh und ohne kräftigendes Frühstück aufgebrochen. Sie hatten sich schon auf das schattige Plätzchen unter der alten Kastanie am großen, runden Tisch gefreut. Denn normalerweise wurden die Fuhrknechte genau hier, nach anstrengender Fahrt von der Küchenmagd des Hauses mit Brot, Schinken, Käse und einem großen Krug Bier verwöhnt.

Doch nun durften sie Meister Michels nicht noch mehr verärgern. Er hatte sie bisher immer gutherzig behandelt. Sie wussten genau, dass die Ladungen Erzgestein für den Schmelzofen schnellstens aufbereitet werden mussten. So lenkten die Männer die schwer beladenen Fuhrwerke zu einer nah am Nidderbach stehenden, großen, stabilen Holzrutsche. Während die Fuhrknechte auf den ersten hochbeladenen Wagen kletterten, um die eisenhaltigen Steine hinabzuwerfen, richtete dazu ein Hüttenarbeiter eine bewegliche Holzrinne über die gefüllte Rutsche. Gespeist über ein Wasserrad, wurde das abgezweigte Nass der Nidder dazu genutzt, das Erz zu spülen. Viele fleißige Hände schrubbten nun die Klumpen mit derben Bürsten und befreiten sie so von groben Verunreinigungen. Zwangsläufig haftete durch den vorwiegend oberirdischen Tagebau einiges an Dreck am Eisengestein, und genau das würde sonst den Schmelzvorgang unnötig beeinträchtigen.

Als Konrad ein paar Schritte nach vorn ging und sich interessiert diesen ersten Arbeitsschritt näher ansah, grinste ihn plötzlich ein verschmitzt lächelndes, frisch mit Dreck verschmiertes Sommersprossengesicht an.

»Johanna? Was treibst du denn hier? Seit wann arbeitest du schon mit im Hüttenwerk?«

Sofort legte sie einen Zeigefinger auf ihre Lippen.

»Pssst, nicht so laut!«, antwortete sie mit gedämpfter Stimme.

Doch zu spät! Meister Michels hatte sie längst entdeckt. Er baute sich mit all seiner Körpermasse vor Johanna auf.

»Also, da wird doch der Hund in der Pfanne verrückt! Kaum ist dein Vater aus dem Haus, schon schwänzt du die Klosterschule!«

Johanna legte sofort wieder ihr bestes Lächeln und ihren betörenden Blick auf. Doch diesmal wickelte sie den Meister nicht um den Finger.

»Och, Großvater, ich wollte doch nur Konrad an seinem ersten Arbeitstag alles Wichtige zeigen!«

Meister Michels runzelte die Stirn und holte tief Luft.

»Jooohanna .... erstens ist das meine Aufgabe, und zweitens kannst du dich immer noch heute Nachmittag um „deinen“ Konrad kümmern. Wasch dich, und dann ab in die Schule!«

Während die an der Rutsche arbeitenden Hüttenknechte in sich hineingrinsten, trieb der Ausspruch „dein Konrad“ Johanna die Röte ins Gesicht. Sie schmiss ihre Bürste so heftig ins Wasser, dass der dicht vor ihr stehende Konrad den braunen Schmutzbrei von oben bis unten abbekam. Immerhin schenkte sie ihm noch einen letzten kessen Blick, zog blitzschnell ihre Holzklompen aus und rannte, so schnell sie konnte, barfuß über den Hof und verschwand, die Tür hinter sich zuknallend, im Haus. Konrad stand, wie angewurzelt, mit offenem Mund und mit triefenden Haaren da und wischte sich das Schmutzwasser aus dem Gesicht.

»Ja, ja unser Johann und seine Späße!«, prustete einer der Hüttenknechte, sich den Bauch haltend vor Lachen.

»Wie?«, fragte Konrad und sah den Meister erstaunt an.

»Johann, wieso Johann?«

»Johann oder Johanna, ich weiß es schon manchmal selbst nicht mehr! Sie benimmt sich tatsächlich mehr wie ein Junge und treibt sich inzwischen so oft im Hüttenwerk herum, dass sie von allen Knechten und Gesellen nur noch, Johann gerufen wird. Ihr Vater ist einfach nicht streng genug.«

Meister Michels musste nun allerdings auch ein wenig grinsen und strich sich dabei genüsslich über seinen Vollbart.

»Obwohl dieser Teufelsbraten mir schon irgendwie imponiert! So hat sie sich derweil eine Menge von der Gießkunst abgeschaut.«

Der Meister blickte flehend zum Himmel und hob beide Hände.

»Ja, sie sollte wohl tatsächlich nicht als Mädchen, sondern als Junge auf die Welt kommen. Aber nun zurück zu unserer kleinen Hüttenwerkführung!«

Meister Michels zeigte auf einen Durchbruch im Mauerwerk des großen Steinhauses. »Siehst du das Loch in der Wand? Nachdem das Erz vom groben Dreck befreit ist, schieben unsere Hüttenknechte alles über die Rutsche durch diese Wandöffnung ins Innere zur nächsten Arbeitsstation. Und nun komm´ mit, ich zeige dir, wie es weitergeht.«

Mit diesen Worten marschierte der Meister mit Konrad zur Stirnseite des Gebäudes. Von dort aus zwängten sie sich durch eine schmale Schlupftür, die in einem großen Tor integriert war, und traten in einen düsteren Innenraum. Er war fensterlos und nur durch ein Dutzend rechteckige Wanddurchbrüche, die direkt unter dem Dachansatz angeordnet waren, wurde ein wenig Tageslicht eingefangen.

Unsicher dahinstolpernd folgte Konrad dem Meister. Es dauerte eine Weile, bis sich seine Augen an das diffuse Licht gewöhnt hatten. Nach 20 Schritten standen sie genau an der Stelle, an der das gewaschene Erzgestein durch den Wanddurchbruch hereinpolterte.

»So, mein lieber Konrad, nach dem Waschen der Klumpen folgt hier der nächste Schritt der Aufbereitung.«

Unweit des sich langsam stapelnden Erzhaufens erkannte Konrad durch eine offene Tür im Dunst eines feinen Tropfennebels ein sich drehendes, großes Wasserrad.

»Wie du siehst«, sagte der Meister, »ist die Wasserkraft für das Hüttenwerk von immenser Bedeutung. Mit der Hilfe des Nidderbachs treiben wir sowohl das Pochwerk zum Zerkleinern des Erzgesteins als auch unsere Schmiedehämmer und den großen Blasebalg für den Schmelzofen kräftesparend an.«

Konrad wurde neugierig. Endlich konnte er alles das mit eigenen Augen sehen, von dem sein Vater ihm schon viel erzählt hatte.

»Und warum werft ihr nicht gleich die sauber gewaschenen Erze in den Ofen?«

Meister Michels schüttelte energisch den Kopf.

»Nein, nein, das Zerkleinern ist schon wichtig. So trennt sich nachher im Schmelzofen besser das Eisen vom Steingut, und obendrein bekommen wir dadurch eine höhere Qualität der Schmelze.«

Der Meister hatte kaum geantwortet, als ein Hüttenknecht ein paar Erzsteine auf drei ambossähnliche Auflagen verteilte.

»So, komm´ mal ein paar Schritte zurück und stecke dir das hier in deine Ohren.«

Meister Michels reichte Konrad zwei kleine Leinenstofffetzen und zeigte ihm, wie man sie handhabt.

»Mach´ schon. Rein damit und ordentlich stopfen, denn gleich wird es richtig laut.«

Lächelnd sah der Hüttenknecht Konrad an und zog dann an einem langen Hebel. Plötzlich, wie von Geisterhand bewegt, setzte sich eine mächtige Welle, ein mindestens drei Fuß dicker Baumstamm, angetrieben durch das Wasserrad, in gleichmäßig, rotierende Bewegung. Am Umfang waren stabile Eisenbänder mit Eisennocken montiert. Diese Gebilde, die langen Nasen ähnelten, schlugen immer wiederkehrend auf die ebenfalls eisenverstärkten Hinterteile der überdimensioniert wirkenden Hammerstiele. An ihren vorderen Spitzen hingen schwere Pochhämmer, die rhythmisch mit brachialer Gewalt auf die Erzklumpen sausten und sie so zertrümmerten. Konrad war von der Technik und der Geräuschkulisse sichtlich beeindruckt. Der Hüttenknecht lächelte ihm nochmals zu und forderte ihn auf, selbst einmal ein paar Brocken unter die Hämmer zu werfen.

»Nur zu!«, brüllte der Meister gegen den Lärm an und machte ihm durch einen Schulterklopfer Mut. »Und rechtzeitig die Finger wegziehen und genau im richtigen Augenblick, wenn die Hämmer in der Aufwärtsbewegung sind, nachlegen, das ist alles!«, dröhnte seine Stimme gedämpft durch die Ohrstopfen ans Trommelfell.

Konrad beobachtete nochmals die Wurftechnik des Knechtes, und dann kam sein erster gezielter Versuch. Und tatsächlich, er traf zumindest eine der drei Auflagen.

»Na also! Getroffen! Fast so gut wie unser Jupp«, grinste der Meister, »und der macht das schon ein paar Jahre!«.

Gefangen vom Anblick der drei alles zerstörenden Pochhämmer und der dadurch erzeugten kraftvollen, stampfenden Melodie, blieb Konrad wie hypnotisiert stehen, bis der Meister ihn am Arm griff und ohne ein Wort mit sich zerrte. Nur ein paar Schritte weiter, genau da, wo die zerkleinerten Erzklumpen zwischen zwei halbhohen Mauern gesammelt wurden, blieben sie erneut stehen.

»Hier lagert das gereinigte und zerkleinerte Eisenerz und gleich daneben die Hitze spendende Holzkohle. Mit einem großen, stabilen Korb wird nun alles bis zur Einfüllöffnung unseres Hochofens hinaufgezogen. Obwohl wir das Seil über eine oben hängende Rolle führen, ist es doch ein schweres Stück Arbeit.«

Beide legten den Kopf in den Nacken und ließen ihren Blick an dem rund 30 Fuß hohen, gemauerten Koloss hinauf bis unter das Dach wandern.

»Schau dir die beiden kräftigen Kerle genau an, die da oben auf der sogenannten Gichtbühne stehen. Solche Muskeln wirst du am Ende deiner Lehre auch haben!«

Konrad sah zwei halb nackte Hüttenknechte, die unter stöhnenden Lauten gerade wieder einen Korb zu sich hochwuchteten und ihn in den Ofen entleerten. Ihre muskelbepackten, mit Schweiß und dunklem Staub überzogenen Körper wurden durch die einfallenden Lichtkegel der weit oben im Mauerwerk angebrachten Durchbrüche eindrucksvoll in Szene gesetzt. Auf der einen Seite war Konrad zwar von diesem Anblick fasziniert, aber auf der anderen Seite kamen ihm auch die ersten Zweifel, ob er dieser schweren Arbeit schon gewachsen war. Der Meister brüllte zu den beiden hinauf:

»Wie weit seid ihr da oben?«

Mit rauer Stimme tönte es zurück: »Die neue Lieferung Erzgestein ist gerade rechtzeitig angekommen. Nur noch drei Lagen, dann geben wir wieder ordentlich Zunder!«

Meister Michels brummte zufrieden vor sich hin und verließ mit Konrad das große Steinhaus.

»So, Konrad, diese kleine Führung ist erst einmal genug. Wie dann unsere Gussmodelle in den Sand eingeformt werden und wie das Anstechen des Ofens und der eigentliche Gießvorgang vonstattengehen, das wirst du später alles ganz genau erfahren.«

Konrad nickte zustimmend, hatte aber gleich noch einen Vorschlag.

»Meister, ich würde gern mein Skizzenbuch holen und alles soeben Erlebte mit ein paar Strichen und Notizen festhalten.«

Meister Michels war von Konrads Interesse sichtlich beeindruckt, und ein breites Lächeln zeigte deutlich seine Zufriedenheit.

»Ich muss schon sagen, mein Junge, du erinnerst mich wirklich immer mehr an deinen Vater. Auch er war von Anfang an mit Leib und Seele dabei und von der Gießereikunst begeistert.«

Der Meister griff Konrad fest an beiden Armen, und sein Gesichtsausdruck wurde unvermittelt deutlich ernster.

»Doch bevor ich dir noch mehr zeige und dich in die Geheimnisse der Gießkunst einweihe, gibt es da eine Bedingung, an die du dich stets halten musst.«

Er zog Konrad so dicht an sich heran, dass sich beinahe ihre Nasenspitzen berührten. Der Meister sah ihm dabei tief in die Augen, als wollte er bis in sein Herz schauen.

»Konrad, alle Aufzeichnungen, die du ab sofort machst, und alles, was du hörst und siehst und was du lernst, darf auf keinen Fall einem Außenstehenden zugetragen werden! Du musst wissen, dass da draußen so manch einer gern die von mir über Jahre entwickelten Techniken oder gar Legierungsrezepturen ausspionieren würde. Also, alles bleibt hinter diesen Mauern. Ist das klar?«

Konrad versagte die Stimme. Er hatte einen regelrechten Kloß im Hals. Sein Kopf schien zu glühen, und seine Ohren leuchteten feuerrot. Er hatte das Gefühl, als sei er plötzlich selbst ein Hochofen. So viel Verantwortung und Vertrauen hatte der Meister ihm unverhofft auf die Schulter geladen, dass seine Knie weich wurden und es ihn fast in den Boden drückte. Peter Michels war zwar ein kräftiger Gießereimeister, der nach außen eher grob und rau wirkte, aber er hatte ein großes Herz, und er war sensibel genug, um zu merken, was in diesem Moment in Konrad vorging.

»Mein Junge, wenn du nun zweifelst, ob du mir dein Wort geben kannst, kann ich dich beruhigen. Auch dein Vater Robert war vor vielen Jahren genau in der gleichen Situation wie du heute. Auch er hat mir sein Wort geben müssen. Und wie du selbst weißt, war es nicht zu seinem Schaden, über die Geheimnisse der Gießkunst und vor allem des Kunstgusses zu schweigen, denn er ist bis heute damit sehr erfolgreich unterwegs. Also Kopf hoch, schlag ein und gib mir dein Ehrenwort!«

Konrad hatte sich wieder gefangen. Er atmete nochmals tief durch und legte seine schmächtige Hand in die mit Hornhaut übersäten Pranken des Peter Michels. Etwas verlegen kam die Zustimmung.

»Also gut, Meister. Ich versichere Euch, genau wie mein Vater, meiner Verschwiegenheit.«

Meister Michels klopfte ihm freudestrahlend und so kräftig auf die Schulter, dass Konrad dabei rundum durchgerüttelt wurde.

»Na, siehst du! Ist doch gar nicht so schwer!«, waren seine aufbauenden Worte.

Er legte Konrad seinen kräftigen Arm um und zog ihn hinter das große Steinhaus. Etwas versteckt, von Buschwerk umgeben, kam ein flacher Anbau zum Vorschein. Meister Michels griff an ein Lederband, das er um den Hals trug, und zog einen kunstvoll verzierten Schlüssel unter seinem Wams hervor. Wortlos entriegelte er damit eine massive, mit dicken Eisenbändern beschlagene Tür.

»So mein Lieber«, sagte er mit erhobenen Zeigefinger.

»Nun betrittst du mit mir das „Allerheiligste" meines Hüttenwerks.«

Mit stolzem Unterton in der Stimme sprach er weiter: »Hier hinein durften bisher nur wenige, und schon gar nicht normale Lehrlinge, mit einer Ausnahme, und die hieß Robert Gassner. Aber da ich fest an dich und an dein Talent und an deine künstlerische Ader, die dir dein Vater außer Zweifel vererbt hat, glaube, sollst du von Anfang an alles Wichtige mitbekommen.«

Konrad schaute sich staunend um. Dieser große, längliche Raum diente offensichtlich nur einem einzigen Zweck, nämlich seiner absoluten Leidenschaft, dem Zeichnen. Gleich drei mindestens fünf Fuß hohe und ebenso breite Fenster sorgten über einem riesigen Arbeitstisch für das notwendige Licht. Sie waren zwar mit Bleistegen, in einzelne Segmente unterteilt, aber Konrad hatte noch nie so helles und ebenes Glas gesehen.

»Die Scheiben haben bestimmt ein Vermögen gekostet! Wenn ich in meinem Zimmer zu Hause in Wetzlar durchs Fenster auf die Gasse sehe, dann kann ich die Menschen auf dem Pflaster immer nur verschwommen wahrnehmen«, sagte er mit Blick zum Meister.

»Das ist auch kein Vergleich. Hier, wo alle unsere Ideen im passenden Maßstab auf Papier festgehalten werden, ist helles Licht wirklich alles, und so ist es gut angelegtes Geld, das ich hier in das Glas investiert habe.«

Der Meister zeigte zur hinteren Stirnwand des Raums.

»Dort stehen massive Eisengitter gegen ungebetene Gäste. Die kommen jeden Abend von innen vor die Fenster und obendrein schützen wir unsere wertvollen Scheiben von außen mit dicken Fensterläden.«

Nun erkannte Konrad auch den Zeichner, der, am Tisch sitzend, mit schwungvoller Linienführung ein neues Motiv entwarf. Es war der Altgeselle Hermann, den er beim Speisen an der Tafel des Meisters kennengelernt hatte. Als Konrad staunend, mit leicht offenem Mund etwas näher herantrat und ihm fasziniert auf die Finger schaute, drehte der Altgeselle sich zu ihm um.

»Na, Konrad Gassner, das hättest du mir wohl nicht zugetraut? Aber was meinst du, von wem dein Vater den letzten Feinschliff bekommen hat? Eins´ sag ich dir gleich: Talent ist höchstens die

Hälfte. Doch wer ein guter Zeichner werden will, der muss hartnäckig üben, üben und nochmals üben.«

Meister Michels meldete sich zu Wort und ergänzte Hermanns Ausführungen: »Und Ideen braucht er, denn wir benötigen immer wieder für unsere Kunden neue Entwürfe.«

Der Meister zeigte auf ein Regal, das gegenüber vom Arbeitstisch die ganze Wand einnahm. Dort lagen, fein säuberlich gestapelt, hunderte Zeichnungsrollen.

»Schaue dir das ruhig mal näher an«, forderte er ihn auf.

Konrad blickte den Meister an. Er wirkte unschlüssig.

»Na, nun geh´ schon, suche dir einfach ein paar Rollen aus und achte einmal auf die unten rechts stehenden Signaturen. Wer weiß, vielleicht entdeckst du ja etwas Aufregendes.«

Konrad war noch nicht ganz am Regal, als Hermann sich umdrehte.

»Dass mir nur ja nichts durcheinander kommt! Immer nur eine Rolle nach der anderen und genau da wieder hinlegen, wo du sie weggenommen hast!«

Der Meister schmunzelte und hob beschwichtigend die Hände. Konrad zog nacheinander mehrere Zeichnungen heraus und betrachtete interessiert die unterschiedlichen Motive, bis er plötzlich innehielt. Begeistert hob er ein Blatt in die Höhe und schaute dabei Peter Michels mit strahlendem Gesicht an.

»Meister, seht her, ich habe tatsächlich gleich einen Entwurf von meinem Vater gefunden!«

Aufgeregt zeigte er auf die Signatur.

»Hier! Ich erkenne sie genau! Da steht unverwechselbar „RG" für Robert Gassner, und dazu hat er auch noch ein Zeichen gemalt, das ich kenne.«

Meister Michels sah Konrad erstaunt an.

»So? Das ist mir noch gar nicht aufgefallen. Zeig´ mal her.«

Konrads Blick klebte förmlich an der Zeichnung.

»Da schaut, es ist ein Symbol des Heidenportals aus dem Wetzlarer Dom!«

Als Konrad wieder aufblickte, waren seine Augen feucht geworden. Mit belegter Stimme kam es zum Gefühlsausbruch.

»Hoffentlich findet Euer Sohn meinen Vater«, schluchzte er, »und hoffentlich ist ihm nichts Schlimmes passiert!«

Meister Michels nahm Konrad kurzer hand in seine kräftigen Arme und drückte ihn fest an die breite Brust.

»Es wird bestimmt einen ganz normalen Grund dafür geben, dass dein Vater diesmal länger für seine Tour braucht. Hab einfach Geduld, bis Georg zurückkommt! Wer weiß, vielleicht bringt er unseren Robert gleich mit.«

Der Meister rüttelte ihn nochmals durch und schaute ihm tief in die Augen.

»Um so wichtiger ist es, dass du jetzt hier deinen Mann stehst! So wie es der Wunsch deines Vaters war, und nun hörst du auf zu grübeln und schaust dir mit mir zum Abschluss unseres Rundgangs die ebenfalls außerordentlich wichtige Modelltischlerei an. Hier arbeitet der Josef, ein richtiger Künstler, der, so könnte man glatt sagen, die Sprache des Holzes spricht. Mit seinen Schnitzwerkzeugen hat er bisher auch den schwierigsten Ideen, die Hermann ihm als Zeichnung auf den Tisch gelegt hat, mit Bravour Gestalt gegeben.«

Meister Michels blieb kurz stehen und hielt Konrad am Arm fest.

»Nur eins noch! Erschrick nicht, wenn du den Josef gleich zu Gesicht bekommst! Er hat so ein bisschen was von einem unheimlichen Waldschrat, ist nur mit seinen Holzmodellen verheiratet und am liebsten allein. Zum Überfluss nörgelt er auch noch gern an allem herum. Na ja, wir nehmen ihn halt, wie er ist. Nicht ganz einfach, aber wie gesagt ein erstklassiger Handwerker, um den mich so manches andere Hüttenwerk beneidet.«

Peter Michels öffnete am Kopfende des Raums eine Tür und schlüpfte mit Konrad hindurch.

»Ah, Meister, gut dass Ihr kommt!«, rief ihnen ein kleiner, buckliger Mann mit einer krächzenden, unter die Haut gehenden Stimme zu.

Die langen, weißen Haare, die ihm wirr in alle Richtungen vom Kopf abstanden und ihm bis über die Schulter reichten, waren – wie der Rest seines Arbeitskittels – mit Holzspänen eingedeckt. Der Meister hatte nicht zu viel versprochen. Er wirkte auf Konrad fast wie eine Figur, die er aus Märchen und Sagen kannte. Josef kam mit seinem buckligen Rücken gekrümmt gehend auf sie zu und blickte den Meister mit schief nach oben verdrehtem Kopf herausfordernd an. In den Händen hielt der Geselle eine breite Bohle. Dann polterte er auch schon los: »Könnt Ihr mir bitte mal verraten, wie ich die filigranen Schnörkel, die Hermann mir mit jeder Zeichnung vorgibt, aus diesem verfluchten Holz schnitzen soll?«

Wütend schmiss er das Werkstück in einen Spänehaufen und zeigte mit seinen langen, schlanken Fingern auf die augenblickliche Arbeit auf der Werkbank.

»Schaut Euch das nur an! Da ist mir heute schon zum zweiten Mal ein Stück ausgebrochen! Immer wieder tauchen, wie aus dem Nichts, kleine Äste auf. Damit wird das Schnitzen wirklich unberechenbar, und ein halber Tag Arbeit wird so schnell zunichtegemacht.«

Man musste schon zweimal hinsehen, um eine Fehlstelle zu entdecken. Meister Michels nickte verständnisvoll.

»So kennen wir unseren Josef. Wenn der nicht fluchen kann, dann ist er nicht zufrieden. Aber er ist ein absoluter Meister seines Fachs und hat bisher noch jeden Entwurf von Hermann in ein Holzkunstwerk verwandelt. Du musst wissen, Konrad, wenn das Holzmodell nichts taugt, dann kommt auch hinterher kein vernünftiges Gussstück dabei heraus. Daran siehst du, wie wichtig Josefs Arbeit für unser Hüttenwerk ist.«

Der Geselle mochte so viel Lob gar nicht hören, und mit einem »Ja, ja, reden, reden, davon wird das Holz auch nicht besser« und einer abfälligen Handbewegung drehte er sich um und verschwand wieder an seine Arbeit.

Meister Michels hatte dem Ganzen in stoischer Ruhe zugehört.

»Eins verspreche ich dir, Josef, beim nächsten Holzankauf bist du auf jeden Fall dabei. Mit deinen Adleraugen kannst du unserem Lieferanten dann genau auf die Finger schauen.«

Josef blickte nur kurz auf und äußerte seine Zustimmung mit einem knappen, grunzenden Laut. Peter Michels schob Konrad etwas dichter zur Werkbank.

»Dieser junge Mann, mit Namen Konrad Gassner, ist unser neuer Lehrling. Ab morgen wird er mit Hermann arbeiten, und in einem halben Jahr hast du dann das Vergnügen, ihm alles über den Modellbau beizubringen. Und wenn ich sage „alles", dann meine ich „alles"!«

Josef blickte mit einer – durch seinen krummen Rücken bedingten – angestrengten Kopfdrehung zu den beiden Besuchern. Mit zusammengekniffenen Augen musterte er Konrad so intensiv, als wolle er ihn mit seinem stechenden Blick durchbohren. Und dann kam wieder diese bis ins Mark fahrende, krächzende Stimme.

»Aber das Eine sag ich dir gleich. Bei mir gibt es keine Widerworte und nervige Fragen kannst du dir ebenfalls sparen. Ist das klar?«

Konrad stand wie versteinert da. Ein eiskalter Schauer lief ihm über den Rücken. Dieser Josef wirkte auf ihn regelrecht unheimlich. Er war nun doch froh, dass er seine ersten Erfahrungen zunächst bei Hermann sammeln durfte und nicht gleich den Launen des Waldschrats, wie ihn der Meister genannt hatte, ausgesetzt war.

»Nun, Josef, ich bin mir sicher, dass unser Konrad genau so viel Talent mitbringt wie einst sein Vater. Du erinnerst dich hoffentlich noch an Robert Gassner?«

»Ja, ja, schon gut. Und jetzt haltet mich nicht länger von der Arbeit ab!«, polterte er drauflos, nahm eines seiner Messer und schnitzte weiter.

Der Meister lächelte Konrad an und zwinkerte ihm aufmunternd zu.

»Na, dann wollen wir unseren Künstler nicht länger stören.«

Als sie dann gemeinsam über den Hof zum Wohnhaus gingen, legte Peter Michels väterlich Konrads seinen Arm um.

»Ich hoffe, der Josef hat dich nicht zu sehr verschreckt? Wenn er erst merkt, wie ernst du es meinst, dann wird er dir eine Menge beibringen. Darum lasse dich auf keinen Fall einschüchtern und gehe zielstrebig diesen eingeschlagenen Weg, dann wirst du garantiert eines Tages in die Fußspuren deines Vaters treten.«

Wochen, Monate und Jahre vergingen und Konrads Lehrzeit neigte sich langsam dem Ende zu. Er enttäuschte den Meister nicht. Mit dem geerbten künstlerischen Talent, Beharrlichkeit und seinem handwerklichen Geschick begeisterte er nicht nur Peter Michels, sondern auch der Altgeselle Hermann, und sogar der Modellschnitzer Josef zollten ihm mittlerweile Anerkennung.

Konrad vermochte oft sein Glück gar nicht zu fassen. Es lief für ihn beinahe alles zu perfekt, wenn da nicht immer wieder die Erinnerung an seinen nicht zurückgekehrten Vater gewesen wäre. Überall im Hüttenwerk hatte Robert Gassner Spuren hinterlassen. Doch er war nach wie vor verschwunden. Auch die Suche nach ihm durch Georg, den Sohn des Meisters, blieb erfolglos. Gut zwei Wochen war er der Reiseroute des Handelsgefährts Richtung Norden gefolgt. Den letzten Hinweis bekam Georg auf dem Weg nach Braunschweig in der alten Kaiserstadt Goslar. Dort hatte Konrads Vater vier vorbestellte Ofenplatten dem Goldschmied und Ratsherren Jürgen von Hagen ausgeliefert. Der Handwerksmeister berichtete Georg, dass Robert Gassner unbedingt noch am selben Tag zu der drei Meilen entfernten Burg Gebhardshagen fahren wollte, und das, obwohl ihm der Ratsherr davon abriet und auf mögliche Gefahren aufmerksam machte. Doch Robert Gassner hatte sich vorgenommen, diese letzte Wegstrecke noch bis zum Dunkelwerden zu schaffen, und war hastig aufgebrochen.

Georg Michels berichtete damals, dass genau hier die Spur endete, denn auf Burg Gebhardshagen kam Konrads Vater nie an. Selbst nach intensiver Befragung von mindestens drei Dutzend Menschen vor Ort und in allen üblichen Wegkrügen, in denen Handelsreisende einkehrten, gab es keinerlei brauchbare Hinweise, sondern nur bedauerndes Kopfschütteln.

Konrad war damals, nach der niederschmetternden Nachricht, am Boden zerstört. Er selbst überbrachte seiner Mutter und seinen Schwestern diese deprimierende Botschaft. Große Existenzsorgen kamen auf die Familie zu. Trotzdem verfolgte Konrad, in der Hoffnung, dass sein Vater doch noch eines Tages zurückkehren würde, den angefangenen Plan, erst einmal die Lehre zu Ende zu bringen. In dieser schweren Zeit bekam er viel Halt durch Familie Michels. Wenn auch der Meister ihm den Vater nicht ganz ersetzen konnte, so behandelten sie ihn doch wie ihren eigenen Sohn. Vor allem Johanna, die ein Jahr jüngere

Tochter des Hauses, die vom ersten Moment an ein Auge auf Konrad geworfen hatte, sorgte für Frohsinn und Ablenkung und half ihm sein seelisches Gleichgewicht wieder zu finden.

Ihre erste Begegnung, bei der sie mit ihrem ungestümen Verhalten Konrad unbedacht von oben bis unten mit Dreck bespritzt hatte und ihn danach mit einem vor Staunen offenen Mund stehen ließ, blieb ihm unvergessen.

Aber Johanna, oder Johann, wie sie von den Hüttenknechten gerufen wurde, war nicht nur der burschikose, mit Sommersprossen übersäte Klabautermann des Hüttenwerks. Sie hatte sich, nur durch heimliches Zuhören und Zuschauen, so tief in die Gießkunst eingearbeitet, dass sie nicht selten ihren Vater und Großvater zum Stauen brachte.

Selbst wenn Konrad bald, so wie es üblich war, als Geselle auf Wanderschaft gehen musste, so würde er eine Erinnerung an genau dieses freche Geschöpf, das inzwischen Kumpel und echte Freundin geworden war, immer bei sich tragen; und das nicht zuletzt, weil sie ein ganz besonderes, gemeinsames Abenteuer verband.

6. Das Amulett

Es war an einem Wochenende in Konrads zweitem Lehrjahr, als ihn Johanna spät abends in seiner Kammer überraschte. Das war zwar nicht ungewöhnlich, denn so hatten sie schon öfter bis tief in die Nacht zusammengehockt und über Gott und die Welt geplaudert, aber diesmal war alles anders. Johanna kam förmlich ins Zimmer geschlichen und versuchte, nachdem sie sich nochmals vergewissert hatte, dass ihr auf dem Flur keine neugierigen Blicke gefolgt waren, die quietschende Tür so geräuschlos wie möglich zu schließen. Auf Zehenspitzen balancierte sie über die knarrenden Dielen auf Konrads Bett zu, hockte sich neben ihn und eröffnete ihm mit deutlich gedämpfter Stimme ihren verwegenen Plan.

»Schau, was ich dir mitgebracht habe.«

Konrad glaubte seinen Augen nicht zu trauen.

»Das ist doch nicht etwa der Schlüssel vom „Allerheiligsten"?«, fragte er erstaunt.

Johanna schaute ihn grinsend an und nickte heftig mit dem Kopf.

»Und ob er das ist!«

Konrad nahm ihn Johanna aus den Händen und schaute ihn sich genau an.

»Es besteht kein Zweifel! Die Verzierungen, die Größe: Er ist es wirklich!«

Fassungslos und mit offenem Mund sah er Johanna an. Doch dann polterte es nur so aus ihm heraus: »Bis du wahnsinnig? Wenn das der Meister merkt, dann möchte ich nicht in deiner Haut stecken! Dann hilft dir auch der ganze Zauber nicht mehr, mit dem du sonst deinen Großvater um den Finger wickelst.«

Konrad gab ihr schnell den Schlüssel wieder zurück, so als ob etwas Ansteckendes an ihm haftete.

»Und überhaupt! Was in aller Welt willst du denn damit? Oder ist das wieder eine von deinen verrückten Mutproben?«

Johanna hielt den rechten Zeigefinger vor ihre Lippen.

»Psst! Nicht so laut! Und nein, es ist keine Mutprobe, obwohl, ich habe ganz schön gezittert, als ich ihn aus Hermanns Schlafkammer gestohlen habe.«

Konrad blickte Johanna ungläubig an.

»Moment mal! Wieso von Hermann? Ich dachte, nur der Meister hat einen Schlüssel!« »Das behauptet er zwar immer, aber wie du weißt, gehört unser Altgeselle Hermann ja sozusagen mit zur Familie, und mein Großvater hat zu ihm absolutes Vertrauen. Also hat er ihm einen

Zweitschlüssel zur Verwahrung gegeben, und genau den habe ich mir mal eben ausgeliehen.«

Konrad stand auf, stellt sich vor Johanna und schüttelte ungläubig den Kopf.

»So, und wofür soll das Ganze nun gut sein? Und was ist, wenn Hermann aufwacht und feststellt, dass der Schlüssel fehlt?«

Jetzt stand auch Johanna auf.

»Also erstens wird der Hermann nicht so schnell zu sich kommen, denn der hat sich heute Abend mal wieder mit Branntwein besoffen, und einmal angefangen, treibt er es garantiert das ganze Wochenende. Und da du ja, wie der Meister immer sagt, handwerklich so geschickt bist, möchte ich, dass du mir von diesem Schlüssel eine Kopie anfertigst.«

Konrad ließ sich rückwärts auf sein Bett fallen.

»Und wofür bitteschön brauchen wir diese Schlüsselkopie?«

»Na ja, um unsere Freundschaft zu besiegeln, würde ich gern mit dir zusammen zwei Amulette anfertigen«, kam es mit einem verschmitzten Lächeln aus ihrem Mund.

Was folgte, war ein heftiges Streitgespräch, an dessen Ende er dann aber doch klein beigab. Zwei Amulette von Anfang bis Ende selbst anfertigen, das war also die Idee, die hinter allem steckte, und zwar ohne dass es im Hüttenwerk jemand mitbekommen sollte. Konrad ließ sich von Johannas Faszination anstecken. Er konnte und wollte Johanna bei der Ausführung ihres verwegenen Plans natürlich nicht im Stich lassen. Konrad gelang es tatsächlich recht schnell, aus einem dünnen, geschmiedeten Abfallstück, das er sich aus dem großen Steinhaus des Hüttenwerks besorgt hatte, etwas Schlüsselähnliches herzustellen. So kunstvoll das Original auch verziert war, so einfach war dann doch der Schlüsselbart gehalten. An einem Ende des Metalls hatte Konrad bald, durch Sägen und Feilen, die Einschnitte und das Profil herausgearbeitet. Eines Nachts schlug dann die Stunde der Wahrheit. Johanna und er schlichen sich heimlich aus dem Haus, um die Schlüsselkopie an der Tür ihres Begehrens, der Tür zur Zeichen- und Modellbauwerkstatt, vom Meister liebevoll das „Allerheiligste" genannt, auszuprobieren. Ihre Herzen pochten so laut wie nie zuvor in ihrem Leben. Mit zittrigen Fingern und immer wieder lauschend, ob sie nicht doch noch jemand entdeckte, hatte Konrad alle Mühe, das Schlüsselloch im Stockdunklen zu finden. Nach ein paar tiefen Atemzügen und einigen hakeligen Versuchen gelang es ihm dann endlich, den Schlüssel zu drehen. Mit klickenden

Geräuschen bewegte sich der Schließmechanismus und gab das Schloss frei.

Konrad zuckte zusammen, denn er spürte plötzlich Johannas kalten Hände auf seinen nackten Unterarmen. Ihre funkelnden Augen durchdrangen die Dunkelheit und ihre Blicke trafen sich. Stürmisch fiel Johanna ihm um den Hals und hielt sich vor Aufregung den Mund zu. Konrad spürte förmlich, dass sie am liebsten vor Begeisterung losschreien würde. Gemeinsam, mit vereinten Kräften, öffneten sie die schwere, eisenbeschlagene Werkstatttür. Für beide war es ein erhabener Moment, als sie in dem durch die Fensterläden nach außen lichtdicht abgeschotteten Raum eine mitgebrachte Kerze entzündeten. Sie tasteten sich mit dem flackernden Licht in der Hand vorsichtig bis zur Holzwerkstatt durch. Dort angekommen, breitete Konrad seine kleine Skizze aus, die er seit Jahren mit sich herumtrug. Er hatte sie Johanna schon mehrfach stolz gezeigt. Offensichtlich hatte er sie damit so stark beeindruckt, dass sie darauf hin die Idee für dieses kleine Abenteuer ausgebrütet hatte.

Das Motiv stellte einen Ausschnitt des Heidenportals dar, das den Nordturm des Doms zu Wetzlar zierte. Das Amulett sollte nur knapp doppelt so groß wie eine Reichstalermünze werden. Konrad musste die Angst, dass man sie erwischen könnte, unbedingt ausblenden. Mit zitternden Fingern, wie er sie soeben beim Öffnen der Tür hatte, würde er die feinen Werkzeuge für eine so filigrane Arbeit nicht präzise genug führen können. Johanna bemerkte seine Anspannung und redete beruhigend auf ihn ein.

Mit Josefs Schnitzmessern und Beiteln machte er sich unverzüglich ans Werk. Während Johanna die Kerze hielt, zeigte Konrad, was er gelernt hatte. Nach einigen Fehlversuchen, einer blutigen Fingerspitze und zwei Nächten ohne Schlaf war es dann doch geschafft, und die beiden Abenteurer strahlten sich überglücklich an. Die mehrfach geschwungene, Hörnern ähnliche Linienführung des Heidenportal-Reliefs hatte für Konrad im doppelten Sinn eine große Bedeutung. Zum einen war es, seitdem er mit dem Zeichnen begonnen hatte, sein absolutes Lieblingsmotiv, und zum anderen verband es ihn intensiv mit seinem Vater, denn Robert Gassner selbst hatte einst an dem schwierigen Relief mit der anspruchsvollen Formgebung geübt.

Konrad durfte allerdings die Skizzen auf keinen Fall herumzeigen. In diesen Zeiten würde nur der Hauch eines Verdachts, dass er sich mit satanistischen Symbolen beschäftigte, für die ganze Familie gefährlich werden.

Um so emotionaler war der Moment für Konrad, als er zum ersten Mal ein bis in alle Feinheit gelungenes Holzmodell des geheimnisvollen, symbolhaften Motivs in den Händen hielt. Da beide ein Relief haben wollten, schnitzte er gleich noch ein zweites Holzmodell. So konnten sie später alles in einem Gießvorgang erledigen.

An den kommenden Tagen baute sich die verschworene Gemeinschaft in jeder nur freien Minute einen kleinen, vier Fuß hohen Schmelzofen. Das Prinzip hatte ihm schon sein Vater einst anhand eines Schmelzvorgangs erklärt. Er zeigte ihm damals auch, wie man mit einfachen Materialien, nur mit Lehm, Stroh und ein paar Steinen, nach dem Vorbild des seit Jahrhunderten bekannten Rennofens, sich so etwas selbst bauen konnte. Und weil Konrad gern zeichnete, hatte er mit seinem Vaters von diesem Ofen einen perspektivischen Entwurf in sein Skizzenbuch gezeichnet und aufgehoben.

Um ihr gemeinsames Geheimnis weiter zu hüten, fanden sie an einer abgelegenen Stelle des Grundstücks – auf der Rückseite der Arbeiterhäuser, zehn Schritt entfernt hinter einem dichten Buschwerk – genau den richtigen Platz.

Während Johanna die für den Schmelz- und Gießvorgang notwendigen Materialien – wie Holzkohle, Torf, Hobelspäne, ein kleines Stück Roheisen, Formsand, Holzleisten und Nägel für zwei Formkästen – aus dem Hüttenwerk organisierte, kümmerte sich Konrad um Lehm, Steine, Wasser und Stroh zum Ofenbau.

Der Reiz, etwas Verbotenes zu tun, beflügelte beide und schweißte sie fest zusammen. Der Schmelzofen war dank Konrads Skizzenbuch in zwei Nächten gebaut. Über einen Feuerraum formten sie eine kleinere Schmelzkammer. Diese war doppelwandig, und von Heißluftkanälen, die nach oben in einen Rauchabzug mündeten, umgeben. So hüllte der heiße Luftstrom die Schmelzkammer ein und das Roheisen schmolz bei hoher Temperatur.

Konrad hatte im Hüttenwerk genau zugeschaut und wusste, dass sie für ihr Vorhaben ein aufbereitetes Stück Eisen brauchten, um ihren Abdruck in Formsand zu gießen. Sein Vater hatte Konrad erklärt, dass nach dem Bau mit einem Lehm-Stroh-Gemisch der noch feuchte Ofen durch Trockenbrennen langsam ausgehärtet werden müsse, da er sonst später der großen Hitze nicht standhalten würde.

Damit durch die entstehende Rauchentwicklung ihr Geheimnis nicht aufflog, schlichen sie sich wieder einmal mehr in der Nacht aus dem Haus, um dann die Dunkelheit zu nutzen. Die Spannung blieb bis zum Schluss. Ob wirklich alles so funktionieren würde, wie es Konrad theoretisch durch seinen Vater erfahren hatte, das musste nun die nächste Nacht zeigen.

Wenn auch Johanna und Konrad mittlerweile Übung im geräuschlosen Schleichen durch das nächtliche Haus der Familie Michels hatten, so war es doch jedes Mal ein kleines Abenteuer. Gerade Johanna genoss es, die Ängstliche zu spielen und sich dabei ein wenig an Konrad zu schmiegen.

Wieder warteten die beiden, bis alle im Haus schliefen und das Schnarchen des Meisters auf den Fluren durchdringend bis in den letzten Winkel zu hören war. Sie konnten es kaum erwarten, ihre Kammern zu verlassen, doch es wurde auch dieses Mal deutlich nach Mitternacht, als sie in ihrem Versteck das Eisenstück in den Schmelzofen legten, ihn mit Torf und Holzspänen anheizten und dann Holzkohle hinzugaben.

Während das Feuer im Ofen langsam anfing zu brennen, füllte Konrad Sand in die beiden Formkastenhälften. Im Unterkasten legte er jedoch zuerst die geschnitzten Holzreliefs ein, bevor er den Sand darüber streute und mit einem Handholz feststampfte. Vorsichtig entnahm er die

Holzmodelle wieder und stach in den Oberkasten zwei Luftöffnungen sowie ein Eingussloch und setzte die Formkästen aufeinander. Fest miteinander verschnürt, damit das glühende Eisen später nicht durch einen Spalt entweichen konnte, standen sie nun bereit.

Die zur Schmelze benötigte hohe Temperatur von rund 1500 Grad Celsius wurde nur erreicht, wenn ein Blasebalg das Feuer ständig anblies. Auch das wusste Konrad von seinem Vater, dass ohne dieses so wichtige, Luft spendende Gerät keine Schmelze möglich war. Er hatte sich schon den Kopf darüber zerbrochen, wie er nun auch noch einen Blasbalg bauen könnte, bis ihm der Zufall zu Hilfe kam. In dem Moment, als Konrad durch das große Steinhaus schlich, um noch etwas Formsand zu stibitzen, entdeckte er unter einer dicken Schicht Staub einen offensichtlich aus vergangenen Tagen stammenden und längst vergessenen kleinen Balg. Er hätte vor Freude einen Luftsprung machen können, denn ohne dieses wichtige Hilfsmittel wäre Johannas Idee letztendlich nicht zu verwirklichen gewesen.

Eine arbeitsreiche Nacht lag vor ihnen. Konrad und Johanna knieten nebeneinander vor dem Schmelzofen und drückten abwechselnd, mit aller Kraft, rhythmisch die luftspendenden Tierhäute des Balgs zusammen. Die langsam im

Ofen ansteigende Temperatur strahlte bald ihre große Hitze auch durch die Lehmhülle nach außen ab, sodass ihre Gesichter allmählich glühten und ihre Leinenblusen an der schweißnassen Haut klebten. Als ob etwas Magisches von ihrem sich nach oben verjüngenden, einem Vulkan ähnelnden Ofen ausging, der bei jedem Blasebalghub kleine Funken gen Himmel fauchte, arbeiteten sie sich regelrecht in Trance. Bald hatten sie alles um sich herum vergessen. Sogar die Angst, doch noch entdeckt zu werden, löste sich mit dem aufsteigenden Rauch in Luft auf. Unendlich viele gleichförmige, dem Feuer luftspendende Bewegungen reihten sich rhythmisch aneinander. Als langsam die alles einhüllende, Geheimnis hütende Dunkelheit dem Morgenlicht wich, wagten Konrad und Johanna übermüdet und erschöpft endlich den Guss.

Konrad stach das Gussloch auf und die Schlacke tropfte dampfend in die vorgefertigte, in den Boden gegrabene Herdgrube. Wie der funkensprühende Atem eines Drachens schoss das glühende Eisen, über eine von Johanna geschnitzte, in Wasser getränkte Holzrinne, in die Eingussöffnung der vorbereiteten Sandform. Spontan reckte Konrad seine Arme empor und sah Johanna mit strahlendem Gesicht an. Mit einem Schlag verschwand die Müdigkeit, und pure Euphorie nahm ihren Platz ein. Konrad presste seine Lippen zusammen, hörte gar für einen Moment auf zu atmen und unterdrückte so einen Freudenschrei, der sicherlich alle im Hüttenwerk aufgeweckt hätte.

»Es hat funktioniert, Johanna, es hat funktioniert!«, sprudelte es mit gedämpfter Stimme nur so aus ihm heraus.

»Woher willst du das wissen?«, fragte sie ihn aufgeregt.

»Das zeigen uns die Steigerlöcher, die ich in den Sand gestochen habe. Sieh nur, das flüssige Eisen ist in ihnen aufgestiegen und hat die Luft aus dem Hohlraum gedrückt.«

Konrad griff sie an den Schultern.

»Und das heißt, die Reliefs sind bis in die letzte Ecke mit Schmelze vollgelaufen.«

Johanna platzte fast vor Neugier und hätte am liebsten sofort den Formkasten auseinandergerissen, doch Konrad bremste sie.

»Halt, halt! Im Inneren des Formsandes bleibt die Temperatur für einige Zeit ziemlich hoch, und unsere kleinen Kunstwerke sind im Moment noch nicht vollkommen durchgehärtet.«

Johannas Lächeln wich einem enttäuschten Gesichtsausdruck. Konrad tätschelte ihr die Wange und zog sie tröstend an sich.

»Nun komm, nach dem Abkühlen werde ich sie ja ohnehin noch ein wenig nachbearbeiten. Ich schlage vor, du besorgst bis dahin zwei Lederbändchen, damit wir unsere Amulette uns auch umhängen können.«

Konrad nahm ihre Hand.

»Und jetzt schnell wieder zurück ins Haus, es wird schon hell, und du willst ja wohl nicht, dass uns doch noch jemand erwischt!«

Zwei Tage später hatte Konrad die Gussstücke vom Einguss und Steiger befreit, sie mit der Feile entgratet und mit feinem Sand und grober Bürste geglättet. Und dann kam für beide der Moment, den sie so schnell nicht vergessen sollten.

Es war später Abend geworden. Johanna wartete geduldig, bis endlich das alles übertönende Schnarchen ihres Opas begann. Es war für sie das Signal zum Aufbruch in Konrads Kammer. Sie schlich wieder einmal auf Zehenspitzen über die knarrenden Holzdielen, tastete sich über den dunklen Flur, bis sie an seine Tür kam. Konrad hatte sie schon einen winzigen Spalt geöffnet, und das in der Zugluft unruhig flatternde Licht einer Talgkerze wies ihr den Weg. Mit vor Aufregung stark pochendem Herzen trat sie ein. Konrad saß auf dem Bett und lächelte ihr zu. Er streckte Johanna seine Hand entgegen.

»Setze dich zu mir! Hast du die Lederbändchen besorgt?«, flüsterte er ihr zu.

Johanna öffnete die Faust ihrer linken Hand.

»Schau, die habe ich unserer Magd abgeschwatzt. Zwei Stück, beide etwas mehr als einen Fuß lang. Ich hoffe, das reicht?«

Mit ihren großen Augen sah sie Konrad erwartungsvoll an.

»Und, bist du fertig geworden? Wo hast du unsere Amulette?«

Konrad grinste und wiegte seinen Kopf hin und her. Johanna tastete suchend das Bett ab.

»Komm´, spann´ mich nicht auf die Folter! Wo sind sie?«

»Zuerst schließe die Augen und lege beide Hände, die Handflächen nach oben gedreht, vor dich auf deine Beine.«

Konrad griff unter sich, zog einen kleinen Leinenbeutel hervor und legte ihn Johanna auf die Handflächen. Langsam öffnete sie ihre Augen.

»Nur zu, öffne ihn.«

Mit vor Erregung zittrigen Fingern zog sie die Beutelschnürung auseinander und schüttelte den Inhalt zwischen sich und Konrad auf das Bett. Vorsichtig, so als ob die Gussstücke nicht aus Eisen, sondern aus zerbrechlichem Glas wären, hob sie die filigranen Kunstwerke in die Höhe.

Johanna hielt die Amulette dicht vor die Flamme der Kerze. Um ja alle Details genau zu sehen, drehte sie die Gussstücke langsam hin und her. In diesem Augenblick entfalteten die hörnerähnlichen Konturen des Reliefs ihre ganze magische Wirkung. Unheimliche Schatten jagten an den Wänden und unter der Decke kreuz und quer durch Konrads Kammer. Johanna ließ vor Schreck die Amulette fallen und schlug die Hände vor den Mund. Mit weit aufgerissenen Augen schaute sie Konrad an. Auch ihn hatte diese unheimliche Szenerie, mit den im Kerzenschein umhersausenden Hörnergebilden, in ihren Bann gezogen. Es hatte fast den Anschein, als ob das Relief des Heidenportals zum Leben erweckt wurden war. Fast ehrfürchtig hob er die Gussstücke wieder auf.

»Was für magische Amulette sind uns da gelungen?«

Konrad nahm die Lederbändchen, fädelte sie ein und ließ Johanna und sich die Schmuckstücke über den Kopf gleiten. Dann fasste er sie bei den Händen und blickte ihr tief in die immer noch fassungslos dreinschauenden Augen.

»Johanna, wenn wir uns eines Tages trennen müssen, sollen unsere Amulette uns immer an einander erinnern!«

Sichtlich ergriffen sah sie Konrad an. Johanna konnte ein paar Tränen nicht mehr zurückhalten. Schluchzend drückte sie ihm einen Kuss auf die Stirn und flüsterte ihm ins Ohr: »Und vor allem soll es dich auf all deinen Wegen mit seiner magischen Kraft beschützen.«

Sie wusste nur zu gut, dass der Tag des Abschieds nicht mehr fern war und Konrad, um auf Wanderschaft zu gehen, das Hüttenwerk verlassen würde.

7. Der Abschied aus Hirzenhain

Die Zeit verging wie im Flug und ein Jahr später war es dann so weit. Konrad hatte inzwischen etwas über vier Jahre alle Bereiche des Hüttenwerks durchlaufen. Harte körperliche Arbeit lag hinter ihm. So war aus ihm ein kräftiger junger Mann geworden. Besonders am Hochofen, in der Sandformerei, in der Gießerei und der darauf folgenden Gussnachbereitung war es schwerste Handarbeit, die Konrads Muskeln wachsen ließen.

Aber im Laufe seiner Lehrzeit hatte sich die Auftragslage dramatisch verschlechtert. Der Meister sagte, dass es am großen Krieg liegen würde, der seit geraumer Zeit immer mehr

Landstriche in Mitleidenschaft zog und die Menschen ums nackte Überleben kämpfen ließ. Das hatte zur Folge, dass Georg, der Sohn des Meisters, der notgedrungen in Robert Gassners Rolle geschlüpft war, schon seit vielen Monaten kaum noch Aufträge mit nach Hirzenhain gebracht hatte. Vor drei Wochen stellte er dann seine Handelstouren ganz ein. Mit Ware über Land zu reisen war zu einem unkalkulierbaren Abenteuer geworden.

So war Konrads Hoffnung, nach der Lehre doch noch in die Fußstapfen seines Vaters zu treten und von Georg den Handelswagen zu übernehmen, vorerst ausgeträumt. Der Meister sorgte sich indes um den Fortbestand seines Hüttenwerks, bis vor ein paar Tagen plötzlich eine Kutsche, begleitet von einem halben Dutzend Reiter, auf den Hof rollte. Ihr martialischer Auftritt, mit glänzenden Brustharnischen und klirrenden Waffen, jagte allen zunächst einen ziemlichen Schrecken ein. Aus einigen Nachbargemeinden hörte man von umherziehenden Söldnerbanden die gruseligsten Geschichten. Doch Gott sei Dank hatten die Fremden keine bösen Absichten.

Am mitgeführten Reichsbanner, dem Doppeladler auf gelbem Grund, war klar zu erkennen, dass sie im Namen des Kaisers kamen. Es handelte sich um eine offizielle Abordnung, die im Auftrag des Kriegshofrates durch die Lande zog und auf der Suche nach geeigneten Produktionsstätten für Kriegsgerät Ausschau hielt.

Ein Hofbeamter und ein Offizier sprangen aus der Kutsche und verlangten sofort nach dem Meister. Peter Michels eilte herbei. Ihm dicht auf den Fersen folgte eine Magd mit einem großen Tablett voller Erfrischungen. Nach kurzem Begrüßungszeremoniell schloss sich ein ausgedehnter Rundgang durch das Hüttenwerk an.

Die beiden hohen Herren ließen sich die Arbeitsabläufe genaustens erklären, und als sie anschließend zusammen mit Meister Michels und seinem Sohn Georg auf das Wohnhaus zusteuerten und im Arbeitszimmer verschwanden, platzten einige Hüttenknechte fast vor Neugier. Etwas zögerlich näherten sich zwei von ihnen den Soldaten. Die hatten mit ihren Pferden im Schatten unter der dicken Kastanie am großen Steintisch Platz genommen und warteten hier auf ihre Herrschaft.

Um Näheres über ihre Mission zu erfahren, versuchten die beiden Knechte, mit ihnen ins Gespräch zu kommen. Doch kaum hatten sie die Soldaten erreicht, da wurden sie auch schon barsch angebrüllt. Sie sollten sich nicht um Sachen scheren, von denen sie nichts verständen, und sich lieber um ihre Arbeit kümmern oder, besser noch, die Pferdetränke mit frischem Wasser füllen. So schallte es im deutlichen Befehlston über den ganzen Hof.

Wie sich später herausstellte, wurde Meister Michels unmissverständlich aufgefordert, zum Erfolg des kaiserlichen, katholischen Heeres durch Herstellung und Lieferung von Kriegsmaterial sein Scherflein beizutragen. Allerdings wurde beim Rundgang der Kommission schnell klar, dass das Hüttenwerk kaum in der Lage war, Kanonen zu gießen. So wurde der Meister verpflichtet, ab sofort Bleche für Brustharnische herzustellen. Hierzu konnten die durch die Wasserkraft angetriebenen Pochhämmer – nach einer Auswechselung des Hammerkopfs – zweckmäßig eingesetzt werden.

Das Ausschmieden von Gussrohlingen zu Blechen, aus denen dann im zweiten Arbeitsschritt an anderer Stelle Brustharnische getrieben wurden, war im Hüttenwerk nichts Unbekanntes. Meister Michels hatte so unverhofft, quasi als Ersatz für seinen momentan wegbrechenden Kunstgussmarkt, einen großen Auftrag bekommen.

Ein paar Sorgenfalten waren aber trotz alledem auf seiner Stirn zu sehen. Es hatte sich auch bis zu Peter Michels herumgesprochen, dass der Kämmerer des Kaisers den Zahlungsverpflichtungen nur sehr schleppend nachkam. Der Habsburger Monarch litt durch die hohen Unterhaltungskosten für die Heere an permanentem Geldmangel.

Obwohl sich die Auftragslage auf einen Schlag wieder gebessert hatte, hieß das aber noch lang nicht, dass Konrad nun als Geselle bleiben konnte. Der Meister bestand darauf, dass er, wie sein Vater es gewollt hätte und wie es die Tradition vorschrieb, als junger Geselle auf der Wanderschaft Fertigkeiten vertiefte und seinen Horizont erweiterte.

Es war der traurigste Moment in Johannas noch jungem Leben, als der Tag des Abschieds nahte. Konrad schnürte sein Bündel, steckte vom Meister ein paar Empfehlungsschreiben ein und verabschiedete sich überall im Hüttenwerk. Nur von Johanna war weit und breit nichts zu sehen. Er wollte schon ratlos und traurig den Hof verlassen, als ihm ein Ort einfiel, an dem er noch nicht gesucht hatte.

„Wie konnte ich bloß unser Versteck übersehen?", dachte er und kehrte um. Als Konrad auf der Rückseite der Arbeiterhäuser die

Wiese hinunterging und wenige Augenblicke später hinter die dichte Hecke schaute, da sah er sie endlich.

Johanna erschrak. Aber vielleicht tat sie auch nur so, denn sie hatte gehofft, dass er sie hier finden würde.

»Was um alles in der Welt treibst du hier? Ich habe dich schon überall gesucht und mir Sorgen gemacht!«

Johanna saß auf dem halb zerstörten Schmelzofen und stocherte mit einem Stock in den Resten ihres gemeinsamen Bauwerks herum.

»Sorgen gemacht? Dass ich nicht lache!«, antwortete sie trotzig.

»Komm schon, Johanna, schau mich an! Du weißt doch, dass ich nicht bleiben kann. Wir sollten uns wie erwachsene Menschen benehmen und uns auf ein Wiedersehen freuen.«

Nun drehte sie sich doch zu Konrad um und stand auf.

»Das sagst du so einfach! Meinst du wirklich, dass es ein nächstes Mal geben wird?«

Wehmut klang in ihrer bebenden Stimme. Ihre Augen wurden feucht.

Konrad ließ den Wanderbeutel fallen und nahm sie in seine kräftigen Arme, um sie fest an die Brust zu drücken.

»Denkst du etwa, mir fällt es leicht zu gehen?«

Nun musste auch Konrad tief Luft holen, damit ihm nicht die Stimme versagte.

»Ich werde dich und deine verrückten Ideen schon vermissen! Und wenn es dich tröstet, du warst mir viel näher als je ein Mensch zuvor, auch wenn wir nicht zusammen ....«, Konrad unterbrach seinen Satz.

Johanna sah ihn mit großen Augen an und schob ihn von sich.

»Auch wenn wir was nicht zusammen ...?«

Konrad senkte verlegen seinen Kopf, und die Röte schoss ihm ins Gesicht.

»Na ja, du weißt schon. Ich meine ...«, er räusperte sich, »ich meine, auch wenn wir nicht das Nachtlager miteinander geteilt haben.«

Johanna stand mit offenem Mund da und stützte ihre Hände in die Hüften.

»Konrad Gassner! Habe ich dich etwa unterschätzt? Unsere Freundschaft reicht dir wohl nicht?«

Und obwohl sie kräftig mit dem Fuß aufstampfte, war es doch nur eine gekonnt gespielte Empörung. Johanna griff nach ihm und rüttelte ihn durch.

»Konrad Gassner, schau mich gefälligst an, wenn ich mit dir rede!«, wobei sie sich ein Lächeln nicht verkneifen konnte.

»Du hättest mich ja mal fragen können. Und wer weiß, vielleicht hätte ich ja Lust gehabt mit dir eine Nacht zu verbringen.«

Konrads Augen wurden größer und größer, und sein Unterkiefer viel ihm herunter. Aus seinem Mund kam nur noch ein erstauntes Stammeln.

»Das heißt, du, du hättest ..., du wärst mit mir in mein Bett gestiegen?«

Johanna nahm ihn fest in den Arm, tanzte mit ihm im Kreis herum und lachte laut auf.

»Zu spät, zu spät, zu spät!«

Dann schubste sie ihn wieder von sich und stand mit ausgestrecktem Zeigefinger vor ihm.

»Das, mein lieber Konrad, holen wir alles nach, wenn wir uns wiedersehen.«

Konrad stand wie vom Blitz getroffen regungslos da. Johanna boxte ihn zärtlich gegen die Brust.

»So, nun krieg dich wieder ein und sag mir lieber, wo du jetzt als Erstes auf deiner großen Wanderschaft hingehst und wann du gedenkst zurückzukommen.«

»Johanna Michels, du bist und bleibst wirklich unberechenbar.«

Jetzt konnte Konrad sich ein Lachen nicht verkneifen.

»Also, ich habe zwar von deinem Großvater ein paar Adressen von großen Hüttenwerken bekommen, die ich auch nach und nach anlaufen werde, aber zunächst will ich erst einmal zurück nach Wetzlar und schauen, wie es der Mutter und meinen Schwestern geht.«

Beide nahmen sich nochmals in die Arme, und Johanna flüsterte ihm leise ins Ohr: »Ich werde ab jetzt jeden Abend vor dem Einschlafen mir mein Amulett anschauen und so an dich und unsere schöne Zeit denken und Gott bitten, dass er dich auf all deinen Wegen beschützt.«

Und noch einmal stieß sie ihn von sich, und ihr Schelm kam zum Vorschein.

»Und schreib es dir hinter deine Ohren: Wenn du meinst, dass du Hirzenhain einfach so vergessen kannst, dann hast du dich geschnitten! Ich werde dich suchen, und ich verspreche dir, ich finde dich, egal, wo du dich versteckst!«

8. Die Rückkehr nach Wetzlar

Es war früher Nachmittag. Die Sonne trieb an diesem heißen Sommertag nicht nur Konrad die Schweißperlen auf die Stirn. Er blieb kurz stehen, nahm seinen Wassersack und erfrischte sich mit einem kräftigen Schluck. Fast zwei Tage im strammen Marschtempo waren vergangen, als Konrad endlich den 167 Fuß hohen Südturm des Wetzlarer Marienstifts sah. Auf dieser letzten Viertelmeile vor seinem Heimatort nahm das Gewusel von Handkarren, Ochsen- und Pferdegespannen und einer bunten Schar Menschen, die allesamt auf das Obertor der wehrhaften Stadtmauer zuströmten, deutlich zu.

Konrad hatte sich schon gewundert, dass mit ihm auffällig viele junge Männer, die – wenn überhaupt – nur einen Beutel als Gepäck dabeihatten, zur Stadt eilten, bis sich einer der zielstrebigen Wanderer zu ihm gesellte und ihn ansprach.

»Na, willst du auch zu den Soldaten?«

Konrad sah ihn fragend an.

»Nein, was für Soldaten? Ich bin Gießergeselle und auf der Wanderschaft.«

»Alle Achtung! Das ist doch in diesen kriegerischen Zeiten bestimmt nicht einfach? Also ich lasse mich heute in Wetzlar anwerben. Da gibt's nämlich gleich ein paar Silberlinge bar auf die Hand. Hat zumindest der Soldat, der vor ein paar Tagen bei uns im Dorf auftauchte, lauthals verkündet.«

Die Vorfreude auf die versprochenen Gulden war ihm deutlich anzumerken.

»Ist das für dich nicht eine Überlegung wert? Weißt du, ich hab´s satt, als Knecht zu arbeiten, von früh bis spät, immer der gleiche Trott. Was für eine Schinderei! Und was kriegt unsereins dafür? Nur Suppe, Brot, Grießbrei und Dünnbier, und wenn´s gut läuft, gibt der Bauer einem auch mal was von der Wurst oder ein Stück Käse. Gulden habe ich noch nie in der Hand gehabt. Wenn die Ernte reichlich ausfällt, dann, aber nur dann, gibt es mal ein paar Mariengroschen. Doch das habe ich in den letzten drei Jahren nur einmal erlebt.«

Konrad schaute ihn bedauernd mit einem Kopfnicken an.

»Da hast du ja tatsächlich ein schweres Los zu tragen.«

Und er dachte daran, wie gut es ihm doch bei der Familie Michels ergangen war. Sein Begleiter lachte.

»Das ist ab sofort endgültig aus und vorbei.«

Er sprang Konrad vor die Füße und klopfte sich auf die Brust.

»Jetzt beginnt endlich mein neues Leben! Eine saubere Uniform, Waffen, leckeres Essen, Bier und Wein, immer ein paar Münzen im Beutel und obendrein jede Menge willige Weiber.«

So viel Euphorie hatte Konrad schon lange nicht mehr erlebt.

»Hat dir das alles etwa der Soldat, der zu euch ins Dorf gekommen ist, versprochen?«

Mit großen, weit aufgerissenen Augen sprudelte es weiter aus dem Knecht heraus: »Ja, genau das hat er! Dazu Abenteuer an jeder Ecke, und wenn ich Glück habe, dann werde ich sogar befördert.«

Konrad wurde nachdenklich. Er sah nochmals die Soldaten vor sich, die bei Meister Michels in Hirzenhain mit ihren Schlachtrössern auf den Hof geritten kamen. Dieser imposante Auftritt hatte ihn stark beeindruckt. Doch das, was ihm sein Begleiter erzählte, hörte sich einfach viel zu gut an. Er dachte unwillkürlich an seine Kindheit in Wetzlar, wie er als Ritter verkleidet, mit selbst gebasteltem Holzschwert und mit Pfeil und Bogen, durch die engen Gassen und über die hohe Stadtmauer getobt war.

Viele Kämpfe hatte er sich mit seinen Spielkameraden geliefert und so manch blauen Fleck und Hautabschürfungen weggesteckt. „Aber das", dachte er, „war damals alles nur kindlicher Spaß. Doch was ist, wenn man als Soldat wirklich in die Schlacht geschickt wird? Und was wäre, wenn man auf einen Kämpfer trifft, der einem überlegen ist, und man eine schwere Verletzung davonträgt? Oder was wäre, wenn man gar, von einem Kanonengeschoss zerfetzt, viel zu früh auf dem Schlachtfeld sterben würde?" Konrad sah seinen Nachbarn zweifelnd an. Der jedoch konnte es mit übermütig tänzelnden Schritten offensichtlich kaum erwarten, endlich Soldat zu werden.

So marschierten sie das letzte Wegstück bis zum Stadttor gemeinsam. Konrad erfuhr, dass sein Begleiter Karl Scheithauer hieß und bisher als Knecht bei mehreren Großbauern gearbeitet hatte und dass er viele von den hinter und vor ihnen gehenden Männern kannte, denn alle kamen aus den Dörfern der nahen Umgebung.

Es dauerte nicht mehr lange, und sie durchschritten das Obertor der Stadt Wetzlar. Konrad wunderte sich allerdings, denn außer der üblichen Stadtwache standen noch einige fremde Soldaten bereit und versperrten ihm und seinem Begleiter den direkten Weg in die Stadt.

»Hier rüber! Alle kräftigen jungen Burschen hier sammeln!«, schrie einer der bewaffneten Männer im eindeutigen Befehlston.

Einen Degen umgeschnallt, die Pistole im Gürtel steckend, stand er breitbeinig da und verlieh so seinem Befehl unmissverständlich Nachdruck. Konrad kam gar nicht erst dazu, sich zu erklären, und wurde sofort unsanft zu den anderen schon wartenden Knechten in eine Art Sammelbereich gestoßen. Da standen sie nun, umringt von zwei Dutzend Hellebardenträgern und wurden wie eine Herde Vieh zusammengehalten. Ein zweiter Versuch, sich nochmals Gehör zu verschaffen, um endlich kundzutun, dass er sich gar nicht anwerben lassen wollte, scheiterte kläglich.

Als sich dann diese Prozession von fünfzig bis sechzig Glücksrittern und Abenteurern durch die Gassen von Wetzlar auf direktem Weg Richtung Marienstift in Gang setzte, konnte es Konrad immer noch nicht fassen, dass er mit dieser bunt zusammengewürfelten Schar wie ein Verbrecher abgeführt wurde. So hatte er sich den Einzug in seine Heimatstadt nun wirklich nicht vorgestellt!

Flankiert von Soldaten, begafft von vielen neugierigen Bürgern und begleitet von einer Schar laut grölender Kinder, die wild tobend – mit Stöcken und Holzschwertern bewaffnet – kreuz und quer umhersprangen, erreichten sie wenig später den Domplatz. Unweit des imposanten Marienstifts war ein kleines Zelt mit hochgerafften Seitenteilen aufgebaut. Unter ihm saßen an einem Tisch ein Schreiber und ein Offizier. Letzterer war als wichtige Person sofort zu erkennen. Seine Robe war mit einer roten Schärpe und einem großen, weißen, mit

Spitzenstickereien verzierten Kragen geschmückt. An seinem breitkrempigen Hut steckten zwei ausladende Straußenfedern. Im hinteren Teil des Zeltes stand auf einem Holzbock eine von mehreren Soldaten gut bewachte, große Kassette. Sie war aus massivem Eisen gefertigt und gleich mit zwei Vorhängeschlössern gesichert.

Alle soeben eingetroffenen Männer nahmen hintereinander in einer Reihe Aufstellung. Auch Konrad rückte so dem Tisch unter dem Zelt immer näher. Inständig hoffte er, dass man ihm wenigstens hier Gehör schenken würde und dass der Offizier erkannte, dass er nur durch ein Versehen zwischen den anderen gelandet war. Direkt vor ihm hatte sich sein Begleiter eingereiht. Der reckte laufend den Hals, um auch ja alles mitzubekommen, wobei er aufgeregt und voller Vorfreude von einem Bein auf das andere tänzelte. Dann war es so weit und der Knecht war an der Reihe.

»Name und Alter!«, herrschte ihn der Offizier an.

Karl Scheithauer zuckte respektvoll zusammen. Doch dann sprudelte es nur so aus seinem Mund heraus: »Ich bin der Karl, bin dreiundzwanzig Jahre, äh ... glaube ich jedenfalls ... wenn es recht ist, Herr Offizier.«

»So, so, dreiundzwanzig Jahre, und er weiß es nicht so genau!«

Die umstehenden schaulustigen Gaffer amüsierten sich prächtig und lachten lauthals.

»Ruhe, verdammt noch mal!«, brüllte der Offizier in die Menge.

»So, du Bauerntölpel, ob es recht ist, werden wir gleich sehen. Mach mal einen Schritt zurück und dreh dich!«

Der Offizier musterte ihn kritisch von oben bis unten.

»Bisschen wenig auf den Rippen! Hast du irgendwelche ansteckenden Krankheiten?«

Der Knecht sah ihn entgeistert an und kratzte sich verlegen am Kopf.

»Also ich ....« »Na, lass mal gut sein und komm wieder zum Tisch.«

Der Schreiber legte ihm einen Vertrag vor und drückte ihm eine mit Tinte benetzte Feder in die Hand. Der Knecht sah sie an, schaute das Dokument an und dann wieder etwas hilflos zum Schreiber.

»Na, was ist? Willst du hier Wurzeln schlagen? Lesen und schreiben sind bei uns nicht Bedingung. Zügig, mach einfach dein Kreuz! Der Nächste wartet schon.«

Der Knecht blickte zum Offizier und holte tief Luft.

»Ich habe da noch mal eine Frage! Sind da in der Eisenkassette die versprochenen Gulden? Und gibt es die jetzt gleich, wenn ich unterschrieben habe?«

Der Offizier lachte amüsiert auf und sah dabei seinen Schreiber an.

»Eins muss man diesem Bauerntölpel lassen, Mut hat er ja!«

Dann antwortete der Schreiber: »Wenn du jetzt endlich unterschreibst, dann bekommst du auch fürs Erste ein paar Groschen. Die solltest du aber auf keinen Fall heute Abend gleich in der nächsten Schenke auf den Kopf hauen, denn die Münzen sind dein Laufgeld. Schon morgen nach dem ersten Hahnenschrei wirst du, zusammen mit den anderen Rekruten, nach Kreuznach zum Sammelplatz marschieren. Da findet dann für euch alle die eigentliche Musterung statt. Und wenn du diese überstanden hast und dir beigebracht wurde, wie sich echte Soldaten benehmen und vor allem kämpfen, bekommst du den ersten Sold, deine heiß begehrten Gulden.«

Der Knecht kritzelte schnell sein Kreuz auf das Dokument, drehte sich mit einem breiten Grinsen zu Konrad um und boxte ihm ausgelassen gegen die Brust.

»Hab´ ich dir´s nicht gesagt? Der Soldat bei uns im Dorf hat nicht zu viel versprochen.«

Konrad wusste nicht so recht, ob er den unerschütterlichen Optimismus bewundern sollte oder nicht. Er hatte allerdings kaum Zeit, weiter darüber nachzudenken, denn schon dröhnte der markante Befehlston des Offiziers in seine Ohren.

»Weiter geht's! Du träumst wohl auch von Silberlingen in deinem Beutel?«

Konrad schüttelte den Kopf und winkte sofort ab.

»Nein, nein, Herr, ich bin hier eigentlich total falsch.«

Der Offizier schaute ihn verwundert an.

»Was soll das heißen?«

»Man hat mir am Obertor gar keine Chance gelassen, mich zu erklären. Ich bin der Konrad Gassner, ich bin Gießereigeselle auf der Wanderschaft und will nur meine Mutter hier in Wetzlar besuchen.«

Der Offizier fixierte ihn mit einem prüfenden Blick, erhob sich langsam, ging um den Tisch herum und stellte sich direkt vor Konrad. Fassungslos und angespannt wagte Konrad nicht mehr, sich zu bewegen. „Was geschieht hier mit mir?", dachte er erstaunt. Doch nur einen Augenblick später löste sich alles auf. Ein breites Lächeln zog sich plötzlich über das Gesicht des Offiziers.

»Du scheinst es tatsächlich zu sein: Konrad Gassner leibhaftig! Genau so hat dich deine Mutter Brigitta beschrieben.«

Der Offizier machte einen Schritt zurück und musterte ihn nochmals.

»Du siehst mich beeindruckt. Aus dir ist ein kräftiger junger Mann geworden. Ganz das Gegenteil von den meisten dürren Gestalten, die hier rumstehen.«

Er fasste sich mit der linken Hand an seinen spitz zulaufenden Kinnbart und nickte bewundernd mit dem Kopf.

»Wenn ich es mir recht überlege, bist du heute hier unter all diesen Knechten und Tagelöhnern die Idealbesetzung für einen richtigen Soldaten. In unseren Reihen könntest du es garantiert weit bringen.«

Konrad stand immer noch regungslos und erstaunt dreinschauend da. Das Einzige, was er herausbrachte, bis ihn der Offizier sofort wieder unterbrach, war »aber ich wollte doch nur . ... «

»Na, komm, lass gut sein. Ich liefere dich jetzt erst mal direkt bei deiner Mutter ab. Diesen freudigen Moment darf ich mir nicht entgehen lassen.«

Bevor er mit Konrad zum elterlichen Haus in die nur hundert Schritte entfernte Schmiedgasse ging, drehte er sich noch einmal kurz um und wies seinen Stellvertreter, einen Leutnant, an, mit der Erfassung der Rekruten fortzufahren.

Konrad war auf der einen Seite froh, dass er doch nicht zu den Soldaten gesteckt wurde, aber auf der anderen Seite war ihm diese ganze Aktion doch ziemlich peinlich. Gerade jetzt, wo er – begleitet durch den Offizier – direkt zu seinem Elternhaus marschierte, folgten ihm viele verwundert dreinschauende Blicke. Es ging sogar so weit, dass sich ihnen nicht wenige neugierige Gaffer anschlossen und sie bis vor die Haustür begleiteten. Es hatte den Anschein, als ob sie am liebsten gleich noch mit hineingegangen wären. Vor dem Haus in der Schmiedgasse angekommen, drehte sich der Offizier schlagartig zu dem Menschenauflauf um. »So, ihr lieben Leute, nun reicht es aber! Hier gibt es jetzt nichts weiter für euch zu glotzen. Und nun ab an euer Tagwerk!«, herrschte er sie an.

Als daraufhin immer noch nicht alle verschwanden, stemmte der Offizier seine Hände in die Hüften und schrie durch die ganze Gasse: »Ihr verdammten Nichtsnutze, wenn ihr jetzt nicht abhaut, rufe ich meine Soldaten und nehme euch alle als Kanonenfutter mit in den großen Krieg!«

Diese Drohung verfehlte ihre Wirkung nicht. Die Horde Menschen nahm ihre Beine in die

Hand und lief so aufgebracht davon, als ob ein Hornissenschwarm sie verfolgen würde. Mit einem schallenden Lachen trat der Offizier durch die Tür in die Diele, und Konrad hörte die aufgeregte Stimme seiner Mutter.

»Senior Delgado, was ist da draußen los?«

»Todo bien, alles in Ordnung, Dona Brigitta.«

Er bewegte sich einen Schritt zur Seite und schwang gekonnt seinen mit Straußenfedern geschmückten Hut.

»Aber seht nur, wen ich Euch mitgebracht habe.«

Brigitta Gassner blieb wie angewurzelt stehen und schlug die Hände mit einem lauten Klatschen zusammen.

»Konrad, mein Sohn, was für eine Freude! Endlich bist du wieder zu Hause! Wir haben schon auf dich gewartet. Komm schnell herein!«

Mit Freudentränen in den Augen lief sie auf ihren Sohn zu und schloss ihn in die Arme.

»Langsam, langsam, Mutter, du erdrückst mich ja! Lass mich erst mal nach Luft schnappen!«

»Oh, entschuldige, mein Junge, du hast ja recht. Aber ich habe mich so auf diesen Moment gefreut, und nun bis du endlich nach vier langen Jahren wieder in deinem Elternhaus.«

Sie machte einen großen Schritt zurück.

»Komm, lass dich erst mal anschauen! Was für ein stattlicher junger Mann? Die Familie deines Meisters hat offensichtlich gut für dich gesorgt.«

Ihr Blick musterte die muskulösen Konturen ihres Sohnes, die sich durch seine dünne Leinenbluse deutlich abzeichneten.

»Ja, und wie ich sehe, hat die harte Arbeit in der Gießerei deine Muskeln gewaltig sprießen lassen.«

Brigitta Gassner widerstand nicht der Versuchung und griff ihm an den Oberarm.

»Donnerwetter, die sind ja hart wie Eisen!«

Konrad räusperte sich verlegen.

»Mutter, ich glaube, jetzt übertreibst du aber ein bisschen!«

»No, no, no«, mischte sich der Offizier ein.

»Ich hatte ihm schon auf dem Domplatz ein Kompliment gemacht und ihm gesagt, dass er mit dieser Figur der geborene Kämpfer wäre und es bei den Soldaten weit bringen könnte.«

Erschrocken ob dieser Möglichkeit schüttelte Konrads Mutter energisch ihren Kopf.

»Senior Delgado, ich muss doch sehr bitten! Das kommt überhaupt nicht in Frage! Kaum ist mein Sohn heimgekehrt, da wollt Ihr ihn mir auch schon wieder wegnehmen? So geht das auf keinen Fall!«

»No, no, no«, der Offizier hob seine Hände und wehrte ab.

»Pardon, Dona Brigitta, aber so war das natürlich nicht gemeint.«

Konrad sah die beiden verwundert an und mischte sich ein.

»Nun mal langsam! Vielleicht habe ich ja auch noch ein Wörtchen mitzureden. Ich werde zwar ein paar Tage hier in Wetzlar bleiben, um mich von dir, Mutter, verwöhnen zu lassen und um zu schauen, was meine alten Freunde noch so treiben. Doch dann habe ich als frisch gebackener Geselle die Pflicht, die Wanderschaft anzutreten, genau so, wie es die Tradition vorsieht und verlangt. Und außerdem möchte ich endlich wissen, wer dieser Herr hier ist und wieso du ihn kennst.«

Der Offizier hob gerade an zu antworten, als Brigitta ihm das Wort abschnitt.

»Oh, entschuldige, Konrad, du hast ja recht! Ich hätte euch längst einander vorstellen sollen. Dieser charmante Herr, der dich hierher begleitet hat, ist Caballero Felipe Alfonso Delgado. Senior Delgado wohnt hier bei mir und ist mir durchaus ein lieber Gast.«

Der Offizier verbeugte sich galant, ergriff ihre Hand und deutete einen Kuss an.

»Dona Brigitta, Ihr schmeichelt mir! Ich darf Euch zurückgeben, dass ich mich in Eurem Hause sehr, sehr wohl fühle.«

Konrads Mutter lächelte ihren Sohn an und hakte sich bei ihm unter.

»So, nun kommt und nehmt in der guten Stube Platz! Zur Feier des Tages hole ich schnell einen Krug von unserem Hauswein.«

Während Brigitta Gassner sich um die Getränke kümmerte, kamen Konrad und der Offizier ins Gespräch.

»Senior Delgado, was bedeutet das „Caballero" in Eurem Namen?«

»Nun, in diesen Landen würde man „Ritter" sagen, obwohl, bei euch ist der Titel wohl schon ein wenig aus der Mode gekommen. Mein eigentlicher Rang ist Hauptmann, und zwar im Dienst des berühmten Marquis und Generals Ambrosio Spinola.«

»Wenn Ihr aus Spanien stammt, wieso sprecht Ihr so gut unsere Sprache?«

»Danke für das Kompliment! Das verdanke ich meiner Mutter, denn sie ist in Österreich geboren, und mein Vater, der Obrist Felipe Alejandro Delgado, hat sie am Habsburger Hof kennen und lieben gelernt und quasi von dort „entführt".«

Konrad war sein Erstaunen am Gesichtsausdruck abzulesen.

»Euer Vater verkehrt am Hof unseres Kaisers?«

In diesem Moment kam Konrads Mutter mit dem angekündigten Krug Wein aus dem kühlen Gewölbekeller, schenkte jedem einen Becher ein und prostete den Männern freudestrahlend zu.

»Ich bin so glücklich, dass du wieder zu Hause bist! Aber lasst euch nicht stören, ich will ohnehin für heute Abend noch ein kleines Festessen vorbereiten. Senior Delgado, ich darf Euch doch auch dazu bitten?«

Der Offizier erhob sich und deutete höflich eine Verbeugung an.

»Es ist mir eine Ehre, Dona Brigitta, Euer Gast zu sein.«

Beschwingt eilte Konrads Mutter in die Küche.

»Aber kommen wir auf deine Frage zurück. Ach, ich darf dich doch duzen?«

Konrad zuckte mit den Schultern und nickte ihm zu.

»Mein Vater hatte sich als Regimentskommandeur verdient gemacht und durfte so mit einer spanischen Abordnung zu einem Empfang in die Kaiserresidenz nach Wien. Dort traf er meine Mutter, die im Palast als Hofdame ihren Ehrendienst verrichtete.«

Konrad nickte bewundernd mit dem Kopf.

»Doch sagt mir, wie kommt Ihr hier nach Wetzlar, und vor allem, wieso wohnt Ihr ausgerechnet hier bei meiner Mutter?«

»Nun wie schon bemerkt, stehe ich im Dienst des Generals Spinola. Wir lagen in den spanischen Niederlanden, als uns im Sommer des letzten Jahres ein Hilferuf von Kaiser Ferdinand erreichte. Mit meinem Feldherrn und über 20 000 Soldaten und einem Tross von fast 1500 Wagen bin ich vor ein paar Monaten zur Kurpfalz aufgebrochen. Nach dem Willen des Kaisers sollen unsere Truppen, wenn nötig mit militärischer Macht, eine Gegenreform einleiten und somit die Evangelischen wieder auf den rechten Weg bringen.«

Der Offizier räusperte sich und nahm einen Schluck Wein.

»Übrigens, auf dem Weg hierher wollten tatsächlich ein paar Unionstruppen bei Oppenheim unseren Vormarsch aufhalten. Unter Graf Ansbach kamen uns ein paar wagemutige Kompanien mit jämmerlichen 1000 Musketieren und ein bisschen Reiterei in die Quere.«

Senior Delgado verdrehte die Augen und schüttelte seinen Kopf.

»Einfach nur lächerlich, diese Protestanten! Wir haben sie selbstverständlich überrannt und zogen dann mit unserem Heer vor die Tore von

Kreuznach. Von dort aus habe ich mich mit meinen Männern einem Regiment angeschlossen, das im Januar dieses Jahres euer Wetzlar besetzte.«

Der Offizier richtete sich aus seinem Stuhl auf und brachte sich in Position.

»Mir unterstehen drei Dutzend Werbesoldaten, die in der Umgebung die willigen jungen Männer vom Land für das Soldatenleben begeistern. Du musst wissen, das ist eine wichtige Aufgabe. Die Verluste, die ein Heer im Krieg zwangsläufig erleidet, müssen so schnell wie möglich immer wieder aufgefüllt werden.«

»Ein ganzes Regiment ist noch hier in unserer Stadt?«

Der Offizier schüttelte den Kopf.

»No, no... oh, Pardon, ich meine natürlich „nein". Nur drei Kompanien oder, wie man auch sagt, drei Fähnlein Kavallerie und eine Kompanie Fußvolk sind zur Sicherung zurückgeblieben. Genau genommen sind es fast 600 hungrige und vor allem durstige Mäuler, die für die nächste Zeit von euren Stadtvätern versorgt werden müssen.«

Konrad sah ihn staunend an.

»Und was ist, wenn der Rat der Stadt das nicht leisten kann oder will?«

Der Offizier stand auf und stellte sich breitbeinig vor Konrad. Er faste den Knauf seines

Degens, zog ihn ein Stück aus der Scheide und ließ ihn wieder zurückschnellen.

»Nun, das würde ich ihnen nicht raten! In Kreuznach, im letzten August, wollten sie es auch nicht einsehen, die Stadt und vor allem das Schloss freiwillig zu übergeben. Also kam es, wie es kommen musste. General Spinola ließ die schweren, von je zwölf Pferden gezogenen Geschütze aufstellen, und nach nur dreizehn Schüssen aus unseren treffsicheren Kanonen strichen die vor Angst bibbernden edlen Herren der Stadt dann doch die Segel und öffneten uns die Tore. Seitdem ist Kreuznach das Hauptquartier des Generalstabes, und unsere erlauchte Exzellenz Marquis Spinola zog, wie es ihm gebührt, ins Schloss ein. Das große Heer operiert nun von dort aus, um den Willen des Kaisers durchzusetzen und um den Unionstruppen ordentlich auf ihre verblendeten Protestantenschädel zu schlagen, auf dass sie doch noch Erleuchtung erfahren.«

Der Offizier setzte sich wieder zu Konrad, hob den Becher und prostete ihm seufzend zu.

»Ja, ja, mein Lieber, der große Krieg wird wohl noch eine ganze Weile andauern und deshalb solltest du dir in aller Ruhe doch einmal überlegen, ob deine Zukunftspläne überhaupt

Sinn machen und ob eine Wanderschaft im Moment das Richtige ist.«

»Aber ich ... ich stehe meinem verschollenen Vater gegenüber in der Pflicht. Er hatte mir die Lehrstelle in Hirzenhain besorgt und er wollte mich danach in die Geheimnisse des Handelswesens einführen und ......«

Konrad blieben die letzten Worte im Hals stecken. Die Erinnerung an den Vater, sein großes Vorbild, schnürte ihm die Kehle zu. Zu lange hatte er seine Emotionen unterdrückt und im tiefsten Inneren mit sich herumgetragen, doch nun kam alles wieder in ihm hoch. Genau hier, in diesem Zimmer, erzählte ihm sein Vater, nach jeder Handelsreise, von seinen Abenteuern, die es unterwegs zu bestehen galt. Konrad konnte es schon damals kaum abwarten, selbst durch die Lande zu fahren und wie sein Vater als erfolgreicher Händler in Wetzlar anerkannt zu werden.

Dieses Ziel hatte er nie aus den Augen verloren, bis zu jenem Tag, als der Sohn des Meister Michels von der Suche nach Hirzenhain zurückkehrte und die niederschmetternde Nachricht überbrachte, dass sich die Spur seines Vaters am Rande des Harzgebirges verloren hatte. Was bis heute blieb, war eine schwer zu ertragende Ungewissheit, die sich in diesem

Moment hier im Elternhaus ihren schmerzhaften Weg durch seine Gedanken bahnte. Der Offizier rückte mit dem Stuhl näher an Konrad heran.

»Ja, die Geschichte mit deinem Vater! Die Mutter hat mir natürlich davon erzählt. Tragisch, wirklich sehr tragisch, aber du solltest trotzdem den Kopf nicht hängen lassen. Solange ihr nicht die Nachricht von seinem Ableben bekommt, besteht immer noch die Hoffnung, dass er eines Tages zurückkehrt.«

Er blickte Konrad tief in die Augen.

»Du brauchst dich deiner Tränen nicht zu schämen! Ich habe schon viel reifere Männer Rotz und Wasser heulen sehen, wenn ihr Lebensweg in vermeintlicher Ausweglosigkeit endete und wenn ihnen von ohnmächtig machenden Gefühlen alle Kraft genommen wurde.«

Der Offizier beugte sich vor und umarmte ihn tröstend, eine für Konrad unerwartete und berührende Geste dieses ansonsten so martialisch und selbstherrlich wirkenden Soldaten. Tief durchatmend wischte sich Konrad seine Tränen aus dem Gesicht.

»Ich danke Euch für Eure Anteilnahme, Senior Delgado, aber wie soll es nur weitergehen?«

Konrad schüttelte seinen nach vorn gebeugten Kopf und seufzte.

»Ihr meint, es gibt wirklich noch Hoffnung?«

Er stand auf, schritt zum Fenster und sah dem geschäftigen Treiben in der Gasse zu. Er atmete tief ein und drehte sich zum Offizier. Noch nie hatte Konrad so intensiv mit jemandem über seine Gefühle und vor allem über die immer wieder hochkommenden Ängste gesprochen, und schon gar nicht mit einer Person, die er kaum kannte. Doch er merkte, wie befreiend es war, einen guten Zuhörer zu haben. Konrad spürte plötzlich eine unerklärliche Nähe zu Senior Delgado. Unter dem Gefühl, verstanden zu werden, schüttete er weiter sein Herz aus.

»Das Handelsgeschäft, das mein Vater so erfolgreich aufgebaut hat, übernahm die letzten Jahre stellvertretend Georg Michels, der Sohn des Meisters. Doch seitdem der große Krieg sich über immer mehr Landesteile ausgebreitet hat, ist es zu gefährlich geworden, mit dem Planwagen, vollgepackt mit Ware, über die Landstraßen zu fahren. Ganz abgesehen davon, dass die Menschen im Moment alles andere im Sinn haben, als Kunstgussgegenstände zu kaufen. So hat es mir Meister Michels zumindest erklärt.«

Konrad setzte sich wieder und vergrub seinen Kopf zwischen den Händen.

»Es ist alles so aussichtslos, und wenn ich ehrlich zu mir bin ....«, er schaute hilfesuchend den Offizier an, » ... die Wanderschaft als Geselle ist auch nur eine ohnmächtige Suche nach einem Ausweg. Ich habe schon überlegt, ob es nicht mehr Sinn macht, nochmals die Spur meines Vaters zu verfolgen.«

Senior Delgado zeigte erneut sein Mitgefühl. Verständnisvoll nickte er mit dem Kopf, lehnte sich dann auf dem knarrenden Stuhl zurück und klatschte spontan seine Hände zusammen.

»Ja, mein Junge, vielleicht ist eine Lösung näher, als du erwartest!«

Erstaunt sah ihn Konrad aus weit aufgerissenen Augen an.

»Eine Lösung ... wie meint Ihr das?«

Der Offizier streichelte, in sich hinein schmunzelnd, seinen Spitzbart.

»Nun, ich erwarte heute noch, aber spätestens morgen, die Rückkehr eines Informanten, den ich vor ein paar Tagen ausgesandt habe.«

Senior Delgado stand auf, verschränkte seine Hände hinter dem Rücken und wanderte im Zimmer auf und ab.

»Weißt du, Konrad, dieser Krieg ist auch ein Stück weit ein großes Geschäft, und da wir ihn nicht aufhalten können, muss jeder sehen, wo er bleibt, und das Beste für sich daraus machen.«

Er blieb direkt vor Konrad stehen.

»Das heißt in diesem Fall, dass ich bei General Spinola so bald nicht im Kampf eingesetzt werde, sondern weiterhin mit meinem kleinen Werbetrupp durch die Gegend ziehen muss. Das kommt daher, weil sich unsere Familien gut kennen und er nach seinen Worten in dieser Position jemanden braucht, der vertrauenswürdig ist. Bei den Anwerbungen wird nämlich nicht selten betrogen und die prall gefüllte Laufgeldkasse geplündert, und das nicht nur durch banales Hineingreifen, sondern vielmehr durch Manipulieren der Einträge in die Stammrolle.«

»Aber das hört sich doch gar nicht so schlecht an! So seid Ihr nicht unmittelbar im Kampfgeschehen und habt, falls ich das überhaupt beurteilen kann, ein recht friedliches Leben in diesen schweren Zeiten«, antwortete Konrad.

Senior Delgado verschränkte die Arme und fuhr in seinen Ausführungen fort.

»Ich für meinen Teil würde gern mehr Herausforderungen haben, und ein bisschen Abenteuer wäre schon nicht schlecht. Schließlich hat mich mein Vater von frühester Jugend an militärisch gedrillt und mich in allen möglichen Kampftechniken trainiert. Hinzu kommt, dass ich mich nur im aktiven Einsatz profilieren kann und nur so auf eine Beförderung zum Obristen hoffen darf.«

Der Offizier zog den Degen und hielt ihn so hoch, dass er um ein Haar eine Scharte in die Zimmerdecke bohrte. Seine Augen fingen regelrecht an zu strahlen.

»So wäre ich verantwortlich für ein ganzes Regiment, und mein Sold wäre um ein Vielfaches höher als bei meinem jetzigen Rang als Hauptmann.«

Auf seinem Gesicht zeigte sich ein breites, zufriedenes Grinsen.

»Ein weiterer lukrativer Nebeneffekt wäre dann noch die Tatsache, dass mir bei den üblichen Plünderungen die daraus resultierenden Einkünfte auch noch zum größten Teil zuständen. Wie ich schon sagte, der verdammte Krieg kann ein lukratives Geschäft sein.«

Konrad schaute ihn verwundert an.

»Von dieser Seite habe ich die Sache bisher nicht betrachtet! Ich hätte Euch als Soldat, mit Verlaub, nie so viel Geschäftssinn zugetraut. Aber sagt, wie wollt Ihr denn Eure Ideen umsetzen? Und wie soll meine Rolle dabei aussehen?«

Der Offizier setzte sich wieder zu Konrad und legte ein geheimnisvolles Lächeln auf. »Einen

Augenblick musst du schon noch Geduld haben, aber sobald mein Informant zurück ist, werde ich mit dir alles Weitere besprechen.«

Senior Delgado stand auf, trank mit einem kräftigen Schluck den Becher leer und wandte sich zur Tür. Doch bevor er den Raum verließ, drehte er sich noch einmal um.

»Du wirst sehen, ich habe ganz bestimmt auch für dich, und zwar direkt an meiner Seite, einen gangbaren Weg. Also Kopf hoch Konrad Gassner!«

Die imposante Erscheinung des Offiziers und seine einfühlsamen und klaren Worte wirkten auf Konrad wie eine unsichtbare Anziehungskraft, in der das Wort „Hoffnung" wieder Gestalt annahm.

Als Konrad den vertrauten Klang der Abendglocke des Wetzlarer Doms hörte, wurde es Zeit, zum von der Mutter vorbereiteten Festmahl zu gehen. Senior Delgado hatte schon an der liebevoll geschmückten Tafel Platz genommen, und auch Konrads Schwestern waren zur Feier des Tages mit ihren Männern dazugekommen. Obwohl sich Konrad sehr über das herzliche Wiedersehen mit der Familie freute und seine Mutter extra sein Lieblingsessen, frische Bachforellen aus der Lahn, servierte, war er nicht ganz bei der Sache. Die beiden Schwestern löcherten ihn unaufhörlich mit vielen

Fragen zu seiner Zeit in Hirzenhain. Zwar berichtete Konrad gern über die Jahre im Hüttenwerk, doch selbst hierbei beobachtete er immer wieder Senior Delgado und hoffte, dass er inzwischen schon seinen Informanten getroffen hatte. Er konnte es einfach kaum erwarten, mehr über die in Aussicht gestellten Zukunftspläne zu erfahren.

Als der Offizier dann doch noch das Wort ergriff, erzählte er nur, dass er Konrads Mutter auf dem Markt kennengelernt hatte. Er sei gerade an ihr vorbeigegangen, als ihr ein Korb mit Gemüse aus der Hand glitt und er sei ihr beim Einsammeln behilflich gewesen. Er berichtete weiter, dass er sie dann auf dem Nachhauseweg begleitet habe und von ihr eingeladen wurde. Bei einem Schluck Wein, als Dankeschön für seine Hilfe, habe er dann von ihrem schweren Los erfahren und sich entschlossen, zur Unterstützung des Hausstandes durch sein Kost- und Logisgeld ein wenig für Erleichterung zu sorgen. Inzwischen schätze er Brigitta sehr und vor allem ihre Kochkünste. Mit einem breiten Lächeln fügte er hinzu, dass er sie am liebsten als seine Leibköchin mitnehmen würde.

Es war spät geworden und die gelungene Familienfeier löste sich langsam auf. Konrad lag in der kleinen Kammer, in der er schon seine Jugendjahre verbracht hatte, auf dem Bett. In der Hand hielt er das Amulett mit dem Heidenportalrelief. So wie er es mit Johanna in Hirzenhain getan hatte, bewegte er das Schmuckstück andächtig vor dem flackernden Talglicht hin und her. Und schon sprangen die dämonischen Schatten an den Wänden hin und her. Tausend Gedanken schossen ihm durch den Kopf. Er konnte einfach nicht in den Schlaf finden. Das intensive Gespräch am Nachmittag hatte ihn viel zu sehr aufgewühlt.

9. Hauptmann Delgados Plan

Ein neuer Tag dämmerte heran. Mit dunstiger, von der Lahn heraufziehender Feuchtigkeit bahnten sich die Sonnenstrahlen ihren Weg durch die Gassen von Wetzlar. Ein Rumpeln ließ Konrad hochschrecken. Ein Fensterflügel war nicht richtig verriegelt gewesen und durch einen Windstoß aufgeschlagen. Konrad erhob sich und wollte gerade das Fenster schließen, als er unmittelbar unter sich Senior Delgados Stimme erkannte. Vorsichtig beugte er sich nach vorn und blickte hinunter auf die Gasse. Es war tatsächlich der Offizier, der mit einem weiteren

Soldaten vor der Haustür stand. Konrad sah, wie der Hauptmann ein Schriftstück entgegennahm und hörte, wie der Soldat den Namen „Tilly" nannte und sagte, dass er das Dokument direkt von ihm bekommen hätte. Als sich der Offizier nervös umschaute, zog Konrad reflexartig den Kopf zurück und schloss vorsichtig die Fensterflügel.

Wenig später stand er in der Küche, um das Morgenmahl einzunehmen. Von Senior Delgado war nichts zu sehen. Brigitta Gassner wunderte sich ebenfalls, da der Offizier sonst jeden Morgen pünktlich gespeist hatte, um dann gleich anschließend mit seinen Männern den Morgenappell durchzuführen. Konrad ahnte, dass der Soldat, der mit dem Hauptmann unter seinem Fenster gestanden hatte, der Informant gewesen sein musste. Schnell schlang er die Morgensuppe hinunter und verabschiedete sich.

»Verzeih, Mutter, aber ich kann es gar nicht abwarten, mal wieder eine Runde um den Dom zu drehen und ein paar alte Freunde zu treffen«, waren seine entschuldigenden Worte.

Noch ein Stück Käse erhaschend sprang er auf und stürmte hinaus in die Schmiedgasse. Konrad eilte zum Domplatz und hoffte genau da, wo der Offizier sein Werbezelt hatte, Näheres zu erfahren. Nach einer kleinen Biegung und nach nicht einmal 100 Schritt blickte Konrad bereits auf den sich weit öffnenden Platz. Es war nicht der einzige Ort in Wetzlar, wo man sich traf und Markt abhielt, aber es war neben dem sich direkt anschließenden Fischmarkt, dem ein Stück unterhalb liegenden Eisenmarkt und dem Richtung Obertor sich befindenden Kornmarkt die bei Weitem größte Versammlungsfläche.

Obwohl noch früh am Morgen, herrschte doch schon ein buntes Treiben, denn heute war Markttag. Viele Handwagen und Kiepenträger, dazu Ochsenkarren und Pferdegespanne wuselten scheinbar wild durcheinander. Mittendrin wurden dazu von etlichen Knechten quiekende Schweine, blökende Schafe und meckernde Ziegen in eilig aufgebaute Verschläge getrieben. Da der Stadtrat angehalten war, die Besatzer zu beköstigen, hofften die Bauern der Umgebung auf lohnende Geschäfte. Konrad hatte lange nicht so eine intensive Geräuschkulisse und ein solches Wirrwarr erlebt. „Was für ein Empfang!", dachte er sich. Und sofort kamen in ihm alte Erinnerungen hoch. Oft genug hatte Konrad mit seinen Freunden an diesen Markttagen den Domplatz zum Abenteuerrevier auserkoren.

Das Spiel damals war eine einzige Mutprobe. Kreuz und quer um die Marktstände veranstalteten sie Wettrennen. Sie spielten mitten zwischen Kisten und Körben und unter Tischen und Bänken Verstecken. Hier und da stibitzte die Rasselbande auch ein wenig Ware von den Kaufleuten, die dann hinterher an einem geheimen Ort am Lahnufer als Trophäe begutachtet wurde. Nicht selten lieferten sie sich dabei mit den Händlern oder deren Knechten wilde Verfolgungsjagden. Konrad und seine Freunde hatten indes eine spezielle Lauftechnik entwickelt, wenn es darum ging, die vielen Stufen der langen, nach unten zur Lahn führenden Treppe möglichst effektiv und schnell zu überwinden. Doch inzwischen war Konrad den Kinderschuhen deutlich entwachsen und musste, angesichts der aufkommenden Erinnerungen, in sich hineinschmunzeln.

Obwohl er, von der Schmiedgasse kommend, etwas erhöht stand und so einen umfassenden Überblick über das Treiben hatte, war von Senior Delgado am Werbezelt nichts zu sehen. Lediglich zwei seiner Soldaten hielten dort die Stellung und versuchten, mit ihren Hellebarden die Marktbetreiber fernzuhalten. Als Konrad über das Zeltdach hinausblickte, entdeckte er jedoch, am Rand des Platzes, unmittelbar bei der neben dem Dom liegenden Michaelskapelle, eine

Menschenansammlung, die offensichtlich von Soldaten eingekreist war.

Es sah so aus, als ob es sich hier um die gestern angeworbenen Rekruten handelte. Folglich, dachte er, konnte der Offizier nicht weit sein. Eilig bahnte Konrad sich einen Weg durch die Menge. An der Kapelle angekommen, fragte er einen der Soldaten nach dem Offizier. Der deutete ihm an, dass der Hauptmann im Moment nicht gestört werden wolle. Als Konrad hartnäckig nachhakte und ihn auf die Wichtigkeit seines Anliegens hinwies, verriet ihm der Wachposten, dass er vermutlich in den Dom gegangen sei. Er habe zumindest gesehen, wie der Hauptmann und sein Feldwebel gleich hier um die Ecke des Portals gebogen waren.

Konrad schaute ihn verwundert an, machte sich aber sofort auf den Weg. Als er in den Dom eintrat und sich im Kirchenschiff umsah, konnte er zwar einige Gläubige sehen, die – verteilt in den Kirchenbänken – zum Gebet Platz genommen hatten, jedoch war vom Offizier und dem Feldwebel keine Spur.

Der Dom, dieser Ort der Stille, hatte Konrad schon in seiner Jugend immer wieder angezogen. Vor allem das rätselhafte Heidenportal, das er so oft mit großer Inbrunst in sein Skizzenbuch gezeichnet hatte, war – gerade während der Lehrjahre in Hirzenhain – eine bildhafte Erinnerung an seine Heimatstadt und vor allem an den verschollenen Vater. Nicht zuletzt aus diesem Grund, konnte er den Dom nicht einfach so verlassen, ohne an dem geheimnisvollen Ort zu verweilen. Es waren nur einige Schritte, und Konrad stand vor dem romanischen Vorgängerbau des Doms. Sein Vater Robert hatte ihm erzählt, dass es eine unvollendete Kirche innerhalb der Kirche war und dieser Teil des Bauwerks bereits am Anfang des 12. Jahrhunderts errichtet wurde. Ein paar Jahre hatte Konrad „sein" Heidenportal nicht mehr besucht. Er konnte es sich nicht erklären, aber es faszinierte ihn heute genauso wie am ersten Tag.

Zwei romanische Bögen und eine Doppelarkade aus grünbraunem, heimischem Schalstein ruhten mittig auf einer Steinsäule. Darüber spannte sich das verzierte Bogenfeld, die Schmuckfläche, in der sich das geschwungene, Widderhörnern ähnliche Motiv befand. Ein Symbol, das so gar nicht zum christlichen Glauben zu passen schien und auch Konrads Vater konnte es ihm nicht erklären, warum es ausgerechnet über dem Portal einer Kirche zu finden war.

Regungslos stand Konrad da. Die fesselnde Wirkung des heidnischen Reliefs hatte ihn erneut in ihren Bann gezogen. Langsam folgte er mit den Augen der geschwungenen, sich teilweise überlappenden Kontur. Mit stark fokussierten Pupillen tastete Konrad sie regelrecht ab und verglich sie dabei mit seinem Amulett, das er inzwischen in der Hand hielt. Seitdem er und Johanna es sich in der abenteuerlichen Aktion auf dem Gelände des Hüttenwerks in Hirzenhain, nach seinem Entwurf, den er einst genau hier zeichnete, selbst gegossen hatten, trug Konrad dieses Kleinod am Lederband um den Hals. Er schloss die Augen und drückte das kleine Relief so fest in seiner Faust, dass sich die Konturen tief in die Haut pressten. Vor seinem geistigen Auge sah er Johanna, wie sie ihn beim Abschied in ihre Arme nahm. Ihr Wunsch, dass das Amulett ihn immer beschützen möge, klang noch einmal nach.

Konrad war total in Erinnerungen versunken, als er plötzlich eine kräftige Hand auf seiner Schulter spürte. Erschrocken öffnete er die Augen, drehte sich blitzschnell um und nahm reflexartig mit seinen blanken Fäusten eine kampfbereite Abwehrhaltung ein.

»Halt, halt, junger Mann! Nicht so hastig, ich bin´s nur!«

Der Offizier stand unvermittelt, wie aus dem Boden gewachsen, vor ihm und lächelte ihn an.

»Also ich muss schon sagen, du zeigst eine schnelle Reaktion! Eine vorteilhafte Eigenschaft, um als Soldat zu überleben!«

Schnell nahm Konrad die Hände wieder herunter.

»Oh, entschuldigt, Senior Delgado, aber ich war total in meinen Erinnerungen vertieft und habe für einen Moment nicht mehr gewusst, wo ich bin.«

Konrad lächelte ein wenig verlegen.

»Senior Delgado, ich habe Euch gesucht. Gibt es schon Neuigkeiten von Eurem...«, Konrad trat ein wenig näher heran und senkte die Lautstärke seiner Stimme, »...von Eurem Informanten?«

Jetzt erst sah Konrad den Mann, der hinter dem Offizier zum Vorschein kam, und starrte ihn an. Delgado drehte sich zur Seite.

»Darf ich vorstellen? Mein Feldwebel Adamo Bruzzone, mein Mann für alle Fälle.«

»Moment mal, der Name klingt aber eher italienisch!«

»Ganz recht«, erwiderte der Soldat.

»Unter General Spinola, der im Übrigen – wie auch ich – gebürtig aus der Region Ligurien, genauer gesagt aus Genua stammt, dienen etliche tausend Mann aus Bella Italia in seinem

Heer. Eure Sprache hat mir, dankenswerterweise, Hauptmann Delgado beigebracht. Das war nämlich die erste Voraussetzung, um als Werbesoldat von ihm akzeptiert zu werden.«

Der Offizier nickte bejahend.

»Das haben wir wirklich gut hinbekommen, Adamo. Aber kommen wir zur Sache. Konrad, kennst du hier einen Ort, an dem wir ungestört reden können?«

Konrad überlegte kurz und grinste.

»Wie wäre es mit der Sakristei?«

Delgado schaute ihn verwundert an.

»Erregt es nicht zu viel Aufsehen, wenn wir hier an den Gläubigen vorbei und dann dort hineinspazieren?«

»Das mag schon sein, darum benutzen wir ja auch die Außentür!«

Konrad zog an einem Lederband einen kleinen, unscheinbaren Schlüssel hervor.

»Moment mal, dieses winzige Etwas passt doch in kein normales Türschloss!«

»Das ist richtig, aber er gehört zu dem Vorhängeschloss einer ganz speziellen „Schatzkiste" aus meiner Jugendzeit. Der Inhalt besteht aber nicht aus Gold und Edelsteinen, sondern vielmehr aus einer Schlüsselsammlung, die es in sich hat. Ich werde es Euch gleich erklären. Ihr solltet schon mal um den Dom herumgehen und an der Sakristei auf mich warten.«

An der der Lahn zugewandten Seite des mächtigen Bauwerks blieben der Offizier und sein Feldwebel direkt vor der kleinen, fünfstufigen, seitlich angebrachten Treppe, die zur Sakristei führte, stehen. Während sich beide nervös umschauten, kam Konrad nur wenige Augenblicke später freudestrahlend die nahegelegene Lahntreppe hochgestürmt und eilte auf sie zu.

»Ihr braucht nicht beunruhigt zu sein. Hier auf der Westseite des Doms trifft man fast nie einen Menschen, und außerdem hält sich das Volk heute zum Markt viel lieber gegenüber auf dem Domplatz auf. Also dürften wir halbwegs ungestört sein.«

Konrad schmunzelte und schüttelte seinen Kopf.

»Wenn mir das jemand heute Morgen beim Aufstehen gesagt hätte, dass ich wie früher in ein kleines Abenteuer eintauchen würde, dann ...«

Senior Delgado legt ihm die Hand auf die Schulter.

»Aus einem Kleinen kann schnell ein großes werden. Hast du denn gefunden, was du gesucht hast?«

Konrad zog einen Drahtring unter seiner Leinenbluse hervor, an dem mindestens zehn große Schlüssel hingen. Senior Delgado war das Staunen im Gesicht abzulesen.

»Bei Gott, dem Allmächtigen! Was hat das denn zu bedeuten?«

Konrad sprang die kleine Treppe zur Sakristei hinauf, probierte die Schlüssel aus, und schon der dritte entriegelte die schwere, alte Holztür. Mit einem schelmischen Grinsen und einer tiefen Verbeugung bat er den Offizier und seinen Feldwebel einzutreten.

Als sie die Tür schlossen, standen sie im diffusen Licht eines kleinen bleiverglasten romanischen Fensters. Der Feldwebel schickte sich schon an ein paar Kerzen zu entzünden, die auf einem Eisenleuchter standen, doch der Hauptmann gebot ihm innezuhalten und wies ihn an, die Tür, die in das Kirchenschiff führte, zu sichern. Der Soldat öffnete sie einen kleinen Spalt und beobachtete das Geschehen im Dom.

»Also, mein lieber Konrad Gassner, wie du womöglich schon bemerkt hast, ist Adamo Bruzzone der Informant, auf den ich gestern gewartet habe. Doch bevor ich dir meinen Plan erkläre, der ja insbesondere für dich von enormer Bedeutung sein wird, bin ich schon gespannt, wie du so schnell an diese vielen Schlüssel gekommen bist!«

Senior Delgado nahm auf einer Holzbank Platz. Sie stand direkt unter dem hoch angesetzten Fenster und neben einem offenen Schrank, in dem die Gewänder der Ministranten hingen. Der Offizier zeigte Konrad mit einer Handbewegung, dass er sich zu ihm setzen sollte.

»Komm zu mir! Du hast mich wirklich neugierig gemacht.«

Konrad holte tief Luft und griff sich nachdenklich ans Kinn.

»Also ... wo fange ich an?«

Doch dann sprudelte es aus ihm heraus: »Nun denn! In meiner Jugendzeit hatte ich mit drei Freunden eine verschworene Gemeinschaft gegründet. Die Altstadt und vor allem der Dom, die Stadtmauern und Türme sowie die Lahn, das Lahnufer und die Lahninsel waren unser Abenteuerrevier. Im Anfang spielten wir nur Räuber und Ritter und heckten so manchen Streich aus. Als wir dann 13 Jahre alt wurden, suchten wir nach neuen Herausforderungen, so wie sich das eben für „junge Männer" gehört!«

Konrad lachte kurz auf.

»Karl war der Sohn des Bürgermeisters, Christoph der Sohn des Pfarrers, und Ludwigs

Vater besaß eine Werkstatt für Schlösser und Beschläge. Hier hatten wir dem Meister bei seiner Arbeit oft über die Schulter geschaut. Sichtlich freute er sich darüber, dass wir, die Rasselbande, nun endlich erwachsen und vernünftig wurden. So zeigte der Meister uns bereitwillig, wie Schlösser funktionieren und wie man sich dazu einen passenden Schlüssel schmiedet und feilt. Wir haben dann auch selbst Hand angelegt und Feilen und Sägen geübt.

Eines Abends schlichen wir uns nochmals in die Werkstatt. Ludwig, der Sohn des Meisters, hatte vor, uns einen geheimen Ort zu zeigen. Wir waren alle sehr aufgeregt, und als er die Tür zu einem kleinen, versteckten Raum öffnete, staunten wir nicht schlecht. Um an diesen verborgenen Ort zu gelangen, kletterten wir zunächst durch einen großen, schweren Schrank. Warum der Meister sich eine solche Tarnung hatte einfallen lassen, wurde uns schnell klar. An den Wänden hingen an unzähligen Haken Schlüssel über Schlüssel. Ludwig erzählte uns, dass hier für alle wichtigen Türen und Schlösser der Stadt die Ersatzschlüssel aufbewahrt wurden. An jedem Schlüssel waren winzige Nummern eingeritzt, die aber nicht sofort verrieten, zu welcher Tür sie passten. Ludwig berichtete uns, dass sein Vater die Auflösung dazu in ein Büchlein geschrieben hatte, an das selbst er nicht herankommen würde. Unsere Neugier war jetzt erst recht geweckt, und es roch verdammt nach Abenteuer. Also nahmen wir mehrere Schlüssel von den Haken und machten uns noch in dieser Nacht heimlich auf den Weg, die passenden Türen zu finden. Drei Nächte ging das so weiter, und am Ende konnten wir wahrhaftig zwölf zuordnen. Das war bis dahin zweifellos das Spannendste, was wir in unserer verschworenen Gemeinschaft erlebt hatten.«

Senior Delgado schüttelte bewundernd seinen Kopf.

»Und diese zwölf Schlüssel hängen hier an deinem Ring?«

»Nein, nein, das hätte der Meister garantiert eines Tages gemerkt, und wir wollten ja noch viele Nächte Spaß haben.«

Konrad hielt stolz seinen Schlüsselring hoch.

»Die, die Ihr hier seht, haben meine Freunde und ich über viele Wochen allesamt in der Werkstatt selbst angefertigt. Immer dann, wenn der Meister mit seinem Gesellen bei Kunden außer Haus war, haben wir geschmiedet, gesägt und gefeilt, genau wie es uns der Meister vorgeführt hatte. Es gelang auch nicht gleich jeder Schlüssel, aber nach etlichem Fluchen kamen wir dann doch ans Ziel. Auch wenn sie hier und da ein wenig hakeln, aber alle funktionieren und so hatten wir mit unseren Türöffnern noch so manche abenteuerliche Nacht.«

Konrad konnte sich einen wehmütigen, tiefen Seufzer nicht verkneifen.

»Um jederzeit an unsere Schlüsselsammlung zu kommen, versteckten wir sie dann in einer stabilen Eisenschatulle hinter losen Steinen unten an der Stadtmauer. Da bin ich eben schnell hingelaufen. Übrigens, der kleine Schlüssel, den ich Euch vorhin gezeigt habe, der passt zum Vorhängeschloss der Schatulle. Auch meine Freunde haben seit dieser Zeit jeder einen Schlüssel und tragen ihn immer bei sich. Das ist gleichzeitig ein Zeichen unserer Verbundenheit.«

»Alle Achtung! Durchhaltevermögen, handwerkliches Geschick und eine gehörige Portion Mut! Ich muss schon sagen, mein lieber Konrad, du wirst mir immer wertvoller für meinen Plan.«

Senior Delgado stand von der Bank auf und schritt auf seinen Feldwebel zu.

»Alles ruhig da draußen?«

Adamo Bruzzone dreht sich um und nickte ihm zu.

Der Hauptmann holte ein Blatt Papier aus seinem Wams, rollte es auseinander und reichte es Konrad. Der stand auf und hielt es so dicht wie möglich unter das kleine Fenster.

»Das, was du hier in den Händen hältst, ist das Dokument, was uns viele, viele Gulden bescheren wird. Es ist das Patent, also die Bevollmächtigung, dass ich im Namen des großen Feldherrn Tilly ein Fähnlein Arkebusierreiter werben und führen darf. Na, was sagst du dazu?«

Konrad gab ihm das gesiegelte Schriftstück zurück, und beide setzten sich wieder auf die Holzbank.

»Ich hab mich ehrlich gesagt bisher noch nicht viel für das Soldatenwesen interessiert, und ich habe weder von einem Tilly noch von diesen Arkebusierreitern gehört.«

Senior Delgado stand nochmals auf und wanderte, wie es seine Art war, wenn er etwas Wichtiges mitzuteilen hat, mit auf dem Rücken verschränkten Armen auf und ab.

»Mein lieber Konrad, dann werde ich dich mal aufklären. General Tilly ist für den Herzog Maximilian von Bayern – und somit auch für Kaiser Ferdinand – der Feldherr des großen Heeres der katholischen Liga. Er ist vom bayerischen Fürsten beauftragt, bis zum Herbst eine mindestens 18 000 Mann starke Armee zusammenzustellen und dann mit dieser

Streitmacht in die Oberpfalz an die böhmische Grenze zu ziehen. Dort, auf der böhmischen Seite, sammelt Graf Mansfeld ebenfalls ein großes Heer, und das, obwohl diese uneinsichtigen Evangelischen erst vor ein paar Monaten am Weißen Berg bei Prag von Tilly ordentlich eins auf die Mütze bekommen haben. Die Wahrscheinlichkeit, dass der Mansfeld über die Grenze kommt und sein Unwesen in der Oberpfalz treiben wird, ist enorm hoch. Und genau aus diesem Grund soll General Tilly dort zur Stelle sein und dem Mansfeld zeigen, wer der Herr im Land ist.«

Senior Delgado blieb unmittelbar vor Konrad stehen.

»Dass mein Feldwebel direkt zu Tilly vorgelassen wurde und wir dieses Patent heute hier in den Händen halten, haben wir einer kleinen List zu verdanken. Um den Feldherrn zu beeindrucken, haben wir einfach behauptet, wir kämen mit einem voll ausgerüsteten Reiterfähnlein. So etwas bekommt selbst ein Tilly nicht jeden Tag angeboten!«

Der Hauptmann schmunzelte und klatschte seine Hände zusammen.

»Der angenehme Nebeneffekt ist, dass eine berittene Einheit viel mehr Sold bekommt als das normale Fußvolk!«

Senior Delgado setzte sich wieder zu Konrad, der ihn mit weiteren Fragen löcherte.

»Ja, aber wo nehmt Ihr denn plötzlich eine komplette Kompanie oder ein Fähnlein her? Von den notwendigen Pferden und der Ausrüstung ganz zu schweigen! Was mich betrifft, ich kann zwar reiten, das habe ich schon in frühester Jugend auf unserem eigenen Pferd gelernt, allerdings hat meine Mutter das Ross inzwischen verkauft und eine Ausrüstung habe ich natürlich auch nicht.«

»Genau da greift mein Plan! Allein meine drei Dutzend Werbesoldaten, sind alle beritten und komplett ausgerüstet. Dazu stoßen aus den Reihen der hier stationierten Reiterfähnleins weitere drei Dutzend zu uns. Es handelt sich hierbei um einen Trupp, der regelmäßig die Gegend um Wetzlar zur Außensicherung abreitet. Ihr Anführer hat unserem Feldwebel Bruzzone vor einigen Wochen in einem Gasthaus seine Unzufriedenheit über die nur unregelmäßigen Soldzahlungen offenbart. Nach etlichen Bechern Bier und der Chance, sich zu verbessern, hatten wir dann seine Zusage, sich uns anzuschließen. So, nun wären wir schon bei zweiundsiebzig gestandenen Reitern. Jetzt nehmen wir noch die achtundfünfzig frischen Rekruten von gestern dazu, und schon sind wir, zusammen mit dir, stolze 131 Mann. Das entspricht in etwa einer ganz ansehnlichen Fähnleinstärke. Sollte es dem Tilly dann noch nicht reichen, kann er uns gern aufstocken.«

»Von den Zahlen her mögt Ihr recht haben, Senior Delgado, aber die Knechte und Tagelöhner, die Ihr gestern geworben habt, haben weder ein Pferd, noch können sie reiten. Dazu fehlen die Waffen, oder besser gesagt, es fehlt die komplette Ausrüstung, und gekämpft hat von denen, genau so wie ich, auch noch keiner.«

Der Hauptmann atmete tief durch und fuhr fort: »Wenn es um die Pferde geht, die „leihen“ wir uns von unserer Kavallerie aus. Draußen vor der Stadtmauer, auf der Lahninsel, wurden, nachdem wir im Januar ankamen, Holzunterstände für die rund 450 Pferde unserer gesamten Truppe gebaut. Das Gute ist, dass bei jedem Ross auch der dazugehörige Sattel und das Zaumzeug aufbewahrt wird, und das Ganze wird lediglich von ein paar Pferdeknechten betreut und bewacht. Zumindest übermorgen ist das mit der Bewachung so, denn da feiert der Kommandeur unserer Besatzungstruppen, Oberstleutnant Barone Marconi, seinen 50. Geburtstag, und der spendiert schon am frühen Abend auf dem Domplatz einen Ochsen am Spieß, dazu für die gemeinen Soldaten mehrere Fass Bier, und für uns Offiziere gibt es Wein. Das will sich natürlich keiner unserer Männer entgehen lassen, und ich versichere dir, dass es nicht lange dauern wird, bis wir die ganze Meute im selig machenden Rausch erleben werden. Und noch etwas spielt uns in die Karten. Als wir hier in Wetzlar im Januar ankamen, gab es gleich in den ersten Tagen unter unseren Soldaten in den Wirtshäusern einige schwere Zwischenfälle, mit etlichen Verletzten. Der Oberstleutnant war sehr verärgert und reagierte sofort. Er nahm zur Vorsicht allen Männern Schusswaffen, Pulver und Kugeln ab und ließ diese an einem geheimen Ort wegschließen. Bis auf ihre Blankwaffen haben unsere Soldaten innerhalb der Stadtmauern keine Waffen am Mann. Inzwischen weiß ich, wo sich dieser geheime Ort befindet.«

Senior Delgado schaute Konrad tief in die Augen.

»So, junger Mann, an dieser Stelle komme ich dann wieder auf dich zurück! Wir hatten uns schon einen nicht risikolosen Weg ausgeguckt, um an den Schlüssel der Waffenwache zu kommen, aber nun hoffe ich, dass du uns mit der Sammlung an deinem Ring helfen kannst.«

Konrad hielt nochmals die Türöffner hoch.

»Wir haben, zum Beispiel, Schlüssel für unseren Dom, für das Rathaus, dazu für einige der Stadttürme und für eine kleine Mannpforte, die recht versteckt in der Stadtmauer zur Lahnseite liegt, und ....«

Der Hauptmann unterbrach seinen Redeschwall.

»Schon gut, schon gut. Jetzt brauche ich nur noch den Schlüssel zur Michaelskapelle, dann wären wir unserem Ziel einen wesentlichen Schritt nähergekommen.«

Erwartungsvoll blickte der Hauptmann Konrad an. Dieser erhob sich langsam, hielt den Ring mehr ins Licht des Fensters und sah sich die kleinen Zahlen auf den Schlüsseln sorgfältig an. Beim siebenten stoppte er abrupt und hielt ihn Senior Delgado dicht vor sein Gesicht.

»Seht Ihr, es ist die Nummer eins! Als wir damals überlegten, welches Gebäude für uns das gruseligste sein könnte und wo wir unseren ganzen Mut zusammennehmen müssten, um dann wirklich auch hineinzugehen, da haben wir uns als Erstes tatsächlich die Michaelskapelle ausgesucht.«

»Was für ein unglaublicher Zufall!«, entfuhr es Delgados breit lächelndem Mund.

Konrad lieferte ihm sofort die Begründung.

»Christoph, der Sohn des Pfarrers, wusste vom Vater, dass das Gebäude aus einer Doppelkapelle besteht und dass im Kellergewölbe Gebeine liegen. Die stammten aus den Gräbern, die einst dem gotischen Erweiterungsbau des Doms weichen mussten. Das ist also ein wahrhaftig unheimlicher Ort, an den sich so schnell keiner traut, und wenn Ihr dort hineinwollt, in die untere Kapelle oder in den Gewölbekeller, dann wird dieser Schlüssel Euch die Türen öffnen.«

Senior Delgado sprang auf und unterdrückte einen Jubelschrei, indem er sich kurz die Hände vor seinen Mund hielt.

»Unglaublich ... du siehst mich fassungslos! Konrad Gassner, dich schickt mir wirklich der Himmel!«

Der Hauptmann schaute nach oben zur Zimmerdecke und bekreuzigte sich.

»Genau diese Gruft hatte unser Oberstleutnant damals als heimlichsten und somit sichersten Ort ausgewählt! Ich sehe ihn noch vor mir, wie er in der Offiziersbesprechung schmunzelte und der festen Überzeugung war, dass auf diesen Aufbewahrungsort so schnell keiner kommen und es auch niemand wagen würde, dort die Totenruhe zu stören.«

Senior Delgado stellte sich breitbeinig, die Daumen in seinen Gürtel eingehakt, vor Konrad. »Und nun kommst du daher und hast genau diesen Schlüssel! Am besten, wir schreiten gleich zur Tat!«

Doch zuvor wies er seinen Feldwebel an, schnell zur unweit vom Dom liegenden Ratsschänke zu laufen und das dort geplante Spektakel sofort zu unterbinden. In der Schänke befanden sich um diese Zeit immer die beiden Wachsoldaten, die den Originalschlüssel zur Michaelskapelle bei sich trugen. Denen sollten sein Leutnant und einige seiner Unteroffiziere, bei einem vorgetäuschten Handgemenge, eben diesen Schlüssel unauffällig entwenden. Das wäre der kompliziertere und gefährlichere Weg gewesen, um dann das begehrte Gewölbe zu öffnen. Senior Delgado kratzte sich am Kopf. »Hoffentlich kommt Feldwebel Bruzzone noch rechtzeitig hin. Jetzt haben wir ja durch dich, Konrad, die bessere Lösung gefunden.«

Der Hauptmann legte ihm seinen Arm um die Schultern, und sie verließen die Sakristei. »Unsere 58 angeworbenen Rekruten haben wir, wie du möglicherweise schon beim Herkommen gesehen hast, vorsorglich zusammen mit dem Großteil meiner Männer vor der Giebelwand der Michaelskapelle positioniert. So ist der Eingang hervorragend getarnt, und wir können die Tür ungestört öffnen.«

»Ist die Tür denn ohne Bewachung?«, fragte Konrad ungläubig.

Senior Delgado schüttelte – vor sich hingrinsend – seinen Kopf.

»Man glaubt es kaum, aber der Oberstleutnant hält den Ort für so sicher, dass nur zur Nacht zwei Posten aufziehen. Selbst die stehen dann nicht direkt vor der Tür, sondern beobachten das Gebäude aus einiger Entfernung, und zwar von hier aus der Kirchgasse. Damit soll das Versteck des Waffenlagers nicht durch ihre unmittelbare Anwesenheit verraten werden.«

Die Kapelle lag nur zwanzig Schritte neben der Nordseite des Doms. Dazu befand sich der Eingang günstigerweise an der der Lahn zugewandten Seite. Selbst die Menschen auf dem Domplatz konnten die Tür nicht direkt einsehen. Lediglich aus dem letzten Stück der Kirchgasse, also genau aus der Richtung, aus der Konrad und der Hauptmann mit raumgreifenden Schritten anmarschierten, hatten sie freien Blick auf den verheißungsvollen Eingang. Das heißt, wenn da nicht diese Ansammlung der Rekruten und Soldaten stehen würde, die ihren Zweck, die Tür vor neugierigen Blicken zu schützen, optimal erfüllten.

Als sich Konrad und der Hauptmann durch die eng stehenden Männer drängten, wurde ihm recht schnell klar, wie Senior Delgado vorhatte, die Ausrüstung ungesehen abzutransportieren. Mitten unter ihnen standen vier große Handkarren. Sie waren mit allerlei Obst und Gemüse, Broten, Wurst, Käse und sogar mit einigen Fässchen Bier beladen. Senior Delgado zeigte ihm die eingearbeiteten doppelten Böden. Dort konnten die Schusswaffen und die Munition unauffällig verstaut werden, um sie an den Wachen des Stadttores vorbeizuschmuggeln.

Einen Augenblick später schlug die Stunde der Wahrheit. Konrad steckte den Schlüssel ins Schloss, und nach dem gewohnten Hakeln gab der Schließmechanismus die schwere Tür frei. Der Hauptmann ließ sich eine Fackel reichen, entzündete sie, und über einen Vorraum stiegen beide eine ausgetretene Steintreppe hinab ins dunkle Untergeschoss. Die Spannung war deutlich zu spüren. Konrad fühlte sich in die Vergangenheit zurückversetzt. Es war fast wie in seiner Jugend, als er mit den Freunden zum ersten Mal vor dieser Tür stand. Ein unheimlicher Ort! Damals wie heute fühlte es sich an, als ob man hier das Reich der Toten beträte, und damals wie heute war er sich nicht sicher, ob man sie nicht lieber in Frieden ruhen lassen sollte.

Nur noch die Grufttür trennte Senior Delgado und Konrad von dem geheimen Waffenlager, doch dank der Schlüsselsammlung stellte auch diese kein Hindernis dar. Konrad trat einen Schritt zurück, und der Hauptmann setzte seine ganze Kraft ein, um die schwergängige Tür aufzudrücken. Mit einem lauten Ächzen gab sie den Eingang zur Unterwelt langsam frei.

Als der Hauptmann die Fackel in das mit Spinnweben überzogene Tunnelgewölbe vorschob, schreckte er augenblicklich zurück. Und wie damals stellten sich Konrads Haare an den Armen auf und eine Gänsehaut überzog weite Bereiche seines Körpers. Er kannte den Anblick und erinnerte sich, dass er und seine Freunde, in jener Nacht vor fünf Jahren, auf dem Absatz kehrtgemacht hatten und gleich wieder hinausgestürmt waren. Sich gegenseitig Mut zusprechend, trauten sie sich etwas später abermals. Als sie dann aus dem Reich der Toten auftauchten, überkam sie mächtiger Stolz. Konrad hatte danach das Gefühl, dass er zusammen mit seinen drei Freunden jedes noch so gruselige Abenteuer bestehen könnte.

Senior Delgado sah Konrad mit großen Augen an, atmete tief durch und wagte, mit vorangehaltener Fackel, einen ersten Schritt in die Gruft. Das flackernde Licht wurde von hunderten Gebeinen und Totenschädeln reflektiert. Ein bizarres Schattenspiel huschte gespenstisch über das mit Schimmelpilzen bedeckte Mauerwerk der Wände. Langsam zog es ihn tiefer in das Gewölbe, bis er plötzlich innehielt und Konrad zu sich rief.

»Schau dir das an, Konrad!«

Der Hauptmann leuchtete hinter die erste Stützsäule. Ein Bretterverhau kam zum Vorschein. Dieser war vielfach unterteilt und lag übervoll mit Radschlosskarabinern und langschäftigen Pistolen. Beide Ausführungen gehörten zur schlagkräftigen Schusswaffenausrüstung der berittenen Einheiten. Der Hauptmann hielt eines der Gewehre hoch und geriet dabei so richtig ins Schwärmen.

»Eins muss man unserem Feldherrn lassen, unsere Reiter sind wirklich mit den modernsten Waffen ausgerüstet! Diese Karabiner sind kaum drei Fuß lang und dadurch ungemein handlich. Sie lassen sich zielsicher bei voller Attacke abfeuern und sind, genau wie die Pistolen, dank ihrer Radschlossmechanik sofort und bei jedem Wetter schussbereit.«

Senior Delgado drückte Konrad die Fackel in die Hand und öffnete mehrere daneben stehende kleinere Kisten. Er hockte sich nieder, fasste hinein und prüfte kritisch die Inhalte. Der Hauptmann schnaufte erleichtert durch. Sichtlich zufrieden sah er Konrad an. Dabei entfachte die Flamme der Fackel ein geheimnisvolles Funkeln in seinen Augen und unterstrich so auf eindrucksvolle Weise sein verwegenes Vorhaben.

»Gott sei Dank, es ist kaum Rost auszumachen. Die Kugeln und vor allem die Pulvervorräte haben sie wenigstens einigermaßen vor der hier unten herrschenden Feuchtigkeit geschützt.«

Er richtete sich wieder auf und schaute um sich.

»Sehr gut, auch die Bandeliere, also die Munitionsgurte, hängen mit ihrem Zubehör ebenfalls da drüben. Prima, alles scheint vollzählig zu sein.«

Der Hauptmann nickte zufrieden.

»Da wir ja für unsere Rekruten nur den kleinsten Teil der Waffen brauchen, wird es nicht gleich auffallen, falls die Wachleute sich hier tatsächlich mal hineintrauen.«

Er schritt auf Konrad zu.

»Komm, gib mir die Fackel und hole schnell ein paar von meinen Männern zum Verladen!«

Es dauerte nicht lange, und die wichtige Ausrüstung war in den Geheimfächern verstaut. Der Hauptmann brüllte dann mit voller Lautstärke vor den versammelten Männern seine Befehle. Dieses auffällige Spektakel war Teil des Plans. Möglichst viele Menschen auf dem Domplatz sollten mitbekommen, dass die angeworbenen Rekruten nun zusammen zum weit entfernten Kreuznach, zum Hauptsammelpunkt der spanischen Armee des Generals Spinola, aufbrachen. Das eigentliche Ziel, von dem die Männer allerdings noch nichts ahnten, war hingegen das Heerlager des Feldherrn Tilly. Dieses erreichte man nicht wie Kreuznach in Richtung Südwesten, sondern der Weg führte nach Osten zur böhmischen Grenze. Beschwerliche 45 Meilen entfernt sammelte Tilly rund um das Städtchen Vohenstrauß sein großes Heer.

Damit der Schein gewahrt blieb, zogen die 58 Rekruten, angeführt von zwei Unteroffizieren, vom Domplatz über den Eisenmarkt zum Silhöfertor, um zunächst ein Stück Richtung Kreuznach zu marschieren. Die Spannung stieg mit jedem Schritt, dem sich die Gruppe dem Stadttor näherte. Die im doppelten Boden versteckten Waffen durften auf keinen Fall entdeckt werden. Aus diesem Grund begleitete sogar der Hauptmann seine Rekruten, um bei zu kritischen Blicken der Wachsoldaten für ein Ablenkungsmanöver zu sorgen.

Am Silhöfertor angekommen, sprang der Offizier sofort vom Pferd und drückte die Zügel dem ersten Wachmann unvermittelt in die Hände. Den hatte er so schon einmal geschickt ausgeschaltet. Seine Rekruten kamen näher, und die beiden Unteroffiziere trieben, mit markigen Sprüchen, den ungeordneten Haufen kräftig an.

»Seht ja zu, dass ihr Möchtegernsoldaten zusammenbleibt, dass uns nicht noch einer auf dem Weg nach Kreuznach verloren geht! Also immer schön aufschließen und Schritt halten!«

Der zweite Unteroffizier trug eine Weidenrute in der Hand, mit der er wild herumfuchtelte und die Rekruten, die die Handkarren schoben und zogen, antrieb.

»Ja, was ist mit euch kraftlosen Knechten und Tagelöhnern? Passt auf, dass ihr nicht durch jedes Schlagloch schiebt! Es wäre doch schade, wenn was von unserem Proviant verloren geht!«

Doch dann brüllte plötzlich der Wachführer, der Korporal der Torwache, seine Befehle: »Das Ganze halt. Was schleppt ihr denn da aus der Stadt?«

Als dann noch ein Wachmann plötzlich mit gesenkter Hellebarde auf einen der Karren zuging und sogar anfing, darin herumzustochern, reagierte der Hauptmann sofort. Während der den Wagen begleitende Unteroffizier schon nach dem Degen griff, sprang er auf den Handkarren zu, legte seine linke Hand auf die Hellebarde der verdutzt schauenden Wache und griff mit der Rechten in einen prall gefüllten Korb, in dem extra vorher eine Weinflasche deponiert wurde, und zog sie hervor.

»Das Dünnbier in den Fässern ist für unsere angehenden Soldaten. Für Euch habe ich da eher was Leckeres, das Eurem Gaumen schmeicheln wird!«

Bevor die erstaunt dreinblickenden Torwachen etwas sagten, drückte er dem wachhabenden Korporal die Flasche in die Hand.

Der schaute den Hauptmann verblüfft an.

»Ich muss schon sagen, mit so viel Proviant ...«, mit einem langen Hals versuchte er, auf die Ladeflächen der Karren zu schauen, »mit so einer Menge Wegzehrung verwöhnt Ihr diese Bauerntölpel nicht schlecht, Herr Hauptmann!«

»Ich habe heute meinen großzügigen Tag, und den Händlern auf dem Markt wollte ich mal gute Geschäfte gönnen! Hinzu kommt, dass der Weg zum Sammelplatz nach Kreuznach lang und beschwerlich ist, und wir wollen doch nicht, dass diese edlen Helden, bevor sie in ihre erste Schlacht ziehen, schon vorher krepieren!«

Diese letzte Feststellung begleitete der Hauptmann mit lautem Lachen und schlug dabei dem Korporal kräftig auf die Schulter. Der reagierte mit einem gequälten Auflachen, drehte sich zu den Rekruten und brüllte seine Kommandos.

»Gafft nicht so blöd und seht zu, dass ihr den Weg frei macht!«

Der Hauptmann nickte seinen Unteroffizieren zu, stieg mit einem zufriedenen Grinsen auf sein Pferd und trabte erleichtert zurück zum Domplatz. Dort angekommen, nahmen ihn sofort sein Feldwebel und Konrad in Empfang. Sie brauchten eigentlich gar nicht zu fragen, ob alles glattgegangen war, denn sein Gesicht sprach für sich. Er sprang vom Pferd, übergab es seinen Männern und kam sofort zur Sache.

»Der nächste Schritt des Planes hat reibungslos geklappt. Ich hoffe nur, Feldwebel Bruzzone, Ihr habt unseren beiden begleitenden Unteroffiziere auch ordentlich eingebläut, wie es für den Trupp weitergeht?«

»Jawohl, habe ich, Herr Hauptmann! Die wissen ganz genau, dass sie, um den Anschein zu wahren, zunächst auf dem Handelsweg bleiben sollen. Nach knapp eineinhalb Meilen, auf der

Höhe von Braunfels, werden sie dann linker Hand über Schöfengrund auf Butzbach zulaufen. Direkt vor dem Ort gibt es ein Waldstück, das groß genug ist, um sich ein unauffälliges Plätzchen zu suchen. Am Waldrand sollen sie dann einen Posten platzieren und warten, bis wir bei ihnen sind. Wenn alles gut geht, dann werden sie diese Strecke, insgesamt rund fünf Meilen, bis morgen Mittag zurücklegen.«

Der Hauptmann nickte zufrieden.

»Das hört sich ja gut an! Wir wollen nur hoffen, dass unsere beiden Unteroffiziere diesen undisziplinierten Haufen im Griff haben und dass sie, vor allem beim Warten im Wald, die Butzbacher nicht auf sich aufmerksam machen.«

Feldwebel Bruzzone war allerdings voller Hoffnung.

»Ich denke, Herr Hauptmann, dass Ihr mit Ulrich und Karl genau die richtigen Haudegen, oder sollte ich besser sagen, die passenden „Anstandsdamen", aus unseren Reihen ausgewählt habt, um diesen Haufen zusammenzuhalten. Dazu wird der reichlich mitgeführte Proviant, insbesondere das Bier die Tagediebe schon selig machen!«

Während der Hauptmann am nächsten Tag in die Vorbereitungen zur großen Geburtstagsfeier des Oberstleutnants eingebunden war, kümmerte sich Feldwebel Bruzzone um letzte Ablaufdetails des Plans, und Konrad fand Zeit, sich endlich einmal wieder mit seinen Freunden zu treffen und von alten Zeiten zu schwärmen.

Schon am frühen Vormittag waren sowohl der angeworbene Feldwebel der Besatzungstruppen und seine Reiterpatrouille als auch Feldwebel Bruzzone mit allen Werbetruppsoldaten aufgebrochen. Während die Patrouille Wetzlar über das Obertor verließ und in Begleitung von Senior Delgados Leutnant Perez direkt in die angestrebte Richtung reiten konnte, nahmen die Männer des Hauptmanns den Weg durch das Brückentor und über die Lahnbrücke nach Westen. Nach außen hin musste alles so normal wie irgend möglich wirken.

Der Plan war bisher lediglich mit Konrad, Feldwebel Bruzzone, den Unteroffizieren Ulrich und Karl sowie Leutnant Perez besprochen worden. Für die übrigen Werbesoldaten nahm der Dienst seinen wie immer gewohnten Verlauf. Auch von den drei Dutzend Reitern der Besatzungstruppen, die sich ihnen angeschlossen hatten, ahnte bis auf ihren Anführer, den eingeweihten Feldwebel, keiner etwas. Zu groß war das Risiko, dass doch vorher das Vorhaben auffliegen würde.

Der große Tag brach an. Schon früh richteten die Soldaten der Besatzungstruppen den Domplatz für die Geburtstagsfeier her. Um das gemeine Volk und die vielen Gaffer fernzuhalten, sperrte ein mit Hellebarden ausgerüsteter Wachtrupp alle Gassen, die zum Dom führten, rigoros ab. Der gesamte Platz musste von Unrat gesäubert werden, Tische und Bänke wurden geschleppt und in Reihen ausgerichtet, und für die Herren Offiziere, den Rat der Stadt und den Klerus wurde direkt vor dem Hauptportal des Doms aus Balken und Brettern ein Podest gezimmert. Auf ihm platzierten die Handwerker eine lange, festlich geschmückte Tafel.

Zwei große Gestelle für die Spießbraten wurden aufgestellt, und die Gilde der Fleischer brachte die schon vorbereiteten Ochsen. Die Bäckergilde schleppte in unzähligen Körben frisch gebackenes Brot heran, die Schankwirte der Stadt bauten ihre Bierstände auf, Knechte rollten dutzende Fässer Bier auf den Platz, und die Ratsherren ließen alle Häuser rings um den Domplatz mit frischem Grün und bunten Fahnen schmücken. Wetzlar hatte sein Feiergewand angelegt und war nun bereit, den Herrn Oberstleutnant und Kommandeur der spanischen Truppen hochleben zu lassen.

Langsam setzte die Dämmerung ein. Hunderte von Fackeln wurden entzündet und unterstrichen die feierliche Szene. Auch Konrad hatte eine überaus wichtige Aufgabe zu erledigen. Seine Schlüssel waren ein zweites Mal von immenser Bedeutung. So galt es wie in seiner Jugendzeit, zusammen mit den alten Freunden – ein weiteres Abenteuer zu bestehen.

Bereits am Vormittag hatten sie durch die Mannpforte unterhalb des Doms in ihrem „Jugendversteck" zwei große Tonkrüge mit Wein sowie Trinkbecher deponiert. Die Gaumenfreuden waren für die Wachsoldaten und Pferdeknechte, die in dieser Nacht auf der Lahninsel verbleiben mussten. Die hatten nach wie vor die Verantwortung für die dort stehenden Pferde der gesamten Reiterei, und sie waren natürlich sauer, dass sie nicht auf dem Domplatz mitfeiern durften. Genau diese Männer mussten für den Plan, 58 Pferde für die Rekruten zu entführen, möglichst unauffällig und nachhaltig ausgeschaltet werden. Aus diesem Grund hatten die vier Freunde im Wein ein Schlafmittel aufgelöst. Christoph, der Sohn des Pfarrers, hatte beste Verbindungen zum Sohn des Apothekers, und so fiel es ihm leicht, ein gut lösliches Schlafmittel in Pulverform, das dem Wein untergemischt wurde, zu besorgen. Bei allem Ernst der nicht ungefährlichen Aktion fühlten sich Konrad und seine Freunde so, als ob sie wieder die kleine Bande aus ihrer Kindheit waren. Alle längst vergessen geglaubten Erinnerungen kamen in ihnen hoch und brachten die Freunde ins Schwärmen.

Als die Dämmerung Wetzlar langsam in gedämpftes Licht tauchte und die entzündeten Fackeln allmählich ihre Schattenspiele an die Hausfassaden zeichneten, nahmen alle Soldaten der Besatzungstruppen erwartungsvoll auf den bereitstehenden Bänken Platz. Das war für Konrad und seine eingeschworene Gemeinschaft das Zeichen, ihren Auftrag zu vollenden.

Nur diesmal tobten sie nicht wie früher in wilder Jagd über die vielen Stufen die Lahntreppe hinunter, denn Aufsehen durften sie auf keinen Fall erregen. So schlenderten sie, ganz gelassen und ein wenig plaudernd, der Stadtmauer entgegen. Die Gassen von Wetzlar waren wie ausgestorben. Alle Bürger wollten sich, wenn auch nur als Zaungäste, das Spektakel auf dem Domplatz nicht entgehen lassen. Niemand beachtete Konrad, als er in aller Ruhe die Mannpforte, den nur fünf Fuß hohen Durchlass in der Stadtmauer, mit dem selbstgefertigten Schlüssel öffnete. Sogleich machten sich dann die vier Freunde mit dem aus dem Versteck geholten präparierten Wein auf den Weg. Die großen Tonkrüge sowie die Trinkbecher hatten sie in zwei Kiepen verstaut. Konrad dachte sich, dass so der unmittelbar bevorstehende Auftritt glaubwürdiger erscheinen würde.

Ihr Ziel, die Lahninsel, trennte auf der Stadtseite nur der schmale Mühlbach vom Ufer. Nach 150 Schritten erreichten sie den Übergang. Eine kleine Holzbrücke verband den Pfad, der entlang der Stadtmauer führte, und die Insel miteinander. Auf der anderen Seite, unmittelbar hinter der Brücke, standen zwei mit Hellebarden bewaffnete Wachposten, die lauthals stritten. Da es inzwischen fast dunkel geworden war, nahmen die Soldaten die vier jungen Männer, die sich ihnen näherten, nicht sofort wahr. Konrad und seine Freunde konnten jedes Wort ihrer aufgeregten Diskussion verstehen.

»Da kannst du sagen, was du willst: Es ist eine ausgesprochene Schweinerei, dass es schon wieder uns beide erwischt hat!«, meckerte der eine.

»Ich werde das Gefühl nicht los, dass uns der Feldwebel einfach nur schikanieren will«, erwiderte der andere.

»Ausgerechnet heute Abend, wo es da oben in der Stadt Spießbraten und vor allem Saufen umsonst gibt!«

Genau in diesem Moment betraten die vier Freunde die Brücke, und Konrad übernahm die Initiative.

»Hallo Leute, hier kommt eure Rettung!«

Die beiden Wachleute erschraken und drehten sich ruckartig um. Einer riss eine Fackel aus der Halterung, die am Brückengeländer befestigt war, und leuchtete den Herannahenden entgegen. Der zweite Soldat senkte drohend seine Hellebarde.

»Keinen Schritt weiter! Wer seid ihr, und was wollt ihr hier auf der Lahninsel?«

Konrad nahm die Kiepe herunter und holte den großen Tonkrug hervor.

»Wir kommen im Auftrag der Schankwirte der Stadt«, log er, ohne rot zu werden, und malte die Geschichte möglichst glaubwürdig weiter aus.

»Damit alle Wachmannschaften, die heute Abend nicht auf dem Domplatz mitfeiern können, nicht ganz leer ausgehen, dürfen wir euch und allen anderen Wachen an und auf der Stadtmauer einen ganz und gar leckeren Tropfen Wein überbringen.«

Die beiden Wachposten sahen sich verdutzt an, doch dann zeichnete sich schnell ein breites Grinsen auf ihren Gesichtern ab.

»Es geschehen noch Zeichen und Wunder!«, sagte der erste und nahm seine Hellebarde zur Seite.

»Darauf wäre unser Feldwebel nie gekommen!«, meinte der zweite und steckte die Fackel wieder in die Halterung.

»Kommt näher und lass´ uns probieren, ob das wirklich ein leckerer Tropfen und nicht doch nur billiger Fusel ist!«

Konrad und seine Freunde überquerten die Brücke. Während er das schwere Gefäß auf der Insel absetzte, übergab Karl, der Sohn des Bürgermeisters, zwei Tonbecher dazu.

»Sagt, wo sind denn die anderen? Oder hat man euch hier etwa allein zurückgelassen?«, wollte Konrad wissen.

»Normalerweise schieben hier mehr Kameraden mit uns Wache, aber heute Nacht sind nur noch die Pferdeknechte auf der Insel. Die haben weiter hinten, unter den Bäumen, ihr Nachtlager.«

Und auch dort wurden die vier Freunde mit offenen Armen empfangen. Als sie den großen Tonkrug sahen, brachen sie sogar in Jubel aus, rissen Konrad die Trinkbecher förmlich aus den Händen und stürzten sich sofort auf den Wein.

Währenddessen hatte sich der Domplatz komplett mit den Besatzungstruppen gefüllt. Alles wartete in freudiger Anspannung auf das Geburtstagskind, Oberstleutnant Marconi.

Senior Delgado stand schon zusammen mit den anderen Offizieren und den Ehrengästen auf dem Podest, als ihm plötzlich der Atem stockte. Er sah, wie sich eine große Gruppe von Soldaten auf den Eingang der Michaelskapelle zubewegte. Sie hatten sich ihre Brustharnische angelegt und Helme aufgesetzt, ja sogar ein Fähnrich marschierte mit einer Standarte, auf der das Familienwappen des Barons Marconi zu sehen war, vorweg. Der Hauptmann beobachtete, wie die beiden Wachposten der Michaelskapelle offensichtlich ihre zurückhaltende Beobachtungsposition in der Kirchgasse aufgegeben hatten und die Tür zur Kapelle und somit auch zur Gruft aufschlossen. Senior Delgado wurde heiß und kalt zugleich. Er stand wie unter Schock versteinert da. Er fühlte sich unendlich hilflos, denn er wusste, dass ein Eingreifen nicht mehr möglich war. Er konnte nur noch hoffen, dass das Fehlen der Waffen nicht auffiel. Als er einen neben ihm stehenden Hauptmann der Reiterei fragte, was das denn zu bedeuten habe, sah der ihn mit strahlenden Augen an.

»Das ist eine Überraschung für Herrn Oberstleutnant! Genau 50 verdiente ältere Gefreite und Unteroffiziere habe ich dafür ausgesucht. Die werden sogleich, wenn das Geburtstagskind das Podest betritt, 50 mal Salut schießen. Na, was sagt Ihr? Ist das nicht feierlich?«

Senior Delgado brach der Schweiß aus. Nach und nach wurden die Soldaten der Ehrenformation mit Karabinern aus der Gruft bestückt. Sie machten sie schussbereit und nahmen an der Längsseite der Michaelskapelle Aufstellung. Senior Delgado hielt es nicht mehr auf dem Podest. Nicht zu eilig, aber trotzdem zielstrebig näherte er sich den beiden Wachposten, die mit gekreuzten Hellebarden vor der Kapellentür Stellung bezogen hatten. Der Hauptmann atmete nochmals tief durch und marschierte die letzten Schritte forsch auf die Wachen zu.

»Na, meine Herren, alles so weit in Ordnung? Wer von euch beiden hat sich denn ins Reich der Toten getraut und die Karabiner herausgeholt?«

Beide Soldaten schauten sich etwas verlegen an. Zögerlich kam nach einem Räuspern die Antwort.

»Nun ... äh, wir haben nur das Schloss entriegelt und dann dem jungen Fähnrich den Vortritt gelassen.«

Die Wachsoldaten sahen sich nochmals an, und dann antwortete der zweite mit einem schelmischen Auflacher.

»Aber so ganz geheuer war dem das wohl auch nicht. Der hatte es beim Zusammensuchen der Ausrüstung so eilig, dass er zum Schluss gänzlich aus der Puste war.«

Der Hauptmann nickte erleichtert. Ihm fielen gleich mehrere dicke Steine von der Seele. Wie es sich anhörte, hatten alle Beteiligten mehr mit sich selbst zu tun gehabt, als darauf zu achten, ob da vielleicht irgendetwas fehlen könnte.

»Na, dann hoffen wir mal, dass alle Flinten auch funktionieren, auf dass wir wirklich 50 Schuss Salut hören werden!«

Konrad und seine Freunde hatten ihren Auftrag mit Bravour erfüllt. Als sie zurück durch die Mannpforte in der Stadtmauer gekrochen und außer Sichtweite der Lahninsel waren, brach es aus ihnen heraus. Überschwängliche Freude machte sich breit. Sie hüpften wie die kleinen Kinder im Kreis herum und bekamen vor lauter Lachen kaum ein Wort heraus. Nach Luft ringend und sich an seinen Freunden festhaltend, fasste Konrad sich als Erster.

»Wir sollten uns ruhig wieder öfter zu ein paar abenteuerlichen Streichen verabreden!« »Du hast recht«, antwortete sein Freund Karl.

»Ich hatte schon ganz vergessen, wie aufregend das Leben hier in unserem Wetzlar sein kann!«

Gerade als die vier Freunde voller Übermut die Lahntreppe hochsprangen, zerrissen donnernde Schüsse ihren Freudentaumel. Erschrocken sahen sie einander an. Schnell hatten sie den Rand des Domplatzes erreicht. Doch inzwischen stauten sich so viel neugierige Bürger der Stadt an der Absperrung zur Kirchgasse, dass sie absolut nichts sahen. Weitere Schüsse in schneller Abfolge krachten über den Platz und wurden von den mächtigen Mauern des Doms und den gegenüberstehenden Häusern als Echo zurückgeworfen. Der letzte Schuss war kaum verhallt, da brandeten unvermittelt starker Applaus und Jubel auf. Hochrufe auf das Geburtstagskind ertönten, und sogar die Zaungäste stimmten mit ein, und alles brüllte lautstark durcheinander. Ganz Wetzlar schien außer Rand und Band zu sein. Man hatte das Gefühl, dass alle Menschen in dieser Nacht, egal ob Magd, Knecht, Soldat oder angesehener Bürger, die Schrecken des großen Krieges einfach einmal für ein paar Stunden vergessen wollten.

Es war spät geworden. Konrad hatte sich längst von seinen Freunden verabschiedet und wartete, wie vereinbart, an der Lahntreppe auf Senior Delgado. Das Gegröle auf dem Domplatz hatte deutlich hörbar zugenommen. Es signalisierte jedermann, dass das Fest so langsam seinen Höhepunkt erreichte. Immer wieder torkelten Soldaten, sich gegenseitig stützend, an Konrad vorbei und urinierten an die dem Platz abgewandte Seite des Doms. Es war inzwischen, in diesem fortgeschrittenen Stadium des Alkoholkonsums, nicht ganz ungefährlich, den Söldnern in die Quere zu kommen. Nicht zuletzt deshalb zogen sich die meisten Schaulustigen in ihre Wohnungen zurück. Nur die äußerst Hartnäckigen, die immer noch hofften, dass etwas für sie abfallen könnte, nur diese Unverbesserlichen lungerten weiterhin am Dom herum und gerieten zunehmend in ernsthafte Handgemenge mit den betrunkenen Soldaten.

Pünktlich zur Mitternachtsglocke, die – mit ihrem hellen Klang weithin hörbar – alle Feiernden mahnte, endlich ihre Quartiere aufzusuchen, erschien, wie verabredet und von Konrad sehnlichst erwartet, Senior Delgado. Vom durch die Fackeln ausgeleuchteten Domplatz kommend, mussten sich seine Augen erst einmal an die Dunkelheit abseits der Szenerie gewöhnen. Im letzten Moment konnte der Hauptmann gerade noch einem vor ihm knienden Soldaten ausweichen. Mit lautem Stöhnen erbrach dieser Zecher genau vor die Füße des Offiziers.

»Pass gefälligst auf, wo du hinkotzt!«, herrschte ihn Senior Delgado an und stieg schwungvoll über den Betrunkenen hinweg.

Er orientierte sich kurz neu, tastete sich weiter zur Treppe, bis er, ein paar Stufen tiefer stehend, das vom fahlen Mondlicht betonte Gesicht von Konrad entdeckte. Mit gedämpfter Stimme sprach er ihn an: »So, das hätten wir hinter uns gebracht! Der Oberstleutnant ist soeben, gestützt vom Bürgermeister, der allerdings auch nicht mehr richtig geradeauslaufen kann, in sein Quartier aufgebrochen. Aber sag, wie war deine Aktion? Hat alles geklappt?«

»Bestens! So wie sich die Männer auf der Lahninsel über den leckeren Tropfen gefreut haben, müssten sie sich schon seit einiger Zeit im tiefen Schlaf befinden.«

Konrad griff nach dem Arm des Hauptmanns.

»Kommt, bleibt dicht hinter mir, ich führe Euch zur Pforte.«

Wenige Augenblicke später hatten sie den Durchschlupf in der Stadtmauer passiert. An der

Mauer entlangtastend, erreichten sie bald die kleine Brücke, an der die Fackel nur noch spärlich vor sich hinglimmte. Von den Wachleuten war weit und breit nichts zu sehen. Vorsichtig überquerten sie den Mühlbach, und nach ein paar tastenden Schritten hörten die beiden deutlich ein Grunzen, das langsam immer lauter wurde, und schon stieß der vorweggehende Konrad gegen einen wie leblos am Boden liegenden Körper. Sie hatten die Wachleute gefunden! Mit ausgestreckten Beinen und Armen, die Hellebarden in die Erde gerammt, den Tonkrug zerschmettert, hatte sie der präparierte Wein wie erhofft kampfunfähig gemacht.

»Gratuliere«, lobte der Hauptmann, »wirklich ganze Arbeit!«, kam es mit einem unterdrückten Lachen hinterher.

»Hier entlang!«, raunte Konrad dem Hauptmann zu und orientierte sich am Ufer der Insel immer weiter bis zu den Unterständen der Reiterei.

Zwanzig Schritte später wurden sie von einem leicht erregten Grummeln der Pferde empfangen. Während sie an ihnen vorbeischlichen, versuchte Senior Delgado durch beruhigendes Flüstern, auf die Tiere einzuwirken. Und wie ein allmählich zufriedenes Schnauben anzeigte, hatten seine Bemühungen Erfolg. Doch dann änderte sich die

Geräuschkulisse abrupt. Ein Durcheinander von grunzenden, pfeifenden und schmatzenden Schnarchtönen zeigte Konrad und dem Hauptmann, dass sie das Nachtlager der Pferdeknechte erreicht hatten. Auch hier hatte die brisante Weinmischung ganze Arbeit geleistet. Zehn gestandene Männer lagen, wie mit Äxten gefällte Bäume, umgehauen am Boden. Ihre Körper stapelten sich kreuz und quer, zum Teil regelrecht ineinander verkeilt, um das noch glimmende, rauchende Holz des Lagerfeuers. Einem Knecht musste Konrad sogar zur Hilfe eilen, denn sein linkes Bein roch schon recht angesengt, und die Beinkleider drohten sich vollends zu entzünden. Es war ihm offensichtlich bei einer ungeschickten Drehung in die Restglut gerutscht. Aber selbst dieser sicherlich brennende Schmerz holte den Knecht nicht aus seinem Traumland zurück.

Die Unterstände hatte man so aufgebaut, dass die eine Hälfte der 450 Rösser mit ihren Hinterteilen zur Stadtmauer stand und die restlichen Pferde ihren Platz genau gegenüber hatten. Konrad und Hauptmann Delgado tasteten sich vorsichtig an den Leibern der Tiere zu der der Stadtmauer abgewandten Seite entlang. Dort angekommen, nahm der Offizier beide Hände vor seinen Mund und imitierte gekonnt das Rufen einer Eule. Unvermittelt folgte die Antwort. Konrad zuckte zusammen, denn aus dem Dunkel der Nacht tauchten nur Augenblicke später menschliche Konturen auf. Es war eine gespenstisch wirkende Szene. Konrad hatte das Gefühl, dass sie direkt vor seinen Augen aus dem Erdboden gewachsen waren. Nur ein paar Schritte später erkannte er Feldwebel Bruzzone. Der hatte mit etlichen Männern seit dem Einsetzen der Dunkelheit am Ufer der Insel ausgeharrt.

»Melde mich zur Stelle, Herr Hauptmann! Habe wie befohlen 29 unserer Leute dabei. Der Rest wartet drüben am anderen Ufer.«

»Das klappt ja prima, Bruzzone! Gab es Probleme beim Durchqueren der Lahn?« »Nicht im Geringsten, Herr Hauptmann! In diesem trockenen Frühling führt der Fluss nicht viel Wasser. Der Übergang an dieser Stelle ist nur hüfttief, und die Strömung reißt auch niemanden um.«

»Dann wollen wir mal keine Zeit verlieren! Konrad, du kommst mit mir! Auch wir müssen uns jeder ein Ross aussuchen.«

Die Männer näherten sich vorsichtig den Pferden. Auf keinen Fall durften sie die Herde erschrecken. Ein verräterisches Wiehern war das Letzte, was sie jetzt gebrauchen konnten. Um genügend Pferde für die bei Butzbach wartenden Rekruten mitzubringen, musste jeder Soldat zwei Tiere mit dem direkt vor ihnen hängenden Zaumzeug und Sattel versehen.

Da Delgados Männer alle schon seit Jahren beritten waren und somit ein Händchen für Pferde hatten, war diese Aktion recht schnell und problemlos erledigt. Jeder Soldat schwang sich auf ein Ross, führte ein zweites am langen Zügel mit und durchquerte behutsam im Schritt die Lahn. Feldwebel Bruzzone achtete genau darauf, dass erst wieder ein Soldat mit seinen Pferden von der Insel in die Fluten stieg, wenn sein Kamerad auf der anderen Seite das Wasser bereits verlassen hatte. Nur so wurde letztendlich ein geräuscharmes Übersetzen möglich. Hauptmann Delgado war von der Disziplin seiner kleinen Truppe sichtlich beeindruckt. Er und Konrad bildeten den Schluss. Ein nochmaliger Blick über die Lahninsel bis hin zur Stadtmauer zeigte beiden, dass ihr dreister Diebstahl bisher unbemerkt geblieben war und dass sich die gründliche Vorbereitung des Plans nun auszahlte.

Als langsam die Dunkelheit der Nacht dem Licht der aufgehenden Sonne wich, waren der Hauptmann und seine Männer nur mühselig vorangekommen. Die erste Reihe der Reiter führte zwar Blendlaternen mit, doch diese leuchteten den mit vielen Schlaglöchern durchzogenen Weg allenfalls notdürftig aus. So war ein gefahrloses Vorwärtskommen nur im Schritttempo möglich. Nach einer dreiviertel Meile, kurz hinter dem Kloster Altenberg, nutzten sie eine Furt und setzten erneut über die Lahn, um nun Richtung Osten ihr erstes Etappenziel, den Wald bei Butzbach, zu erreichen.

10. Das Soldatenleben

Der Hauptmann ritt zusammen mit Konrad an die Spitze der Gruppe. Er schnalzte mit der Zunge und ließ sein Pferd, bei nun deutlich besserer Sicht, antraben. Konrad hatte bei der nächtlichen Aktion einen großrahmigen Fuchswallach erwischt und konnte ohne Probleme folgen. Obwohl er seit vier Jahren nicht mehr im Sattel gesessen hatte, kam er mit dem durchaus als temperamentvoll zu bezeichnenden Pferd recht schnell zurecht. Sein Vater brachte ihm bereits im Alter von zehn Jahren das Reiten bei. So fühlte er sich, hoch zu Ross, einmal mehr an ihn erinnert.

Er fragte sich, ob dieser neue Weg, den er eingeschlagen hatte, auch wirklich der richtige war. Zweifel überkamen ihn, die er nicht so einfach abstreifen konnte. Sein Vater hatte für ihn sehr früh die Richtung vorgegeben, und in seiner Jugend hatte sich Konrad nichts sehnlicher gewünscht, als eines Tages das elterliche Handelsgeschäft zu übernehmen. Doch nun saß er, übermannt von der langen aufregenden Nacht, im Sattel eines Pferdes und ritt auf einem ganz anderen Weg einer ungewissen Zukunft entgegen. Zugleich grübelte Konrad darüber nach, ob er den in ihn gesetzten Erwartungen überhaupt gerecht würde. Senior Delgado hatte ihn einige Male für sein Handeln und seine Fähigkeiten so gelobt, dass es ihm zwar geschmeichelt, aber ihn auch verlegen gemacht hatte. Bisher waren die Abenteuer der letzten Tage für Konrad noch so etwas wie verspätete Jugendstreiche, jedoch konnte er sich gut vorstellen, dass das nicht mit der Härte eines rauen Soldatenlebens im Krieg zu vergleichen war. Er stellte sich vor, wie es wohl aussehe, wenn er, Konrad Gassner, der gelernte Kunstgießergeselle, zum ersten Mal in einer Schlacht Auge in Auge einem wirklichen Gegner gegenüberstehen würde. Wäre er dann in der Lage, diesen Menschen zu töten?

Einen Wildfremden, der ihm rein gar nichts getan hatte und den er nicht im Geringsten hasste! Nicht etwa, dass er ein ängstlicher Mensch war. In seiner Jugendzeit war Konrad keinem Ärger aus dem Weg gegangen. Oft hatte er mehr als Mut, eher schon Übermut gezeigt und war dann mit vielen blauen Flecken, Schrammen und durchaus auch kleineren blutenden Wunden nach Hause gekommen. Nie hatte er jemanden verpetzt oder sich an Mutters Rockzipfel ausgeweint. Er hatte immer Stärke gezeigt, denn nach seinem Verständnis musste er ja den Vater ersetzen, der oft viele Wochen auf Handelsreise war. Er, Konrad, war dann der Mann im Haus, wofür er stets von der Mutter die Anerkennung bekam, die ihn darin bestätigte, diese Rolle mit Leib und Seele auszufüllen, allerdings nicht selten zum Leidwesen seiner beiden Schwestern, die er schon gern einmal herumkommandierte.

Seinen Gedanken nachhängend verging die Zeit fast wie im Flug, und das Waldstück vor Butzbach kam in Sicht. Auf der zurückgelegten Strecke herrschte nur wenig Betriebsamkeit. So gab es seit dem Aufbruch in der Nacht, bis auf ein paar grummelige Gestalten, die plötzlich aus einem Buschwerk auftauchten, aber nach Sichtung der bewaffneten Reiter auch schnell wieder verschwanden, keine besonderen Vorkommnisse. Diese Burschen waren sicherlich auf leichte Beute aus und hatten Senior Delgado und die Männer fälschlicherweise für eine Gruppe Handelsreisende gehalten.

Hundert Schritt vor den ersten Bäumen hob der Hauptmann seine linke Hand und parierte sein Pferd bis zum Stand durch.

»Das Ganze halt!«, brüllte er sein Kommando nach hinten.

»Feldwebel Bruzzone zu mir.«

Der Feldwebel, der am Ende des Trupps geritten war und aufgepasst hatte, dass keiner verlorenging, trabte nach vorn.

»Bruzzone, schau nach, wo unsere Männer stecken! Wir müssten eigentlich den verabredeten Ort erreicht haben.«

In dem Moment, in dem der Feldwebel angaloppierte, tauchte aus dem Wald ein Reiter auf und preschte auf den Trupp zu. Wenige Galoppsprünge später war Senior Delgados Stellvertreter, Leutnant Perez, zu erkennen.

»Herr Hauptmann, schön, Euch zu sehen!«, rief er mit strahlendem Gesicht und zügelte sein Pferd.

»Wie ich mit Freude sehe, habt Ihr Euch erfolgreich von Wetzlar verabschiedet.«

»Das kann man wohl sagen!«, antwortete Senior Delgado.

»Oberstleutnant Marconi muss ab sofort 60 Pferdemäuler weniger durchfüttern.«

Der Hauptmann lachte herzhaft und steckte damit auch den Leutnant an.

Nur einen Augenblick später waren alle im Waldlager versammelt. Die Pferde wurden versorgt, die Werbesoldaten bekamen eine heiße Suppe mit einem Laib Brot und einen Becher Bier gereicht, und der Leutnant berichtete vom Stand der Vorbereitungen. Hauptmann Delgado konnte nun zum ersten Mal mit den versammelten Männern den weiteren Fortgang besprechen. Er stellte sich dazu auf einen der Handkarren. Stolz überkam ihn, als er in die rund 130 Gesichter seines ersten „eigenen" Fähnleins blickte.

»Männer ... für alle, die mich noch nicht kennen ... ich bin Hauptmann Delgado, euer Kompanieführer. Einige von euch werden sich wundern und sich fragen, wie das alles hier zustandegekommen ist. Vor allem die Soldaten unter dem Kommando von Feldwebel Garcia, die ja eigentlich zur gewohnten Patrouille rund um Wetzlar aufgebrochen waren und sich nun hier im Wald vor Butzbach wiederfinden.«

Der Hauptmann stellte sich nochmals richtig in Pose. Er wusste genau, dass die Ansprache sitzen musste und dass er nur diese eine Chance hatte, alle Männer für die anstehenden Abenteuer zu begeistern und einzuschwören. Seinen Körper streckend, ließ er den Blick langsam im Kreis schweifen und versuchte dabei jedem einzelnen Soldaten für einen Moment in die Augen zu schauen.

»Ich weiß, dass Feldwebel Garcia und seine Männer sowie viele andere, die unter Oberstleutnant Marconi dienen, schon seit etlichen Wochen keinen Sold mehr bekommen haben und sich dazu in Wetzlar seit Januar zu Tode langweilen. Ich weiß, dass ihr tapfere Soldaten seid und euch schon oft im Kampf bewährt habt; aber ich weiß auch, dass euch durch tatenloses Herumsitzen jede Chance zum Sieg genommen wird und damit auch, an einer lukrativen Plünderung teilzuhaben.«

Bejahendes Kopfnicken machte sich allmählich breit, und der Hauptmann hob nun deutlich die Stimme und verlieh so seinen Worten noch mehr Nachdruck.

»Belohnungen, die euch als Soldaten zustehen! Belohnungen, die auch ich vermisse und die ich euch und mir wieder verschaffen werde, so wahr ich hier stehe.«

Mit den letzten Worten hatte er die Menge endgültig gepackt. Spontan brachen Jubelschreie aus. Auch die noch unbedarften, angeworbenen Rekruten wurden mitgerissen und stimmten in das laute Gegröle ein. Der Hauptmann ließ die Männer sich kurz austoben und hob dann beschwichtigend die Hände.

»Der Kriegsherr, der uns das alles ermöglicht, der wartet gut 40 Meilen von hier. Es ist der siegreiche große Feldherr Graf von Tilly. Es ist erst ein paar Monate her, da hat er vor Prag, bei der Schlacht am Weißen Berg, den verblendeten Evangelischen ordentlich den Hintern versohlt. Nun sammelt der General an der böhmischen Grenze im Auftrag des Herzogs von Bayern – und somit auf Befehl des Kaisers – ein Zwanzigtausend-Mann-Heer. Wir haben das große Glück, dass er unser Reiterfähnlein mit dabeihaben will.«

Erneut brach Jubel aus, bis ein mutiger Zwischenruf den Freudentaumel unterbrach.

»Das ist ja alles schön und gut. Aber wer garantiert uns denn, dass wir nicht wieder auf unseren Sold warten müssen?«

»Sieh da, ein Ungläubiger!«, erwiderte der Hauptmann mit einem breiten Lächeln.

»Nun, mein zweifelnder Kamerad, auch ich habe ein großes Interesse daran, meinen Sold regelmäßig zu bekommen. Und deshalb habe ich mich schlaugemacht und über Informanten erfahren, dass der Kaiser tatsächlich hier und da nicht immer genug in der Kriegskasse hat. Herzog Maximilian von Bayern hingegen genießt hohes Ansehen und hat bei Kaufleuten in Genua über eine Million Gulden bekommen.«

Der Hauptmann forderte den zweifelnden Soldaten auf, vorzutreten.

»So, mein ungläubiger Freund, kannst du dir überhaupt vorstellen, wie viel eine Million Gulden sind?«

Der Soldat, der nun direkt vor dem Handkarren stand, zuckte ratlos mit den Schultern.

»Hast du ein paar Münzen in deinem Beutel? Wenn ja, dann schütte sie mal hier auf den Boden vom Wagen.«

Ungläubig tat er wie ihm geheißen. Gerade mal vier Groschen purzelten heraus.

»Gut so! Nun strecke mal deine Arme gen Himmel und mache dich richtig groß. Wenn in diesem Augenblick die Million Gulden vom bayerischen Fürsten auf dich herabregnen würde, was meinst du, wie hoch wäre dann wohl der Haufen Münzen, verglichen mit deinem Häufchen?«

Der Soldat drehte sich fragend nach seinen Kameraden um, doch die zuckten ebenfalls nur grinsend mit ihren Schultern.

»Also, mein lieber, ungläubiger Kamerad ... der Haufen wäre so groß, dass er dich total von Kopf bis Fuß bedecken würde ... mehr noch, der Berg Münzen wäre so hoch, dass, wenn du Glück hättest, nur noch deine ungewaschenen Hände herausschauen würden. Denn nur dann könntest du deinen Kameraden zuwinken, damit sie dich, bevor dir die Luft ausgeht, rasch wieder heraus ziehen!«

Als der Soldat sich nochmals zu den anderen umdrehte, konnte keiner mehr das Lachen zurückhalten. Alle brüllten los und klopften sich auf ihre Schenkel oder dem Nebenmann auf die Schulter. Peinlich berührt, sammelte er schnell seine Börse ein und schlich sich verlegen, mit einer abwinkenden Handbewegung, von dannen.

»Ich denke, dass nun wirklich auch der Letzte von euch verstanden hat, dass ich unser Abenteuer gründlich geplant habe. Und damit ihr merkt, wie wichtig mir eure Loyalität und Zufriedenheit ist, wird Leutnant Perez, sobald wir unser Lager am Zielort Vohenstrauß aufgeschlagen haben, jedem von euch schon mal fünf Gulden auf die Hand auszahlen.«

Frenetischer Jubel und Hochrufe bahnten sich, wie ein plötzlich einsetzender Donner, ihren Weg durch das Waldlager. Der Hauptmann wartete, bis sich die Euphorie halbwegs gelegt hatte, und hob nochmals beschwichtigend seine Hände.

»Bevor wir jedoch den Sammelplatz anreiten, müssen wir unseren neuen Kameraden, den frisch angeworbenen Rekruten, die ja weder Erfahrungen im Reiten einer Attacke noch im Umgang mit Waffen haben, einiges beibringen. Die Verantwortung für die Ausbildung liegt in erster Linie in den bewährten Händen unserer Drillmeister.«

Feldwebel Bruzzone, Feldwebel Garcia und ihre Unteroffiziere traten vor.

»Aber ich fordere hiermit auch all unsere gestandenen Soldaten auf, jederzeit den Neuankömmlingen mit Rat und Tat zur Seite zu stehen. Es liegt also ganz bei euch allen, wie schnell wir uns dem Tilly anschließen können und wie flott es geht, bis ihr eure Extraprämie von fünf Gulden bekommt.«

Bejahendes Gebrummel und eifriges Nicken zeigte dem Hauptmann, dass die Botschaft bei seinen Männern angekommen war.

»Mit Schusswaffen und Munition haben wir uns ja schon in Wetzlar eingedeckt, und die noch fehlenden Blankwaffen, Brustharnische und Helme sowie die sonstige Ausrüstung für unsere Rekruten werden wir vor Ort in Vohenstrauß beschaffen. Normalerweise ist ein jeder Soldat für die Ausrüstung selbst verantwortlich und muss sie auch von seinem Sold abbezahlen. Da wir aber gleich von Anfang an dem General Tilly gegenüber eine gute Figur machen wollen und nicht wie ein wilder Haufen von Wegelagerern aussehen wollen, werde ich aus meiner Schatulle die Kosten dafür übernehmen.«

Bevor erneuter Jubel den Hauptmann ein weiteres Mal unterbrechen konnte, fuhr er mit lauter Stimme fort: »Nur damit eins klar ist: Die Gulden rücke ich natürlich nur raus, wenn ihr Bauernknechte und Tagelöhner mit allem Ehrgeiz so schnell wie möglich Soldaten werdet! Befehle werden ohne Widerworte ausgeführt und Übungen mit vollem Einsatz absolviert. Hat das jeder auch noch so große Holzkopf verstanden?«

Feldwebel Bruzzone mischte sich ein und richtete sich an die frisch geworbenen Rekruten.

»Das heißt ... „Jawohl, Herr Hauptmann" ... alle zusammen, laut und deutlich ...«

Und aus 58 Kehlen erklang, zwar noch nicht ganz im Gleichtakt, aber trotzdem ein beeindruckend kräftiges ...»Jawohl, Herr Hauptmann!«

Senior Delgado schmunzelte zufrieden.

»Und nun komme ich zunächst zum Schluss. Da mir unser Leutnant berichtet hat, dass alle Rekruten inzwischen auf den Pferden ihrer

Kameraden schon ein paar Übungseinheiten Reiten hinter sich gebracht haben und sich einigermaßen im Sattel halten können, brechen wir noch heute am frühen Nachmittag auf. Und noch eine Verhaltensregel! Sollte einer von euch von mir etwas wollen, so habt ihr mich nicht selbst anzusprechen, sondern euren für euch zuständigen Unteroffizier oder meinen persönlichen Adjutanten, den ich euch hiermit vorstelle.«

Der Hauptmann sah zu Konrad hinüber, der neben Feldwebel Bruzzone stand.

»Es ist Korporal Konrad Gassner. Damit Euch jeder sieht, kommt kurz hier auf die Karre.«

Konrad dachte, er hörte nicht richtig. Leicht angeschoben von Feldwebel Bruzzone, setzte er sich in Bewegung und kletterte mit ungläubigem Blick auf die Ladefläche. Hauptmann Delgado gab ihm die Hand und lächelte ihn an. Er rückte dicht an Konrads Ohr und begann zu flüstern.

»Na, mein lieber Herr Unteroffizier, ist die Überraschung gelungen? Ich habe deiner Mutter versprochen, auf dich achtzugeben, und so bist du an meiner Seite als mein persönlicher Adjutant zunächst mal bestens aufgehoben.«

»Ja aber ich weiß doch gar nicht, was ein ....«

Hauptmann Delgado schnitt ihm das Wort ab.

»Was du als Adjutant für Aufgaben hast, das werde ich dir noch beibringen. So, und nun hebe den Arm, setze dein bestes Lächeln auf und grüß die Männer.«

Immer noch leicht geschockt, tat Konrad wie ihm befohlen, und die Männer erwiderten seinen Gruß mit kurzen, aber kräftigen Gröllauten. Der Hauptmann ergriff nochmals das Wort.

»Und wenn wir schon mal dabei sind: Es gibt noch einen wichtigen Posten zu bekleiden. Zu einer Kompanie oder einem Fähnlein gehört jemand, der unsere Fahne trägt und sie vor allem im Kampf beschützt und sie bis zu seinem Tod verteidigt. Das kann natürlich nur ein erfahrener, echter Kämpfer sein. Aus diesem Grund befördere ich hiermit meinen langjährigen Vertrauten und Feldwebel Adamo Bruzzone in den Offiziersrang zum Fähnrich. Bruzzone, vortreten!«

Auch hier war die Überraschung gelungen, und Adamo Bruzzone trat ungläubig näher. Der Hauptmann sprang vom Wagen, griff in den doppelten Boden und zog zur Überraschung aller eine aufgerollte Fahne heraus und überreichte sie dem neuen Fähnrich.

»Dieses Prachtexemplar wurde in tagelanger Arbeit von Brigitta Gassner genäht. Es zeigt mein

Familienwappen, das der Caballeros von Delgado, und über alledem prangt der Adler unseres kaiserlichen Dienstherren. So wird uns in Zukunft Freund und Feind erkennen. Fähnrich Bruzzone, es ist nun an Euch, unsere Fahne in Ehren zu halten und sie mit Eurem Leben zu verteidigen.«

Ab sofort ritt nun auch der Fähnrich an der Seite des Hauptmanns, immer begleitet von vier kampferprobten Männern, die im Gefecht und ebenso im Feldlager die Fahne nicht aus den Augen lassen durften und sie beschützen mussten.

Nachdem die Soldaten sich ein wenig mit Suppe und Brot gestärkt hatten, nahm das Fähnlein wie befohlen Aufstellung. Hierbei wurden die neuen Rekruten, die bis auf wenige Ausnahmen nur eine kurze Übung mit dem Pferd hinter sich gebracht hatten, bewusst in der Mitte platziert, um ein mögliches Durchgehen der Rösser im Keim zu ersticken.

Obwohl nur der halbe Tag bis zum Hereinbrechen der Dunkelheit für den Ritt genutzt werden konnte, war es dem Hauptmann wichtig, sich mit seinen Männern so viele Meilen wie nur irgend möglich von der Stadt Wetzlar zu entfernen. Der Offizier wusste genau, dass Oberstleutnant Marconi vor Wut explodieren würde, wenn er von dem Pferdediebstahl erführe. Garantiert galoppierten bald einige Suchtrupps los, um das Umland von Wetzlar zu durchkämmen. Um sich die Verfolger besser vom Leibe zu halten, hatte sich der Hauptmann entschlossen, mit seinen Männern nicht die Handelsrouten zu benutzen, sondern sich ausschließlich auf Nebenstrecken voranzutasten. Die damit verbundene längere Reisezeit nahm er billigend in Kauf. In einem leichten, nicht allzu schnellen Trab begann sich, mit dem Hauptmann an der Spitze, der Trupp Richtung Osten in Bewegung zu setzen. Konrad ritt als sein Adjutant an seiner Seite und nutzte die Gelegenheit, um mit ihm ins Gespräch zu kommen.

»Senior Delgado, gestattet mir ein paar Fragen.«

»Kein Problem, aber in Zukunft, mein lieber Konrad, werden wir uns mit unseren jeweiligen Dienstgraden ansprechen, zumindest, wenn wir nicht gerade unter uns sind! Also immer daran denken, und nun raus damit! Was willst du wissen?«

»Ich muss Euch erst einmal zu Eurer Ansprache gratulieren. Ihr habt die Männer wirklich mit Euren Worten gepackt. Aber wie wollt Ihr das

Versprechen, jedem fünf Gulden auszubezahlen und dazu noch die Ausrüstung zu spendieren, einlösen? Da kommen sicherlich eine Menge Münzen zusammen.«

Der Hauptmann schmunzelte Konrad an.

»Das habe ich schon genau durchkalkuliert. Ich bin, seitdem wir in Wetzlar ankamen, sehr, sehr sparsam mit unserer Werbekasse umgegangen, und so ist sie immer noch gut gefüllt. Ich werde sogar in der Lage sein, für die erste Zeit, solange wir noch nicht bei Tillys Truppen angekommen sind, ausreichend Verpflegung einzukaufen. Ja, und damit nichts schiefgeht, wird unsere wertvolle Kassette von gleich vier meiner zuverlässigsten Soldaten bewacht. Es sind drei Gefreite und ein Unteroffizier, die mich schon seit einigen Jahren begleiten und zu denen ich absolutes Vertrauen habe.«

Der Hauptmann streckte sich im Sattel und fasste dem neben ihm reitenden Konrad kurz auf die Schulter.

»Im Vertrauen: Ich habe dich nicht nur als meinen Adjutanten ausgewählt, weil ich deiner Mutter versprach, ein Auge auf dich zu werfen, sondern in erster Linie, weil ich dir voll und ganz vertraue. Du hast ja schon die letzten Tage bewiesen, dass du mit Geheimnissen umgehen kannst, und dazu kommt natürlich auch noch die

Tatsache dass du, wie ich weiß, des Schreibens, Lesens und des Rechnens mächtig bist. Drei unabdingbare Eigenschaften, die für diesen Posten von entscheidender Bedeutung sind. Die als Adjutant notwendige Durchsetzungskraft gegenüber deinen Kameraden wirst du garantiert schnell lernen, und die Kunst zu kämpfen bringe ich dir höchstpersönlich bei. Die körperlichen Voraussetzungen, um mit dem Feind fertigzuwerden, bringst du auf jeden Fall mit. Wenn ich mir deine gut geformten Muskeln so anschaue, wirst du dir allein dadurch schon eine Menge Respekt verschaffen.«

Um einen passenden, unauffälligen Ort für das nächste Nachtlager zu finden, hatte Hauptmann Delgado gleich zu Beginn der Etappe, Leutnant Perez mit einem halben Dutzend Reiter vorausgeschickt. Es war auf der Nebenstrecke, die zum größten Teil nur aus unbefestigten Feld- und Waldwegen voller Unebenheiten und Löchern bestand, ein nur mühsames Vorankommen. Ganz besonders schwer hatten es die 58 Rekruten. Waren sie, als Reitanfänger, ohnehin schon gefordert, sich auf dem Pferd zu halten, geschweige denn nicht zu dicht aufzureiten, so kam es, wie es kommen musste, und etliche der Neulinge verloren ihr Gleichgewicht und landeten mitunter unsanft auf dem Boden.

Fluchende, schmerzverzerrte Gesichter bei den einen und allgemeine Belustigung bei den anderen waren die Folge. Dann endlich, am Spätnachmittag, wurde ihnen von zwei Soldaten der Vorhut die sehnsüchtig erwartete Meldung überbracht, dass sie in rund einer Meile Entfernung einen idealen Platz für ein Nachtlager gefunden hatten.

»Melde gehorsamst, Leutnant Perez lässt ausrichten, dass wir nördlich, in Sichtweite der Ortschaft Büdingen, eine Waldlichtung gefunden haben. Nach seiner Meinung das richtige Fleckchen Erde, denn dort haben wir als Pferdetränke einen reichlich Wasser führenden Bach entdeckt.«

»Na, prima«, nickte der Hauptmann bejahend, »reitet voran und zeigt uns den Weg!«

Er richtete sich noch einmal kurz im Sattel auf, drehte sich zu seinen Rekruten um und erkannte an ihren zum Teil schon schmerzverzerrten Gesichtern, dass diese erste Etappe offensichtlich nicht ganz ohne Folgen für die Hinterteile der Männer geblieben war. Das über längere Zeit ungewohnte Hin- und Herscheuern im Sattel hatte bei den Neulingen des Fähnleins seinen Tribut gefordert, und so wurde es höchste Zeit die kleinen Wunden zu pflegen, denn noch lagen in den kommenden Tagen einige anstrengende Wegstrecken vor ihnen. Ein längeres Ausruhen wäre zu gefährlich.

»So, Männer ... kneift noch mal kräftig eure Arschbacken zusammen! Wir haben es bald geschafft! Ich verspreche euch, zum Kühlen eurer Wunden spendiere ich heute Abend ein Fass Bier extra!«

Diesen laut gebrüllten Ausruf erwiderten die Soldaten mit einem eigenartigen Singsang, der zwischen Jubellauten und schmerzerfülltem Grölen ausgesprochen merkwürdig klang und dem Hauptmann und seinen altgedienten Reitern mehr als ein Schmunzeln entlockte. Da ihr anvisierter Lagerplatz nur acht Meilen von Wetzlar entfernt war, rechneten sie immer noch mit Suchtrupps, die durchaus in der Lage waren, sie einzuholen, vorausgesetzt, dass sie in der richtigen Richtung suchten.

Als sie dann das letzte Teilstück auf Büdingen zuritten und die beeindruckende Stadtbefestigung mit ihren zweiundzwanzig Türmen in Sicht kam, hörte Konrad hinter sich deutliche Äußerungen der Erleichterung. Auch für ihn war so ein langer Ritt ungewohnt, und er spürte ein Brennen an den Oberschenkeln und am Hinterteil. Er war froh, gleich wieder festen Boden unter den Füßen zu spüren.

Es waren nur noch rund 400 Schritte bis zur Stadtmauer, und Hauptmann Delgado hob den Arm, worauf die Soldaten ihre Pferde durchparierten. Das Fähnlein war kaum zum Stehen gekommen, da beobachtete er mit seinen Männern, wie das massive, große Stadttor hektisch geschlossen wurde und auf den Türmen Stadtsoldaten erschienen, die neugierig über die Brüstung schauten. So ein Fähnlein Reiter wirkte schon bedrohlich, und so war in diesen unsicheren Zeiten die Reaktion des Stadtkommandanten nur all zu gut zu verstehen.

»Seht euch das an! Da haben wir den Herrschaften hinter ihren dicken Mauern offenbar einen schönen Schreck eingejagt!«

»Die halten uns wohl schon für die Vorhut von Tillys Armee!«, ergänzte Fähnrich Bruzzone mit einem Auflachen.

Als Konrad im hinteren Bereich des Städtchens einen hohen, sich nach oben verjüngenden Bergfried mit einer in der Spätnachmittagssonne gold glänzenden Wetterfahne auf dem Spitzdach bemerkte, da wurde ihm klar, dass er genau hier, in diesem Ort tatsächlich schon einmal gewesen war. Immer noch vorn an der Seite von Senior Delgado reitend, sprach er ihn darauf an.

»Senior ... äh ... ich wollte sagen, Herr Hauptmann, es ist vor ungefähr fünf Jahren gewesen, da hab ich zusammen mit meinem Vater dieses Büdingen schon einmal besucht. Mein Vater hatte hier eine Auftragsarbeit abzuliefern, und ich habe ihn dabei begleitet. Es war ein recht großer, gusseiserner Leuchter, der aus vielen Einzelteilen bestand und den wir hier beim Auftraggeber im Schloss zusammengesetzt haben.«

»Erstaunlich, Korporal Gassner! Woran habt Ihr den Ort wiedererkannt?«

»Ich erinnere mich, dass das Schloss ein von Wasser umgebener, riesiger Rundbau war, und mittendrin stand der Bergfried, den man da drüben nun deutlich sieht.«

Der Hauptmann schaute ihn etwas ungläubig an.

»Wenn das kein Zufall ist! Oder sollte ich besser „Vorsehung" sagen? Ihr sagt, ihr habt ihn im Schloss zusammengebaut. Wer war denn euer Auftraggeber?«

»Mein Vater hatte mir erzählt, dass der Leuchter eine Auftragsarbeit für Graf zu Isenburg und Büdingen war. Allerdings haben wir den hohen

Herren nicht zu Gesicht bekommen, sondern nur seinen Amtmann.«

Vertieft in Erinnerungen, musste Konrad plötzlich herzhaft lachen.

»Den Amtmann habe ich noch genau vor Augen. Der war mit unserer Arbeit und dem Kerzenleuchter so zufrieden, dass er uns hinterher in das Gasthaus Schwanen einlud. Während ich mit gerade mal 13 Lenzen nur Most trinken durfte, hat der Amtmann meinem Vater vom Hauswein kräftig einschenken lassen. Beide waren bald so betrunken, dass wir die geplante Heimreise auf den kommenden Tag verschieben mussten. Und dann geschah es.«

Konrad musste nochmals herzhaft lachen.

»Beim Verabschieden wollte mein Vater sich beim Amtmann für die Gastfreundschaft herzlich bedanken und bekam seinen Namen nicht mehr so richtig heraus. Er nannte ihn Hartleib, aber sein korrekter Name war Johann Hartlieb. Als er es selbst im zweiten und dritten Versuch nicht mehr schaffte, lagen sich beide schwankend und lachend in den Armen. Sie verloren dabei das Gleichgewicht, torkelten durch den Gastraum, und nur der Wirt konnte einen Sturz im letzten Moment verhindern.«

Hauptmann Delgado musste schmunzeln und schüttelte seinen Kopf.

»Korporal Konrad Gassner, Euch hat offenbar schon wiedereinmal die Vorsehung mit uns an diesen Ort geschickt. Sobald wir unser Lager im nahen Wald aufgeschlagen haben und so für die Stadtwache nicht mehr zu sehen sind, reitet Ihr zurück in die Stadt und schaut, ob es diesen Amtmann Hartlieb noch gibt. Wenn Ihr Euch auf ihn beruft, dann dürften die eingeschüchterten Herren in Büdingen das Tor wieder öffnen. Über die örtlichen Händler organisiert Ihr dann als Erstes das von mir versprochene große Fass Bier. Brot, Schinken, Käse und auch ein paar große Knochen zum Abkochen für unsere Suppe wären aber genauso wichtig, denn auf den Nebenwegen, auf denen wir uns vorerst weiter bewegen wollen, gepaart mit den doch sehr eingeschränkten Reitkünsten unserer jungen Rekruten, brauchen wir bestimmt noch vier, fünf Tage bis Vohenstrauß. Also kurzum, der Proviant ist nicht zuletzt für die Stimmung in der Truppe wichtig. Deshalb gebt Euch Mühe und zeigt unseren Männern, dass Ihr als mein Adjutant genau der Richtige seid.«

»Ich werde mein Bestes tun, Herr Hauptmann! Dazu fällt mir ein, dass ich mit meinem Vater damals am Abreisetag in der Markthalle, die sich im Erdgeschoss des Rathauses befand, für meine Mutter noch ein samtiges Stück Tuch als

Geschenk gekauft habe.« »Na also, dann wisst Ihr ja schon, wo Ihr hingehen müsst und wo man Euch garantiert weiterhelfen kann! Übrigens, da wir die Handelsherren mit ihrer Ware sehr wahrscheinlich nur zu uns ins Lager locken können, wenn sie vorher glänzendes Silber sehen, wird Euch Fähnrich Bruzzone mit einem prallen Beutel Münzen begleiten.«

Der Hauptmann drückte seinem Pferd die Hacken in die Flanken, der Schimmelwallach trabte an, und das Fähnlein schwenkte linker Hand über einen Feldweg zum anvisierten nahen Waldstück. Dort angekommen, bogen sie in ein kleines lichtes Tal ein und waren so aus dem Blickfeld der misstrauischen Büdinger verschwunden. An einem munter dahinplätschernden Bach, der sich zwischen den Bäumen durchschlängelnd seinen Weg ins offene Gelände gebahnt hatte, wartete schon, freudig winkend, die Vorhut mit Leutnant Perez, der diesen Platz für das Nachtlager ausgesucht hatte.

Um nicht gleich wieder aus der Richtung des Waldes aufzutauchen und damit Verdacht zu erregen, ritten Konrad und Fähnrich Bruzzone, der inzwischen seine Uniform gegen eine ländliche Tracht eines Knechts getauscht hatte, zunächst ein ganzes Stück Richtung Westen. So entfernten sie sich vom Ort und trabten dann über eine ausgedehnte Kurve erneut auf Büdingen zu. Den beiden wurde nun nochmals deutlich, wie wehrhaft diese Stadt sich dem Betrachter darbot. Nicht weniger als 22 Türme verstärkten die Stadtmauer. Am nördlichen Eckpunkt der Stadtbefestigung war zudem ein imposantes Bollwerk zu erkennen, ein gewaltiges, rundes Bauwerk, das aus der Stadtmauer leicht hervorsprang. Mit gleich vier übereinander angeordneten Schießschartenreihen, von denen einige den Abmessungen nach für Geschütze ausgelegt waren, warnte es jeden Angreifer, näherzukommen.

Der immer noch verschlossene Hauptzugang zur Stadt war von wehrhaften Zwillingstürmen eingerahmt. Vor dem mit breiten Eisenbändern beschlagenen Tor stauten sich schon etliche Fuhrwerke, die lauthals von den Wachposten Einlass forderten. Nach einigem Gebrüll und wüstem Fluchen öffneten sich endlich langsam und behäbig, die Torflügel. Gleich zehn Stadtsoldaten stellten sich den Ankömmlingen mit ihren Hellebarden in den Weg und kontrollierten zum Ärger der Fuhrleute übergründlich die Ladungen der Wagen. So dauerte es einige Zeit, bis Konrad und Fähnrich

Bruzzone an der Reihe waren. Schon während des Wartens hatte Konrad das Gefühl, dass sie misstrauisch beäugt wurden. Man wollte ihnen tatsächlich, nachdem die Fuhrwerke abgefertigt waren, die Tore vor der Nase zuschlagen. Konrad reagierte sofort. Spontan rammte er seinem Pferd die Hacken in die Flanken, worauf der erschrockene Vierbeiner aus dem Stand einen regelrechten Satz nach vorn machte, mit Kopf und Hals zwischen die sich schließenden Torflügel geriet und so dem ganzen Einhalt gebot. Konrad drückte sein Pferd in den Spalt und brüllte los: »Haltet ein, haltet sofort ein! Oder wollt ihr euch etwa dem Zorn eures Amtmanns aussetzen?«

Es dauerte nur einen winzigen Augenblick, und einer der beiden Flügel öffnete sich wieder und gab den Blick auf die ungläubig dreinschauenden Wachleute frei.

»Ihr kennt unseren Amtmann? Wer seid Ihr überhaupt, und was wollt Ihr?«

»Ich bin der Kunstgießer Konrad Gassner aus Wetzlar, und bei mir ist mein Knecht. Wir müssen dringend Amtmann Hartlieb wegen eines Auftrags für das Schloss sprechen.«

Diese kleine Notlüge verfehlte nicht ihre Wirkung. Der kommandierende Wachmann bekam plötzlich ein nervöses Zucken im Gesicht.

Man merkte ihm förmlich eine gestiegene Anspannung an.

»Amtmann Hartlieb hat Euch einen Auftrag erteilt? Was soll denn das sein?«

»Nun, das letzte Mal war es ein großer, prunkvoller Kerzenleuchter, der schon einige Jahre Euren Fürsten erfreut. Womit er diesmal Euren hochwohlgeborenen Grafen zu Isenburg und Büdingen überraschen will, ist mir allerdings noch nicht bekannt. Aber wenn Ihr es genau wissen wollt, dann begleitet uns doch einfach zu Amtmann Hartlieb.« Der Wachmann trat näher und tätschelte verunsichert den Hals von Konrads Pferd. Mit einem verlegenen Grinsen fuhr er fort: »Wisst Ihr, man sollte unserem Amtmann lieber nicht unter die Augen treten, wenn er einen nicht gerufen hat. Deshalb werdet Ihr mich entschuldigen, denn ich bleibe besser hier auf meinem Posten.«

Mit einer winkenden Handbewegung forderte er Konrad auf, sich zu ihm hinunterzubücken. Im Flüsterton sprach er weiter.

»Ihr seid doch hoffentlich nicht erbost, dass es soeben hier am Tor dieses kleine Missverständnis gab? Ihr müsst wissen, wir hatten kurz vorher ein ganzes Reiterregiment vor der Stadt und wollten eigentlich das Tor verschlossen halten. Also kurzum, ich hoffe, dass

Ihr dieses Versehen für Euch behalten werdet und unseren Amtmann nicht unnötig damit erzürnt.«

Konrad richtete sich im Sattel wieder auf und nickte dem Kommandierenden wohlwollend zu. Er musste sich allerdings dabei ein Grinsen verkneifen, denn dass er es geschafft hatte, einen gestandenen Wachmann, der ohne Frage in seinem Leben einiges am Tor erlebt hatte, so hinters Licht zu führen, das verwunderte ihn schon. Es zeigte ihm aber auch, dass er durch forsches Auftreten und ein wenig Schauspielerei in der Lage war, Menschen zu seinem Vorteil zu beeinflussen. Auch Fähnrich Bruzzone steuerte zu dieser Posse einen gekonnten Beitrag bei und fing an mitzuspielen. Hatte er sich bisher im Hintergrund gehalten und sich ausschließlich auf die Sicherung der gut gefüllten Börse konzentriert, so ritt er nun an Konrads Seite.

»Herr, entschuldigt, wenn ich mich einmische, aber die Zeit drängt, und ich denke wir sollten Amtmann Hartlieb nicht länger warten lassen.«

»Du hast recht, Johann, wir wollen ja zudem heute noch wieder die Heimreise antreten.«

Nachdem sie ein paar Pferdelängen zwischen sich und die Wachleute gebracht hatten und in die nächste Gasse abgebogen waren, sahen sie sich an, und dann platzte es aus ihnen heraus. Beide lachten so herzhaft los, dass Fähnrich Bruzzone beinahe das Gleichgewicht verlor und aus dem Sattel zu rutschen drohte.

»Von wegen, das ist mein Knecht ... Johann! Ich muss schon sagen, Korporal Gassner, für Euer Alter seit Ihr ein ganz schön schlagfertiges, abgebrühtes Kerlchen!«

»Eure schauspielerische Einlage, Herr Fähnrich, war nicht minder gelungen, und außerdem war ja nicht alles frei erfunden.«

Vor dem Rathaus angekommen, stellten die beiden Reiter fest, dass es aufgrund der fortgeschrittenen Zeit in die Markthalle keinen Einlass mehr gab. Aber das Gasthaus Schwanen, in dem Konrad mit seinem Vater und dem Amtmann den durchzechten Abend verbrachte, war nur einige Schritte entfernt. Und wahrhaftig, als Konrad sich vorstellte und von dem Ereignis erzählte, fing der Wirt so sehr an zu lachen, dass sein dicker Bauch deutlich in Wallung geriet und seine Schürze munter auf und ab tanzte.

»Sieh da, aus dem kleinen Knaben ist ein stattlicher junger Herr geworden! Doch was führt Euch diesmal zu mir ins Gasthaus? Kommen etwa Euer Vater und unser Amtmann auch gleich noch dazu?«

Konrad fiel ein Stein vom Herzen, dass es den Wirt noch gab, und vor allem, dass er sich, nach all den Jahren, sofort an die lustige Szene von damals erinnerte.

»Nein, heute leider nicht. Diesmal bin ich in einer gänzlich anderen Mission unterwegs.«

Da im Gastraum viele neugierige Augen und Ohren auf die Neuankömmlinge gerichtet waren, fragte Konrad den Wirt, ob er ihn allein sprechen könnte. Ohne zu zögern führte er ihn in ein Hinterzimmer.

»Also, wo drückt Euch der Schuh?«

»Nun, auch wenn man es mir vielleicht nicht ansieht, aber ich bin inzwischen Soldat geworden und quasi in geheimer Mission hier bei Euch in der Stadt.«

Der Wirt schreckte zurück und bekreuzigte sich.

»Um Gottes willen! Ihr seid doch nicht gar ein Spion? Ihr bringt mich doch nicht in Schwierigkeiten?«

Er faltete die Hände, so als ob er beten wollte, und stampfte nervös von einem Bein aufs andere.

»Ihr gehört doch nicht etwa zu den Reitern, die vorhin vor unserem Stadttor gesichtet wurden und die uns bestimmt noch angreifen werden?

Ihr sollt doch nicht etwa auskundschaften, wie es hier um uns bestellt ist und welche Vorbereitungen wir treffen?«

Konrad hob beschwichtigend die Hände und schüttelte seinen Kopf.

»Nein, nein, beruhigt Euch, Herr Wirt! Ihr braucht keine Angst zu haben! Ich gehöre zwar zu dem Fähnlein Reitern, aber wir sind nur auf dem Weg zum großen Heerlager von Graf Tilly, und ich kann Euch versprechen, dass wir nichts Böses gegen Büdingen und seine Bürger im Schilde führen.«

Als Konrad ihm dann sein Anliegen vortrug und die sofortige Bezahlung in barer Silbermünze versprach, da hellte sich seine Miene schlagartig auf.

»Na, da habt Ihr mir ja einen schönen Schreck eingejagt! Lasst mich kurz überlegen.«

Der Wirt fasste sich nachdenklich an sein unrasiertes Kinn.

»Das ein oder andere Fass Bier könnt Ihr direkt von mir bekommen, und die Händler für Euren benötigten Proviant, sind alle bei mir Stammkunden.«

War er eben noch fast in Panik geraten, so sprang der beleibte Mann erstaunlich flink zur Tür, rief seinen Schankknecht, flüsterte ihm etwas ins Ohr und jagte ihn aus dem Haus.

Sodann machte er einen großen Schritt auf Konrad zu. Ein breites Grinsen überzog sein wulstiges Gesicht. Er griff ihn am Arm und zog ihn hinter sich her.

»Ihr seid mir vielleicht ein Bürschchen! Kommt, nehmt erst einmal im Schankraum Platz! Ihr und Euer Freund seid doch bestimmt durstig und hungrig, oder? In der Zwischenzeit hat mein Knecht die Herren geholt, denen Ihr dann Eure Wünsche direkt mitteilen könnt. Ich bin mir sicher, dass wir Euren Hauptmann zufriedenstellen werden.«

Als Konrad und Fähnrich Bruzzone – nach einem saftigen Schweinebraten und einem großen Krug Bier – Büdingen, begleitet von zwei vierspännigen Planwagen, verließen, setzte bereits die Dämmerung ein. Der Wirt hatte es sich nicht nehmen lassen und begleitete, in der Hoffnung, noch ein paar Fass Bier mehr zu verkaufen, den Transport auf dem Kutschbock.

»Sieh da, der Schwanenwirt!«, begrüßte ihn einer der Wachleute.

»Da hast du aber Glück, denn du weißt ja wohl, dass wir bei einsetzender Dunkelheit keinen mehr durch unser Stadttor lassen.«

Ein zweiter Wachmann meldete sich zu Wort: »Außerdem ist es ganz schön mutig, so spät noch unsere sichere Stadt zu verlassen. Du hast doch mitbekommen, dass sich vor Büdingen immer noch hunderte von Soldaten herumtreiben sollen.«

Der Wirt winkte ab und polterte los.

»Ja, ja, bleibt ihr Angsthasen ruhig hinter euren hohen, dicken Mauern! Ich werde die Krieger da draußen mit meiner Ladung schon besänftigen, falls diese Mordgesellen überhaupt noch in der Nähe sind. Ach, übrigens, auf mich müsst ihr heute Nacht nicht mehr warten, ich komme erst morgen zurück. Legt euch ruhig auf eure verwanzten Strohmatratzen und schlaft gut, oder besser noch, geht in die Schänke und trinkt ein paar Bier auf meine Kosten! Ich bin heute in Spendierlaune, das solltet ihr ruhig ausnutzen.«

»Spotte du nur, Schwanenwirt, aber jammere uns hinterher nicht die Ohren voll, wenn sie dich mit ihren Spießen gekitzelt und dir deine Börse weggenommen haben!«, schimpfte der Wachmann wild gestikulierend hinter ihm her.

Wenig später wurden die Proviantwagen im Lager jubelnd empfangen. Als Konrad vom Pferd sprang, konnte er sich der vielen Schulterklopfer kaum erwehren. Der Hauptmann behielt Recht. Konrad hatte durch die erfolgreiche Durchführung des Auftrages die Gunst der Stunde genutzt, seine Position als Adjutant eindrucksvoll zu rechtfertigen, und so erlangte er auf einen Schlag bei den Männern hohes Ansehen. Nach einem ausgelassenen Abend im Feldlager, zu dem auch die Fuhrleute und der Wirt eingeladen wurden, folgte schon im ersten Morgengrauen der Aufbruch.

Obwohl einige Männer das ein oder andere zu viel getrunkene Bier im Kopf und Magen spürten und gern noch ein wenig liegengeblieben wären, war die Stimmung im Fähnlein als gut zu bezeichnen. Hauptmann Delgado wusste genau, wie wichtig solche ausgelassenen Bierabende für die Truppe waren, denn die kommenden Tage und Wochen würden kein Zuckerschlecken werden. Dem Hauptmann war es immer noch wichtig, ein paar Pferdelängen mehr zwischen sich und die Suchtrupps des Oberstleutnant Marconi zu bringen, denn erst acht Meilen waren noch kein großer Abstand zur Freien und Reichsstadt Wetzlar. Er konnte schlecht einschätzen, in welchem Radius die Soldaten nach ihnen suchten.

Vom Büdinger Wald führten die nächsten Tagesetappen Delgados Fähnlein an Haßfurt vorbei, am Main entlang und um Bamberg herum. Bayreuth passierten sie südlich und orientierten sich danach östlich Richtung Vohenstrauß. Von da aus waren es nur knapp zwei Meilen bis zur böhmischen Grenze, ihrem eigentlichen Einsatzgebiet. Um den Weg auszukundschaften und einen sicheren Platz für die Nachtlager zu finden, war es wieder Leutnant Perez, der mit einem halben Dutzend Männern vorausritt.

Nach sechs mühsamen Tagesetappen erreichten sie ihr vorläufiges Ziel. Es hatte sich ausgezahlt, dass Hauptmann Delgado statt der Haupthandelsroute seine Soldaten über Nebenstrecken führte, und so gab es keine nennenswerten Zwischenfälle. Ganz nebenbei hatten die täglichen, stundenlangen Ritte die Reitkünste der Rekruten sichtbar verbessert. Das so wichtige Vertrauen zu ihren Pferden war enorm gewachsen. Sie hoppelten nicht mehr unkontrolliert auf den Rücken ihrer Rösser umher, sondern saßen deutlich erkennbar selbstsicherer in ihren Sätteln, und außer den Gangarten Schritt und Trab konnte Hauptmann Delgado immer häufiger angaloppieren lassen.

Leutnant Perez fand derweil rund eine halbe Meile südlich von Vohenstrauß eine Waldlichtung, wo sie nicht nur versteckt ihr Lager aufschlagen konnten, sondern genug Fläche vorfanden, um ungesehen ihre Reitkünste zu verfeinern und vor allem sich im Umgang mit Waffen zu üben.

»Ich muss schon sagen, Leutnant ...!«

Hauptmann Delgado sprang vom Pferd, drehte sich im Kreis und schaute sich um.

»Ihr habt die letzten Tage ganze Arbeit geleistet! Abgetrennt von der Außenwelt, groß genug, dass wir das Attackereiten üben können, und gleich hier am Anfang des Geländes ein munter dahinplätschernder Bach für die Wasserversorgung unserer Männer und Pferde. Großartig, ich hätte es nicht besser aussuchen können!«

Der Hauptmann klopfte dem Leutnant zufrieden auf die Schulter, stieg wieder auf sein Pferd und gab weitere Befehle.

»Hier werden wir uns ungestört die nächsten Wochen auf den Übergang zu General Tillys Truppen vorbereiten. Leutnant Perez, Ihr nehmt Euch ein paar Männer, reitet nach Vohenstrauß und schaut, ob wir dort die fehlende Ausrüstung kaufen können. Fähnrich Bruzzone, Ihr nehmt unsere Rekruten und schlagt Holz zum Hüttenbau. Feldwebel Garcia, Ihr lasst die Pferde versorgen. Korporal Gassner, Ihr kommt mit mir. Wir wollen uns mal ein bisschen im Gelände umsehen.«

Konrad nahm die Zügel auf, drückte seinem Wallach die Hacken in die Flanken und preschte mit Hauptmann Delgado zum Waldrand.

»Mal schauen, wo hier in der Nähe das nächste Dorf liegt, denn für die kommenden Wochen muss die Versorgung sichergestellt werden!«, rief der Hauptmann zu Konrad hinüber.

Nach einer viertel Meile und freier Sicht ins Feld parierten sie ihre Pferde durch.

»Schau, da drüben! Siehst du die Menschen und das Vieh?«

»Ja, die scheinen aus dem Dorf da hinten zu kommen. Nur, wo wollen die alle hin?«

Nur etwa sechs- bis siebenhundert Schritt entfernt sahen beide, wie Frauen, Männer und Kinder mit allerlei Vieh und einigen Handkarren Richtung Wald liefen. Nur einen Augenblick später erblickten sie dann auch den Grund. Es war eindeutig eine Flucht vor einer Gruppe um sich schießender Reiter, die, aus dem kleinen Dorf kommend, hinter ihnen herstürmten. Noch trennten sie rund eine viertel Meile, aber lange würde es nicht mehr dauern, bis die angsteinflößenden, schreienden Burschen sie eingeholt hätten. Der Hauptmann wusste genau, was das zu bedeuten hatte, und reagierte sofort.

»Konrad, du reitest, so schnell du kannst, ins Lager und kommst mit all unseren gestandenen Soldaten zurück. Ich verstecke mich hier so lange am Waldrand.«

Ohne noch Fragen zu stellen, verschwand Konrad im gestreckten Galopp. Hauptmann Delgado sah nun mit an, wie die etwa zwei Dutzend Reiter die flüchtenden Menschen, kurz bevor sie den Wald erreichten, einholten.

Panisch vor Angst warfen sich einige Frauen auf den Boden und hielten schützend ihre Kinder dicht am Körper. Andere sanken auf die Knie und flehten, die Hände gefaltet und zum Himmel gereckt, um Gnade. Die Reiter hatten die keuchend dastehenden Menschen wie eine Herde Vieh eingekreist, brüllten sie an, verspotteten sie lauthals und schwangen bedrohlich ihre Degen oder zielten mit ihren langen Reiterpistolen auf ihre Leiber. Zwei Reiter hatten einen Mann entdeckt, der als Schnellster der Flüchtenden den Wald erreicht hatte und hinter einem Baum in Deckung gegangen war. Unvorsichtigerweise hatte er kurz seinen Kopf hervorgestreckt, und genau dieser Moment verriet ihn. Dann ging alles sehr schnell. Einer der beiden Reiter sprang vom Pferd, zerrte den armen, vor Angst, schlotternden, noch recht jungen Burschen aus seinem Versteck hervor und schubste ihn vor sich zu Boden.

»Seht alle her, ihr Bauerntölpel!«, brüllte er zu den anderen hinüber.

»Das passiert, wenn ihr meint, euch davonstehlen zu können!«

Der Soldat zog seine Radschlosspistole, zielte nur kurz auf den Hinterkopf des schluchzenden Mannes und drückte ab. Der laute Knall fuhr allen Geflüchteten in die Glieder. Kinder fingen an zu weinen. Der aus nächster Nähe abgefeuerte Schuss riss dem armen Kerl fast den halben Kopf weg. Sein Körper wurde nach vorn katapultiert und schlug leblos auf die Erde.

Selbst Hauptmann Delgado war ob der brutalen Hinrichtung schockiert, und obwohl er automatisch den Griff seines Degens umklammerte und ihn vor Erregung ein Stück aus der Scheide gezogen hatte, wusste er, dass ein Eingreifen einem Selbstmord gleichgekommen wäre. Eine ohnmächtige Wut stieg in ihm auf, als er unvermittelt die Hufe von galoppierenden Pferden hörte. Vorsichtig streckte er den Kopf aus seinem Versteck und entdeckte Korporal Gassner, der nur noch wenige Pferdelängen entfernt am Waldrand entlang auf ihn zupreschte. Wie befohlen, ritten in seinem Gefolge alle erfahrenen Männer des Fähnleins.

Nun sprang auch Hauptmann Delgado mit dem Schimmelwallach aus dem Wald hervor. Mit gezogenem Degen brüllte er aus Leibeskräften.

»Folgt mir! Korporal Gassner, Ihr bleibt an meiner Seite.«

Und schon kam der nächste Befehl. Der Hauptmann machte mit hocherhobenen Degen eine Art winkende Bewegung und deutete danach mit der Spitze einmal zu jeder Seite.

»Das Ganze ausschwärmen und Kampfreihe bilden!«

Fähnrich Bruzzone und Feldwebel Perez schlossen mit ihren Männern zu dem angespannt dreinschauenden Konrad auf, grinsten ihn auffordernd an und schwenkten dann mit ihren Leuten zu den Seiten aus.

Konrad spürte ein berauschendes Gefühl, wie er es so noch nie erlebt hatte. Der Lärm der um ihn herumstampfenden Hufe und das Schreien der Männer, die drohend ihre Waffen schwangen, rissen ihn total mit. Es war sein erster Angriff, und obwohl er noch gar nicht gelernt hatte, wie man sich in einem solchen Fall verhalten musste, ließ er sich von einer Woge gefühlter Stärke einfach mitreißen. Irritiert ob der plötzlich auftauchenden, auf die zustürzenden Delgado-Kavallerie, lösten die fremden Reiter ihren Ring um die Bauern auf und sammelten sich, ihre Waffen gezückt, um ihren Anführer.

Als der Hauptmann den Degen hochstreckte und seine Soldaten zum Durchparieren ihrer Rösser anhielt, standen sie sich nur, wenige Pferdelängen entfernt, Auge in Auge gegenüber. Während die zweiundsiebzig kampferfahrenen Männer von Hauptmann Delgado den Gegner einkreisten, wirkten die fremden Reiter doch sehr überrascht, und ihre Pferde tänzelten ungeordnet durcheinander. Das wilde, die Bauern einschüchternde Geschrei der fremden Reiter war schlagartig verunsicherten Blicken gewichen. »Vor euch steht Hauptmann Delgado. Ich bin Fähnleinführer einer nachgeführten Kavallerie-Einheit des Heerführers Graf Tilly. Und zu welchem Sauhaufen gehört ihr und wie lauten eure Befehle?«

Langsam schälte sich aus dem Pulk der sie anführende Unteroffizier nach vorn. Erleichterung machte sich auf seinem Gesicht breit, dass er nicht Soldaten der feindlichen Truppen des Grafen Mansfeld gegenüberstand.

»Ich bin Korporal Schmidthuber. Ich gehöre zum Vorwegkommando des Tilly-Heers und bin beauftragt, die Versorgung der nachrückenden

Truppen sicherzustellen, also auch für Euch.«

»So, so, Korporal Schmidthuber! Und das, was Ihr hier gerade mit den Menschen treibt – und besonders diese feige Hinrichtung, die ich soeben mit ansehen musste – das alles zählt auch zu Eurem Auftrag?«

Der Korporal räusperte sich nur kurz und streckte selbstbewusst seine Brust durch.

»Also, unseren Obristen ist es ziemlich egal, wie wir vorgehen. Hauptsache, wir kommen mit genügend Proviant zurück ins Lager. Und außerdem ... «, er blickte zu den immer noch verängstigt dastehenden Bauern hinüber, »... wenn man bei diesem Pack nicht hart genug durchgreift, dann tanzen die einem auf der Nase herum und man erfährt nie, wo sich ihre geheimen Vorratsverstecke befinden.«

Hauptmann Delgado platzte vor Wut der Kragen. Er drückte mit zusammengepressten Schenkeln seinen Wallach dicht an das Pferd des Unteroffiziers.

»Ihr seid mir ja ein ganz Harter! Ich weiß wohl, dass die Versorgung der Truppe nicht einfach ist«, seine Stimme schwoll nun richtig an, und er brüllte förmlich los, »aber das gibt euch verwahrlostem Abschaum noch lange nicht das Recht, wehrlose Menschen hinzuschlachten! Wenn wir anfangen, die, die uns auch noch in kommender Zeit ernähren sollen, zu peinigen, und nur Angst und Schrecken verbreiten, dann schneiden wir uns ins eigene Fleisch! Soldaten müssen sich auf dem Schlachtfeld bewähren und ihren Mut zeigen. So ein Vorgehen, wie Ihr es hier an den Tag legt, ist alles andere als soldatisch und eine Schande für die gesamte kaiserliche Armee!«

Konrad war von den Worten seines Kompanieführers schwer beeindruckt. So laut hatte er ihn noch nie schreien gehört. Hauptmann Delgado drückte sich in den Steigbügeln aus dem Sattel und schaute mit stechendem Blick die Reiter des Korporals an.

»Ihr könnt von Glück reden, dass ihr nicht zu meinem Fähnlein gehört!«

Und dann zeigte er mit seinem Degen genau auf den Soldaten, der den wehrlosen jungen Knecht hinterhältig erschossen hatte.

»Du brauchst gar nicht den Kopf einzuziehen! Deine feige Tat war alles andere als heldenhaft, und sollten wir uns beim nächsten Scharmützel an der böhmischen Grenze zufällig begegnen, dann könnte das der Moment für dich sein, wo auch deine Lebensuhr abgelaufen ist.«

Stammelnd setzte der Soldat zu einer Rechtfertigung an.

»Herr Hauptmann ... ich, ich ....«

»Spare dir die Worte und bitte lieber unseren Herrgott um Vergebung deiner Sünden!«

Hauptmann Delgado setzte sich in den Sattel zurück und lenkte sein Pferd wieder zu seinen Männern.

»Und nun verschwindet von hier und lasst euch hier ja nicht mehr blicken! Dieses Dorf mit all seinen Bewohnern steht ab sofort unter meinem persönlichen Schutz und wird ausschließlich dazu dienen, mein Fähnlein zu ernähren.«

Ungläubig und betroffen schauten die Reiter ihren Unteroffizier an, der daraufhin wortlos sein Ross wendete und mit seinem Trupp davongaloppierte. Hauptmann Delgado lenkte sein Pferd zu den mit offenen Mündern dastehenden Dorfbewohnern.

»Wie ihr alle gehört habt, werden meine Männer von jetzt an dafür sorgen, dass ihr in den nächsten Wochen nicht mehr in Schrecken und Angst leben müsst. Das bedeutet allerdings, dass ihr die ehrenvolle Aufgabe habt, uns mit Speis und Trank zu versorgen.«

Ein älterer Mann trat schüchtern nach vorn und hob ehrfürchtig seine gefalteten Hände.

»Ehrenwerter Herr Hauptmann! Ich darf Euch zunächst im Namen aller Bürger von Kössing für Eure Hilfe in höchster Not danken. Euer Angebot, unser Dorf zu beschützen, ehrt uns sehr, doch Ihr müsst wissen, dass die Gemeinschaft aus nur vierzehn Anwesen besteht. Mit unseren bescheidenen Vorräten werden wir kaum ein ganzes Fähnlein hungriger Soldaten über eine längere Zeit beköstigen können.«

Hauptmann Delgado sah ihn nachdenklich an.

»Nun, das wäre sehr misslich! Was schlagt Ihr also vor?«

Aufgrund des ruhigen Tons, den der Hauptmann anschlug, fasste der alte Mann neuen Mut und trat näher an ihn heran.

»Mit Verlaub ... wie wäre es, wenn Ihr unsere Nachbargemeinden in Eure Überlegungen mit einbeziet? Nur jeweils eine halbe Meile von hier entfernt liegen die Orte Böhmischbruck und Altentreswitz. Wenn Ihr dort den Bauern auch Euren Schutz anbietet, dann sollte es für alle reichen.«

»Für einen ärmlichen Bauern kannst du dich ziemlich gewählt ausdrücken und dazu noch diese klugen Vorschläge ... erstaunlich.«

Auf dem eben noch vor Schrecken bleichen und ängstlichen Gesicht des alten Mannes war plötzlich ein breites Lächeln zu sehen.

»Ihr müsst wissen, ich war nicht immer ein einfacher Bauer in diesem Dorf! Mein Vater diente als Pferdeknecht und Kutscher auf einem Gutshof. Gnädigerweise hat der Herr Baron mich gefördert und zur Schule geschickt, und anschließend durfte ich sogar seine Bücher führen. Als er verstarb, habe ich mich nach einer neuen Heimat umgesehen und bin dann auf meine alten Tage hier in Kössing gelandet. Ein bisher ruhiger, beschaulicher Ort mit braven Bürgern, bis wir von umherziehenden und plündernden Söldnern hörten, vor denen wir uns nun gerade mit ein wenig Hab und Gut im Wald verstecken wollten. Den Rest habt Ihr ja dann miterlebt.«

Der Hauptmann ging auf den Vorschlag des Alten ein und verteilte seine gestandenen Männer auf die drei Orte. Der Leutnant, der Fähnrich und der Feldwebel kümmerten sich derweil um den Drill der angeworbenen Rekruten. Delgado selbst nahm sich Konrad vor, unterrichtete ihn in Waffenkunde und taktischem Verhalten im Kampf und führte ihn in die hohe Kunst des Fechtens ein. Dies erledigte der Hauptmann mit voller Inbrunst, denn auch er hatte in seinem Vater einen zwar strengen, aber erfahrenen militärischen Lehrmeister gehabt und so gab er nun gern das Wissen an seinen Adjutanten weiter.

Konrad erwies sich als sehr gelehriger und fleißiger Schüler, und schon bald machte er mit jugendlicher Ausdauer und seiner natürlichen

Kraft dem Hauptmann in den Übungskämpfen das Leben schwer. Auch wenn das alles nicht den Ernstfall widerspiegelte und in einem echten Gefecht die hier angewandte Fairness fehl am Platz war, hatte der Hauptmann das Gefühl, dass Konrad, wenn es darauf ankäme, langsam aber sicher seinen Mann stehen würde. Er glaubte fest, dass sein Korporal die Gegner schon allein mit der muskulösen Statur und seiner schieren Kraft beeindrucken könnte. Mit den in den vergangenen drei Wochen erlernten Techniken, Taktiken und Finten hatte er das Rüstzeug bekommen, um jedem Kampf selbstbewusst entgegenzutreten.

Es kam der Tag der Abnahme. Schon am frühen Vormittag hatte der Hauptmann seine Männer aufsitzen lassen. Nun konnten sie zeigen, was sie gelernt hatten und ob die Soldaten zu einer schlagkräftigen Kampfgemeinschaft zusammengewachsen waren. Die Drillmeister Fähnrich Bruzzone und Feldwebel Garcia feuerten nochmals ihre jungen Rekruten an. Ein Scheinangriff gegen die „alten Hasen", die unter Führung von Leutnant Perez antraten, war zu absolvieren.

Direkt am Dorfrand von Kössing diente ein großes Stück Weideland als Schlachtfeld. In wilder Jagd stürmte die Gruppe der jungen

Rekruten los. Während die Soldaten um Leutnant Perez eine breite Front bildeten, formierten sich ihre Gegner zu einem Angriffskeil und durchbrachen die ihnen entgegenkommende Doppelreihe, um dann nach zwei Seiten auseinanderzuschwärmen, so einen Kreis zu bilden und den Gegner einzuschnüren. Sie hatten allen Respekt vor den lang gedienten, erfahrenen Kameraden abgelegt und warfen sich zwar ungestüm, fast übermütig, aber trotzdem taktisch geordnet, so wie sie es gelernt hatten, in den fingierten Kampf.

Da in diesem Scheingefecht niemand verletzt werden sollte, hatte der Hauptmann als Bewaffnung Holzübungswaffen befohlen, und so erinnerte es nicht nur Konrad ein wenig an seine Kindheit und die Ritterspiele mit den Freunden in Wetzlar.

Trotz alledem hatte dieser Schaukampf für Hauptmann Delgado genügend Aussagekraft, und er beobachtete zufrieden, dass der harte Drill und die damit verbundenen unzähligen Übungen erste Früchte trugen. Der Hauptmann, der mit Konrad Seite an Seite stand, zog hocherfreut sein Resümee.

»Das kann sich wirklich sehen lassen! Nun können die Schergen vom Mansfeld ruhig über die böhmische Grenze kommen! Wir sind auf jeden Fall gut gewappnet und werden ihnen einen gebührenden Empfang bereiten.«

Dem Aufbruch in Tillys Hauptlager stand nun nichts mehr im Weg.

11. Die Schlacht bei Waidhaus

Am Morgen des 19. Juni machte sich Hauptmann Delgado mit seinen Männern hoch zu Ross auf den Weg. Vor allem die jungen Soldaten, die noch vor drei Wochen Knechte oder Tagelöhner waren, verließen in ihren neuen Uniformen und glänzenden Brustharnischen, die Leutnant Perez inzwischen organisiert hatte, mit stolzgeschwellter Brust ihr Übungslager. Alle Kinder, Frauen und Männer der drei Ortschaften Kössingen, Böhmischbruck und Altentreswitz waren auf den Beinen und jubelten den ziehenden Reitern zu. Wenn sie auch den Schutz gern in Anspruch genommen hatten, so war ihnen die Versorgung von über 130 Menschen und Pferden doch schwergefallen. In diesen Wochen musste so manche Magd und Bäuerin, mancher Knecht und Bauer zurückstecken, den Gürtel noch enger schnallen und das schwere Tagwerk mit knurrendem Magen verrichten. Als das Fähnlein die nur eine dreiviertel Meile entfernte Stadt Vohenstrauß passiert hatte, lies der Hauptmann seine Soldaten im offenen Karree antreten.

»Männer, wir nähern uns allmählich der böhmischen Grenze, und wir müssen ab sofort wachsam und kampfbereit sein und mit Feindberührung rechnen. Wie ich noch gestern Abend von einem Boten unseres Feldherrn Tilly erfahren habe, hat Graf Mansfeld mit seinen Unionstruppen sein Lager bei der Ortschaft Waidhaus aufgeschlagen. Er besetzt damit ein strategisch wichtiges Gebiet. Es liegt direkt an der Eisenhandelsroute, die von Amberg nach Pilsen führt. Hingegen ist unser Feldherr mit seiner Liga-Armee auf böhmisches Gebiet vorgedrungen. Sein Hauptquartier befindet sich bei Tachau, direkt an dem alten Haupthandelsweg, der von Nürnberg nach Prag führt, der sogenannten Goldenen Straße. Dort werden wir uns mit drei Fähnlein sächsischer Reiter, die im Moment über Eger nach Tachau zu uns stoßen, vereinen. Das heißt für uns, dass wir heute noch rund vier Meilen vor uns haben, wobei wir uns unserem Feind bis auf nicht mal tausend Schritt nähern. Aus diesem Grund wird Leutnant Perez mit einem halben Dutzend Männer ein Stück südlich von uns reiten, um uns vor allzu eifrigen Spähern zu warnen oder um sie am besten gleich auszuschalten. Also: Augen auf und absolute Disziplin!«

Da die angeworbenen Rekruten inzwischen ohne Probleme im Pulk der 130 Reiter im Galopp ihre Abstände einhielten, kam das Fähnlein zügig voran, und schon am Spätnachmittag erreichten sie ihr Ziel. Eine zu erwartende Feindberührung blieb aus. Als sie auf Tachau zuritten, gingen Konrad die Augen über. Eine so große Ansammlung von Menschen hatte er zuvor noch nie gesehen. Auf dem letzten Wegstück überholten sie immer mehr Ochsengespanne und von Pferden gezogene Planwagen. Es hatte sich natürlich längst herumgesprochen, dass Tilly sein Heerlager rund um Tachau aufgeschlagen hatte, und das zog die Bauern und Händler der Region magisch an.

Schon viele hundert Schritte vor dem Ort begann das bunte Treiben. Bis dicht an die Stadtmauern standen unzählige, aneinandergereihte Wagen, Zelte, Buden und Verkaufsstände. Menschen stritten, sich lauthals beschimpfend, um die besten Plätze, ein Schmied hatte seine Feldesse mit glühenden Kohlen angeheizt und beschlug ein Ross mit neuen Eisen. Ein Stück weiter hantierte ein Bader mit der Zange am Zahn eines fürchterlich schreienden Mannes, und gleich nebenan sah

Konrad belustigt zu, wie zwei junge Knechte versuchten, ein Schwein einzufangen, während nur ein Stück davon entfernt ein Schlachter bereits das Messer wetzte. Es ging einfach drunter und drüber. So jagten mittendrin Kinder einen kleinen, struppigen Hund, dem sie einen alten, löcherigen Topf an die Rute gebunden hatten, und dem das gepeinigte Tier, mit schepperndem Krach zu entfliehen versuchte. Konrad wusste gar nicht, wo er zuerst hinschauen sollte.

»Was um alles in der Welt machen diese vielen Menschen hier?«, fragte er Hauptmann Delgado.

»Das Ganze, was du hier siehst, ist zum größten Teil der Tross. Ohne diese Entourage mit all ihren Garküchen, Schankwirten, Handwerkern, Händlern, Badern und, ja, auch den Huren würde ein Krieg mit einer so großen Armee über längere Zeit nicht funktionieren. Darüber hinaus haben nicht wenige Soldaten sogar Frau und Kinder dabei, da sie sonst in diesen Kriegszeiten, allein zurückgelassen, kaum eine Chance hätten, zu überleben.«

»Aber wo ist denn nun das große Heerlager?«, fragte Konrad.

»Das muss laut Beschreibung des Boten von Tilly auf der anderen Seite der Stadt liegen. Leutnant Perez übernimmt jetzt das Fähnlein, und Ihr, Korporal Gassner, begleitet mich in den Ort. Da befindet sich das Quartier des Generalstabs. Dort melde ich unsere Ankunft und empfange dann sicherlich dort meine weiteren Befehle.«

Es kam so, wie der Hauptmann schon vor seinen Männern verkündet hatte, nämlich zum Zusammenschluss mit den drei sächsischen Reiterfähnlein. Für Hauptmann Delgado lief es allerdings nicht wie erhofft. Er bekam das Oberkommando über diese nun vier Einheiten nicht zugesprochen, sondern ein Hauptmann der Sachsen wurde von Tilly persönlich kurzerhand zum Oberstleutnant befördert und übernahm die Führung. Auch zu den erhofften Kampfeinsätzen, bei denen sich Hauptmann Delgado auszeichnen wollte, kam es zunächst ebenfalls nicht. Die Aufgaben für seine Männer waren recht unspektakulär und bestanden aus Patrouillenritten entlang der Frontlinie und dem Absichern von Versorgungstransporten. So verstrichen ereignislos die Tage. Aufgebracht, wild mit Armen und Händen gestikulierend, lief der Hauptmann in seinem Quartierzelt vor Konrad auf und ab.

»Wie soll ich so auf mich aufmerksam machen? So bleibe ich für Tilly unsichtbar, nur ein Offizier unter vielen anderen! Aber diesen Sachsen macht er, aus Dankbarkeit für seine Unterstützung, gleich zum Oberstleutnant! Dabei weiß er nicht mal, ob der Kerl kämpferisches Geschick mitbringt oder ob es nicht einer von den aufgeblasenen, protegierten feinen Pinkeln ist, die sich beim ersten Kanonendonner in die Hosen machen!«

Konrad hatte ihn selten so erregt gesehen. Die Nachrichten, die er ihm mitzuteilen hatte, waren allerdings auch nicht besser.

»Ich weiß nicht, ob es Euch schon aufgefallen ist, aber es macht sich langsam immer mehr Unmut im Lager unter den Kameraden breit. Erst gestern bin ich wieder auf eine wüste Schlägerei zugekommen. Auch unsere Männer haben einfach Langeweile und trinken schon tagsüber zu viel Bier. Obwohl ja das Glücksspiel im Lager offiziell verboten ist, habe ich überall Gruppen beim Würfeln oder Kartenspiel gesehen. Nicht selten kommt es dadurch zu handfestem Streit. Die Patrouillenritte und die Begleitdienste lasten die Männer einfach nicht aus.«

Hauptmann Delgado strich über seinen gepflegten Spitzbart und sah Konrad nachdenklich an.

»Korporal Gassner, überbringt Leutnant Perez folgende Befehle: Ab morgen werden alle Männer, die nicht für Ritte eingeteilt sind, sowohl vormittags wie auch nachmittags Waffenübungen, Waffenpflege sowie taktisches Reiten durchführen. Er soll die Burschen so müde machen, dass keiner mehr auf dumme Gedanken kommt!«

Nach anfänglichem Murren herrschte bald wieder Ordnung in Delgados Fähnlein. So vergingen die Wochen, bis ein Späher die Nachricht überbrachte, dass Graf Mansfelds Armee sich bei der Ortschaft Waidhaus immer stärker verschanze. Er war dabei, ein regelrechtes Verteidigungsbollwerk aufzubauen. Feldherr Tilly reagierte und ließ einen Teil seiner Truppen Richtung Süden bis in die Nähe der Schanzen vorrücken. Neben einigen Kompanien Pikenieren und Musketieren bekam auch der sächsische Oberstleutnant, zu dessen Einheit Delgados Reiter gehörten, den sofortigen Marschbefehl. Der Hauptmann empfing mit leuchtenden Augen diese aufregende Nachricht und konnte gar nicht schnell genug in sein Quartier kommen.

Während Konrad wie jeden Morgen im Zelt des Offiziers die lästigen, aber notwendigen Schreibarbeiten des Fähnleins erledigte, riss der Hauptmann die Eingangsplane hoch und stürmte förmlich auf ihn zu. Er schlug mit der Faust so heftig auf den Tisch, dass Konrad gerade noch mit einer schnellen Handbewegung das Tintenfass vor dem Umkippen sichern konnte.

»Stellt Euch nur vor, Korporal Gassner, Oberstleutnant Seyfferth kommt gerade aus dem Hauptquartier von der Einsatzbesprechung. Das wochenlange Taktieren hat ein Ende! Der alte Tilly steckt plötzlich voller Tatendrang und hat unserem Oberstleutnant schon für heute Mittag den Aufbruch befohlen.«

Der Hauptmann riss seinen Degen aus der Scheide und stieß ihn vor Begeisterung so hoch, dass er glatt die Zeltplane durchbohrte.

»Das heißt für uns, dass wir zusammen mit seinen drei Fähnlein an die Front kommen und endlich zeigen können, was in uns steckt!«

Dann musste alles sehr schnell gehen. Konrad holte Leutnant Perez, Fähnrich Bruzzone, Feldwebel Garcia und sämtliche Unteroffiziere zur Lagebesprechung. Proviant für die nächsten Tage wurde organisiert, die Munitionsvorräte am Mann wurden aufgefüllt, Brustharnische und Helme angelegt, die Pferde gesattelt und auf einem freien Feld am Rande des großen Heerlagers Aufstellung genommen. Da das Marschtempo den Fußtruppen angepasst wurde, dauerte es bis in die frühen Abendstunden hinein, bis die Soldaten die drei Meilen zur Frontlinie in der Nähe der Ortschaft Waidhaus zurückgelegt hatten. Dort angekommen, bezogen sie genau gegenüber den eingegrabenen Mansfeld-Truppen, geschützt durch einen sumpfigen Bach, ihre Stellung.

Am nächsten Morgen, dem 14. Juli, ergriff Graf Anholt – als Tillys Verbündeter – die Initiative und bereitete ein Ablenkungsmanöver vor. Der Graf war ein überaus erfahrener Offizier. Kurfürst Maximilian von Bayern hatte ihn im November des vergangenen Jahres erfolgreich vor den Stadttoren von Prag, bei der Schlacht am Weißen Berg, eingesetzt und ihn danach aus Dankbarkeit zum Feldmarschallleutnant befördert. Graf Anholt rückte mit einem Korps Kroaten von Nordosten auf Mansfelds Soldaten vor. Seine 380 Reiter, eine leichte Kavallerie-Einheit, flankiert von 150 Musketieren, erzielten sofort Wirkung und wurden von den Unionstruppen angegriffen. Die Kroaten ließen sich unvermittelt wieder zurückfallen, und Mansfelds Soldaten nahmen wie erhofft die Verfolgung auf. Gut zwei Meilen zog der gewiefte Feldmarschallleutnant die Truppen des Gegners aus ihren Stellungen heraus. Die Gunst der Stunde nutzend, schickte Tilly seine Kavallerie und griff Mansfelds entblößte linke Flanke sofort an. Es waren jedoch nur hin- und herwogende

Scharmützel, die keiner Seite einen nennenswerten Vorteil brachten.

Auch Hauptmann Delgado und Konrad warteten ungeduldig in ihren Stellungen auf weitere Befehle, doch an diesem Frontabschnitt gab es, bis auf ein provozierendes, ab und zu auflodernendes Musketenfeuer, keine kriegerischen Auseinandersetzungen. So wartete Konrad immer noch auf seinen ersten richtigen Kampfeinsatz. Doch schon einen Tag nach ihrer Ankunft an der Front verlegte Graf Tilly sein Hauptquartier von Tachau ins nahegelegene Roßhaupt und besetzte um den Ort drei geländebeherrschende Anhöhen, von denen aus er Einblick ins feindliche Lager hatte. Noch am gleichen Abend kam Hauptmann Delgado von einer Lagebesprechung mit strahlendem Gesicht zurück und versammelte seine Männer. Was er zu verkünden hatte, war die Nachricht, auf die alle warteten: Der Gefechtsauftakt stand unmittelbar bevor!

Konrad fand in dieser Nacht nur schwer in den Schlaf. Sein Gemütszustand schwankte bis weit nach Mitternacht zwischen freudig erregt und nervös zweifelnd, ob er den Ablauf des Schlachtplans, den der Hauptmann in der Runde der Unteroffiziere vorgestellt hatte, im Schlachtgetümmel auch wirklich umsetzen konnte. Bevor er sich auf sein Nachtlager zurückzog, saß er mit einigen der älteren Kameraden zusammen. Bier und Wein waren zwar an diesem Abend strikt verboten, aber dafür gab es etliche Schlachterlebnisse zu hören. Wieviel davon Wahrheit oder Dichtung war, konnte Konrad zwar nicht einschätzen, aber an Hand der lebhaft und bildhaft vorgetragenen Geschichten wurde ihm deutlich vor Augen geführt, dass man alle Sinne beieinanderhaben musste, um das Erlernte und Geübte jederzeit und unverzüglich abrufen zu können. Ihm wurde klar, dass es morgen um nichts anderes als das nackte Überleben gehen würde und dass man dabei so viel feindliche Soldaten wie möglich töten sollte.

Es lag eine gespenstische Ruhe über dem Lager, so, als wollte sich jeder auf das bevorstehende Ereignis konzentrieren. Allerdings, nach den Schnarchgeräuschen zu urteilen, die in allen Klangfarben die Stille beinahe rhythmisch durchbrachen und in Konrads Ohren waberten, gab es wohl doch genug Kameraden, die schon längst ihren Seelenfrieden mit dem Krieg geschlossen hatten. „Beneidenswert!", dachte Konrad, schloss die Augen und versuchte das Bevorstehende aus dem Kopf zu bekommen. Doch was er auch anstellte, immer wieder sah er den morgigen Tag und das Blutbad, das er und die Kavallerie anrichten würden, vor seinem geistigen Auge. Blut, überall Blut, so zumindest hatten es die älteren Kameraden sehr plastisch erzählt.

Plötzlich schreckte er von seinem Lager hoch. Ein fürchterlicher Gedanke schoss ihm durch den Kopf. Was wäre, wenn es ihn im Kampf ereilte und er schwere Verletzungen davontragen würde? Oder was wäre, wenn er sogar als Krüppel den Rest seines Daseins mit Betteln verbringen müsste? Konrad überkamen Zweifel. Wieso war er nur nicht dem vorbestimmten Weg in der Tradition des Vaters weiter gefolgt? Fragen über Fragen, die in seinem Kopf kreisten. Und überhaupt, was würde sein Vater bloß sagen, wenn er ihn morgen sehen könnte? Er, der Kunstgießer, in Uniform mit der Waffe in der Hand! Er, der Menschen, die er nicht kannte, schlimmer noch, die ihm nichts angetan hatten, einfach töten sollte.

Schweißgebadet, gepeinigt von seinen Ängsten und Zweifeln, sank er wieder auf die Strohmatratze. Er zog sein Amulett hervor und presste es so fest, dass sich das in Eisen gegossene Heidenportalrelief deutlich im Fleisch der rechten Hand abzeichnete. Sein Glücksbringer, so zumindest hatte es seine kleine Freundin Johanna genannt. Nun war es Zeit, darauf zu hoffen, dass die magischen Kräfte des Amuletts ihn auch wirklich beschützten. So hatte es sich Johanna für ihn gewünscht. Konrad sah sie deutlich vor sich. Johanna mit dem Sommersprossengesicht, ihrem unbekümmerten Wesen und ihren fortwährenden Späßen. Johanna, immer für einen Streich gut, was für ein Satansbraten! „Wenn sie mich jetzt so sehen könnte!", dachte er. Konrad schmunzelte in sich hinein.

Er wusste nicht mehr, wann er dann doch noch seinen Frieden gefunden hatte und weggedämmert war, als ihn jemand an der Schulter fasste und wachrüttelte.
»Herr Korporal, aufstehen, es wird Zeit fürs Morgenmahl! Die Pferde haben wir bereits für die bevorstehenden Anstrengungen mit einer Extraration Hafer gefüttert, und gesattelt sind sie auch schon«, raunte ihm ein Kamerad aus dem Fähnlein zu.

Der Soldat war mit vier weiteren Kavalleristen als Wecktrupp seit geraumer Zeit im Lager unterwegs, denn an diesem Morgen durfte der Feind, der ja nicht allzuweit entfernt in seiner Stellung lag, auf keinen Fall durch das sonst übliche Trompetensignal gleich mit geweckt werden.

Ein Schanztrupp hatte in der Nacht im Schutz der Dunkelheit an mehreren Stellen über den sumpfigen Bach, der die beiden Lager trennte, mit Holzbohlen und Baumstämmen Übergänge gebaut. Kanonen waren auf den Anhöhen in Stellung gebracht. Der Überraschungsangriff konnte beginnen.

Die malerisch aufziehende Morgenröte kündigte nicht nur einen sonnigen, warmen Sommertag an, sondern gab auch das Signal zur Aufstellung. Konrad hatte zwar kaum geschlafen, aber die Müdigkeit wich dem überwältigenden Anblick auf das Szenario, das sich gerade vor und um ihn herum zusammenfügte. Hauptmann Delgado, sein Fähnrich und er standen, wie auch die anderen Offiziere und deren Adjutanten, mit ihren Pferden rund fünfzig Schritt hinter dem sumpfigen Bach. Die gesamte Kavallerie, bestehend aus einem Würzburger Liga-Regiment sowie den drei sächsischen und dem Delgado Fähnlein, standen weitere hundert Schritt entfernt. Sie harrten in einer Bodensenke, für den Feind nicht sichtbar, in Wartestellung aus. Bis vereinzelt aufgeregt schnaubende Pferde herrschte eine gespenstische Stille.

Als Nächstes bewegten sich tausende von Infanteristen über den Bach und nahmen nach einem genau ausgeklügelten Aufstellungsplan, dirigiert von dutzenden Unteroffizieren und Feldwebeln, ihre Positionen ein. Obwohl diese vielbeinige, mit langen Piken, Degen, Musketen und Pistolen ausgerüstete Truppe wie emsige Ameisen dahinwuselten, konnte man es eher mit einem lautlosen Anschleichen als mit einem geräuschvollen Aufmarschieren vergleichen. Konrad war erstaunt ob der Disziplin, mit der die Soldaten der Fußtruppe zu kaum wahrnehmbaren Kommandos ihre Kampfaufstellung bildeten. Hauptmann Delgado drückte sich in seinen Steigbügeln ab und reckte den Kopf hoch hinaus, um sich so einen besseren Überblick zu verschaffen.

»Schaut Euch das an, Korporal Gassner! Ist das nicht eine Pracht, wenn die Truppen zum Kampf Aufstellung nehmen?«

Konrad war von den vielen Eindrücke sprachlos. Auch er reckte sich und sah auf drei nebeneinanderstehende, quadratisch geordnete Ansammlungen von Fußsoldaten. Der Hauptmann folgte Konrads Blick. Der Spaß, dem Schlachtfeldneuling die Kriegskunst zu erklären, war ihm deutlich anzumerken.

»Das, was Ihr vor uns seht, nennt man Gevierthaufen. Jedes dieser aus Soldaten zusammengesetzten Quadrate besteht aus bis zu 1000 Mann und ist quasi wie eine kampfbereite Festung. Die Außenmauern bilden mehrere Reihen schussbereiter Musketiere. Wenn unsere Artillerie von den Hügeln hinter uns den Feind mit ihren Kanonen genügend mit schweren Kugel beharkt hat, werden sich unsere Gevierthaufen noch bis auf 70, 80 Schritt auf die Schanzen von Graf Mansfeld zubewegen. Dann haben ihre Musketen die beste Wirkung, und unsere Musketiere werden dann zeigen, wie treffsicher sie sind. Haben die Schützen der ersten Reihe ihre Salve abgefeuert, treten sie durch die Formation nach hinten und machen ihre Musketen wieder schussbereit, währenddessen die zweite Reihe vorn steht und ihrerseits den Feind mit Blei eindeckt. So geht es munter, immer im Wechsel durch die gesamte Formation weiter, bis wieder die ersten Schützen die Frontlinie bilden und das Ganze von vorn beginnt.«

Konrad nickte verständnisvoll und zeigte auf die senkrecht aufragenden, langen Piken, die wie ein undurchdringlicher, astloser Stangenwald wirkten. Bevor er seine Frage formulieren konnte, sprudelte es schon aus dem Mund des Fähnleinführers heraus. Hauptmann Delgado war voll und ganz in seinem Element.

»Die mit den furchterregenden Spießen sind unsere Pikeniere. Wie Ihr seht, bilden sie mit ihren zwanzig Fuß langen Waffen die Mitte jedes Gevierthaufens. Sollte sich die Kavallerie des Gegners herauswagen, auf uns losstürmen und uns zu nahe kommen, dann treten die Pikeniere durch die Musketierreihen nach vorn, rammen das Hinterteil ihrer Spieße in den Boden und senken die todbringende, scharf geschmiedete Eisenspitze auf Höhe der Pferdebrust oder auf den Reiter selbst. Dicht an dicht stehend, schützen diese Männer so unsere Musketiere: eine nur schwer zu überwindende, furchterregende Barriere.«

Doch dann wurden die Ausführungen des Hauptmanns jäh unterbrochen. Ohrenbetäubender Lärm ließ jedes Wort ersticken. Ohne Vorwarnung feuerten die großen Feldgeschütze, die Graf Tilly auf den Anhöhen platziert hatte, ihre erste Salve über die Köpfe der Truppen hinweg zu den feindlichen Stellungen. Wildenten flatterten in panischer Angst auf und suchten das Weite. Konrads Pferd zuckte heftig unter ihm zusammen. Nervös tänzelnd, wieherte sein Wallach kurz auf und schlug mit dem Kopf gegen den Oberschenkel des Hauptmanns.

»Die Zügel kürzer halten und Ruhe bewahren!«, brüllte Delgado mit ernster Miene.

Konrad drehte sich erschrocken um, sah das aufblitzende Mündungsfeuer und konnte förmlich das fauchende Geräusch der vorbeifliegenden Geschosse hören. Einen Wimpernschlag später sah er vor sich, in etwa achthundert Schritte Entfernung, die ersten Einschläge. Erde und Steine stoben durch die Luft. Funken sprühten in die Höhe. Weitere vier Salven folgten in schneller Abfolge. Ein unter die Haut gehendes, die Luft erfüllendes Getöse rüttelte nun auch den letzten Mann wach und stimmte auf den bevorstehenden Kampf ein.

»Was ist da nur los?«, brüllte der Hauptmann gegen den rollenden Geschützdonner an. Er reckte sich aus dem Sattel und sah durch ein kleines Fernrohr.

»Verdammt noch mal, alle Schüsse zu lang! Wenn ich das richtig erkenne, liegen die meisten Einschläge genau zwischen den Mansfeld-Schanzen und seinem Lager. Na ja, wachgerüttelt haben wir die böhmischen Burschen schon mal.«

Er schob das kleine Fernrohr wieder zusammen und drehte sich zu Konrad.

»Korporal Gassner, nun wird es jeden Augenblick auch für uns ernst. Haltet Euch immer an meiner Seite und setzt hemmungslos all Eure Kraft und erlernte Technik ein, dann ist der Sieg unser.«

Der Hauptmann hatte den Satz kaum ausgesprochen, da erklang das Signal zum Angriff. Trommeln wurden gerührt, und in ihrem Takt setzten sich die drei Gevierthaufen mit einigen Tausend Musketieren und Pikenieren in Bewegung. Offensichtlich war die Überraschung geglückt. Vom Gegner war bisher nichts zu hören und zu sehen. Das konnte dem Angriff nur dienlich sein, denn noch waren die feindlichen Stellungen nicht in optimaler Musketenschussweite. In gleichmäßigem Takt der Trommeln, mit glimmenden Lunten und schussbereiten Musketen, marschierten die Gevierthaufen dem Feind entgegen. Es waren nur noch einhundert Schritt bis zu den ersten spitzen Ausbuchtungen der aufgeschütteten, befestigten Schanzen, als plötzlich unzählige Köpfe aus den Stellungen auftauchten, ihre Musketen auf die Ränder legten und zu feuern begangen.

Unvermittelt änderte sich der Trommelschlag. Das Signal zum Stoppen erklang. Tillys Infanterie brachte ihrerseits die schon gestopften Musketen auf den Gabelstöcken in Position. Zündkraut wurde auf die Zündpfannen geschüttet, die glimmenden Lunten nochmals angeblasen, und die Treibladungen der Musketen schickten ihre todbringenden Kugeln Richtung Feind. Ein lärmendes Knallen, Surren und Knattern vieler hunderter Musketen durchschnitt die Luft. In schneller Abfolge jagte Salve auf Salve über das Schlachtfeld, und bald waren die Soldaten in den Gevierthaufen und auch der Gegner in den Schanzen von Rauchschwaden aus Schwarzpulver eingehüllt.

Gerade dachte Konrad noch: „Was für ein gespenstischer Anblick!", als er seinen Augen nicht traute. Wie aus dem Nichts tauchte aus dem hinter den Schanzen liegenden Wald und durch die dahinwabernden Pulverwolken die heranpreschende feindliche Kavallerie auf. Im vollen Galopp griffen die mansfeldschen Reiter die drei Gevierthaufen über die Flanken an. Sofort tauschten die Musketiere der seitlichen Reihen ihre Plätze mit den Pikenieren, die ihre Spieße in Abwehrposition brachten.

Genau wie es Hauptmann Delgado beschrieben hatte, sah Konrad, wie die Soldaten die unteren Enden ihrer langen Waffen zur besseren Standfestigkeit in den Boden rammten und in leicht geduckter Haltung und totaler Körperspannung den Aufprall der Reiter erwarteten. In den Frontreihen dauerte unterdessen der Schusswechsel mit der Schanze an und kostete inzwischen bei den ungedeckt im Feld stehenden Tilly- Musketieren etliche Opfer. Die berittenen Truppen des Feindes hielten die Gevierthaufen an Ort und Stelle fest, und ein weiteres Vorrücken auf die Schanzen war damit total unterbunden. Eine fatale Situation, die ein sofortiges Eingreifen der Tilly-Kavallerie erforderte!

In Anbetracht dieser heiklen Lage hielt es Hauptmann Delgado fast nicht mehr auf seiner Postion. Fordernd blickte er zu Oberstleutnant Seyfferth, der wiederum händeringend auf das Signal vom Feldherrenhügel wartete. Immer mehr gegnerische Reiter stürmten heran und begannen auf die Pikeniere zu schießen. Diese taktische Variante des Angriffs wurde einer sofort frontal auftreffenden und dadurch sehr verlustreichen Attacke häufig vorgezogen. Die Kavallerie deutete dabei einen Durchstoßversuch nur an, bog aber kurz vor den todbringenden scharfen Eisenspitzen der Piken zu den Seiten ab und feuerte dabei aus naher Distanz auf die Infanteristen. Anschließend ritten die Kavalleristen im Kreis erneut auf die gegnerischen Linien zu und feuerten so nacheinander ihre in der Regel drei

Reiterpistolen und ihren Karabiner auf die Pikeniere ab.

„Wie aus dem Lehrbuch!", dachte Hauptmann Delgado. Diese taktische Variante hatten die Drillmeister auch mit den Reitern seines Fähnleins wieder und wieder eingeübt. Da der Feind aber die Initiative übernommen hatte, konnte Tillys Kavallerie nur noch reagieren. Konrad merkte, wie der Hauptmann immer nervöser wurde, bis er es nicht mehr aushielt und zum Oberstleutnant hinüberbrüllte: »Verdammt noch mal! Was treiben die da oben auf dem Feldherrenhügel eigentlich? Sollen wir etwa warten, bis all unsere Kameraden von den böhmischen Schurken niedergemetzelt sind?«

Doch bevor Oberstleutnant Seyfferth etwas erwidern konnte, erfolgte endlich das schon lang erwartete Signal zum Gegenangriff. Die rund eintausend Soldaten der zwei Reiterregimenter, die beharrlich in der Deckung der Geländevertiefung warteten, galoppierten an. Als die Masse der Pferdeleiber mit den sie anfeuernden Reitern von hinten auf Konrad, der mit Hauptmann Delgado auf den Zusammenschluss wartete, zugesprungen kamen, erfasste ihn schlagartig das Angriffsfieber. Seine Anspannung übertrug sich auch auf sein Pferd, und so hatte er alle Hände voll zu tun, das im Kreis tänzelnde und bockende Tier an der Seite von Hauptmann Delgado zu halten.

Während das Würzburger Liga-Regiment mit seinen Kavalleristen zum linken Flügel schwenkte, stürmte Oberstleutnant Seyfferth – und so auch Hauptmann Delgados Fähnlein – auf die gegenüberliegende Seite zu. Nun wurde deutlich, warum Feldherr Tilly mit dem Signal so lang gewartet hatte, denn der eingeleitete Gegenangriff traf den Feind genau in dem Moment, als er sich nach dem Abfeuern der ersten Salve zur zweiten Attacke neu ordnen musste.

Oberstleutnant Seyfferth ließ das Signal zum Ausschwärmen geben. Unvermittelt formierten sich seine vier Fähnlein zu einer breiten Angriffsreihe. Im vollen Galopp stürmten die Reiter auf die überrascht dreinschauende böhmische Kavallerie zu und feuerten dabei aus ihrem kurzläufigen Radschloss-Karabiner. Konrad konnte, wie die meisten seiner Kameraden, noch zusätzlich zwei der drei mitgeführten Handfeuerwaffen abschießen, bevor dann die Reiter mit aller Härte aufeinanderprallten. Nun hieß es auch für Konrad, in diesem Durcheinander von Pferdeleibern und schreienden, wild aufeinander einschlagenden und einstechenden Soldaten die Orientierung zu behalten. Um Freund und Feind in diesem Gewirr von Kriegern besser auseinanderzuhalten, hatten sich Tillys Unionstruppen ein weißes Bändchen um den rechten Oberarm gebunden. Inzwischen waren die Reiter so dicht aneinander geraten, dass ein Abschießen der dritten, noch zur Verfügung stehenden Reiterpistole kaum möglich war. Konrad hatte seinen Degen gezogen und wühlte sich, links und rechts nach den Gegnern stechend und schlagend, durch die feindlichen Reiter.

In seinen kühnsten Träumen hatte er sich so ein außer Rand und Band geratenes Szenario nicht vorgestellt. Um ihn herum toste, wie er es nur von einem mächtigen Sturm kannte, eine ohrenbetäubende, alles übertönende Geräuschkulisse. Es war ein unfassbares Chaos ausgebrochen, das Konrad sowohl Angst einjagte aber auch erregte und faszinierte. Gerade noch hatte er gelernt, dass beim Angriff unbedingt die Kampfformation gehalten werden müsse, doch das zählte plötzlich nicht mehr. Diese Ordnung, die jedem seiner neuen, jungen Kameraden und auch ihm in den vielen Übungseinheiten ein gewisses Maß an Sicherheit gegeben hatte, war mit einem Schlag aufgehoben. In vielen Sprachen und Dialekten brüllten die Soldaten ihre Anspannung, Ängste und Aggressionen lauthals heraus. Konrad ließ sich von dem Geschrei anstecken und stimmte in den martialisch klingenden Chor der abertausend kriegslüsternen rauen Männerstimmen mit ein. Er stellte sehr schnell fest, dass es eine erstaunlich befreiende Wirkung hatte. Dieses Sichselbstanfeuern unterstützte merklich die eigene Kampfmoral.

Konrad kämpfte sich in einen wahren Rausch und obwohl das Gefecht nun schon gefühlt eine kleine Ewigkeit dauerte, hatte er bisher erstaunlicherweise nur ein paar Kratzer abbekommen. Ganz anders sah es um ihn herum aus. In das berauschende Kampfgebrüll mischten sich immer mehr furchterregende Schmerzensschreie. Blut spritzte aus vielen Wunden. Soldaten verloren Gliedmaßen. Reiter stürzten durch gezielte Hiebe aus dem Sattel und fanden unter den trampelnden Hufen der unzähligen Rösser ein jähes Ende. Helles Aufwiehern zeigte an, dass auch Pferde von den Blankwaffen getroffen wurden und zu Boden stürzten.

Konrad war einem Angreifer, der sich ihm ungestüm von hinten näherte, durch eine schnelle Hinterhandwendung seines Pferdes gerade noch einmal ausgewichen. Er schaffte es im letzten Augenblick, seinen blutverschmierten Degen schützend zu heben, so den Schlag des böhmischen Kavalleristen zu parieren und blitzschnell mit voller Wucht zu kontern. Mit schmerzverzerrtem Gesicht ließ sein Gegner die Waffe fallen und sackte tödlich getroffen auf dem Hals seines Pferdes zusammen.

Wie in Trance wühlte sich Konrad durch die Reihen des Feindes. Der ohrenbetäubende Lärm prasselte ununterbrochen so heftig auf seine Trommelfelle, dass der Klangbrei sich immer mehr zu einem den Kopf durchbohrenden Pfeifton aufschaukelnd, seine Sinne zu vernebeln drohte. Es war ein Kampf, in dem die eigenen Schmerzen keinen Platz mehr hatten. Ein, zwei Hiebe, die auch Konrad inzwischen trafen, nahm er nur als kurzes, den Körper durchströmendes Brennen war. Selbst als ihm Blut von einem böhmischen Soldaten, dem er mit einem Stich die Hauptschlagader durchtrennt hatte, im hohen Bogen ins Gesicht spritzte, ließ ihn das völlig unberührt.

Je länger die Schlacht dauerte, umso mehr zehrte Konrad von seiner Kraft und Ausdauer. Bei vielen anderen Soldaten ließ hingegen durch spürbare Ermattung die Wucht des Kampfes und somit die Gegenwehr deutlich nach. Nicht zuletzt forderte auch das heiße Sommerwetter seinen Tribut. Das Gefecht wogte ständig hin und her. Glaubte eine Seite, einen Vorteil errungen zu haben, so war er im nächsten Moment schon wieder verloren. Für die Truppen der katholischen Liga waren die Schanzen des Graf Mansfeld einfach nicht zu erstürmen. Am Spätnachmittag kam endlich das von vielen schon ersehnte Signal zum Rückzug. Und so, als ob es für beide Kriegsparteien gelten würde, ließen auch beim Gegner die Kampfbemühungen schlagartig nach.

Mitten im Gefecht hatte Konrad den Kontakt zu Hauptmann Delgado recht schnell verloren. Der Befehl, dass er sich immer an seiner Seite aufhalten sollte, war im Schlachtgetümmel einfach nicht umsetzbar. Auf dem Weg zurück ins Feldlager entdeckte er ihn dann ein paar Pferdelängen vor sich. Er wirkte sehr erschöpft und saß förmlich zusammengesackt auf seinem Ross. Doch als er Konrad neben sich wahrnahm, richtete sich der Offizier mit einem leisen Stöhnen schnell wieder auf.

»Hauptmann Delgado, ist alles in Ordnung?«, fragte Konrad besorgt.

Der Fähnleinführer lächelte ihn mit leicht verzerrtem Mund an und ließ dabei seine linke

Schulter hängen. Konrad erkannte direkt neben dem Brustharnisch einen großen Blutfleck.

»Korporal Gassner ... dem Himmel sei Dank! Wie ich sehe, habt Ihr Euer erstes Gefecht mit ein paar kleinen Schrammen überstanden! Mich hat kurz vor Schluss so ein verdammter Hundesohn erwischt; ist aber halb so wild. Die Schmerzen sind zu ertragen.«

»Hauptmann Delgado ... ich möchte noch um Verzeihung bitten, aber in dem plötzlich einsetzenden Durcheinander habe ich Euch verloren. Ich ...«

»Schon gut, schon gut, so geht es nun mal im Kampf zu. Hauptsache Ihr seid aus diesem Schlachtgetümmel lebend herausgekommen und habt ein Paar von den Böhmischen ins Jenseits befördert.«

Nochmals hielt er kurz inne. Die Schmerzen, die ihm offensichtlich doch deutlich mehr zu schaffen machten, als er zugab, ließen seinen Körper verkrampfen. Mit gepresster Stimme sprach er weiter.

»Aber was mich jetzt noch ziemlich wütend macht, ist der fatale Fehler, den unser Feldherr sich geleistet hat. Seine Artillerie hat er viel zu kurz eingesetzt. Von der Treffsicherheit ganz zu schweigen! Wenn der sonst so gerühmte

Stratege die Schanzen erst sturmreif geschossen hätte, dann wären viele unserer Männer noch am Leben. Wir hätten die noch nicht ganz fertiggestellten Schanzen einfach überrannt und würden jetzt nicht wie die geprügelten Hunde ohne Sieg abziehen. Nur gut, dass die Mansfeldschen noch nicht mal ihre Kanonen zum Einsatz gebracht haben.«

Konrad konnte den Worten des Hauptmanns nur bedingt folgen. Seine Gedanken schwebten immer noch auf dem Schlachtfeld. In den Ohren hallten unaufhörlich die Schreie der Krieger und das Klirren ihrer Waffen nach. So, als ob sich der Klang des Schlachtfeldes regelrecht eingebrannt hatte, erfüllte diese todbringende Melodie des Kriegs seinen Kopf. Der schmerzende Körper war immer noch in Bereitschaft und gefasst, auf jede noch so feine Regung in seiner Umgebung zu reagieren. Die Anspannung ließ den Geist und die Muskeln nur langsam los. Erst als Konrad im Lager vor seinem Zelt ankam und vom Rücken des Wallachs sprang, versagten die kraftlosen Beine, und er landete der Länge nach, mit dem Kopf aufschlagend, auf dem harten, staubigen Boden. Dieser Aufprall war so etwas wie ein Wachrütteln, so, als hätte ihn jemand schlagartig aus einem nicht enden wollenden kriegerischen Albtraum gerissen.

Erschrocken richtete sich Konrad auf. Wankend stand er auf den Beinen. Seine Hände fingen an zu zittern. Er versuchte, mit einer Hand die andere festzuhalten, aber seine eben noch in der Schlacht so gut funktionierenden Werkzeuge gehorchten ihm nicht mehr. Er taumelte gegen die Zeltbahn, verlor das Gleichgewicht und sackte erneut auf den Boden. Sein gesamter Körper fing unkontrolliert an zu zucken. Er wurde – wie bei einem Fieberkrampf – regelrecht durchgeschüttelt. Ihm wurde übel, er musste würgen, sich erbrechen, dann schwanden ihm die Sinne.

Die Dämmerung hatte schon eingesetzt, als Konrad wieder zu sich kam. Ungläubig blickte er in die Augen des über ihn gebeugten Hauptmanns.

»Willkommen zurück bei den Lebenden, Korporal Gassner!«

Konrad versuchte sich aufzurichten, doch Hauptmann Delgado drückte ihn wieder auf das Strohlager zurück.

»Was ist passiert?«, fragte er verwirrt.

»Nun, wie soll ich sagen? Dein Körper und dein Geist mussten wohl erst mal das heute Erlebte verdauen.«

Hauptmann Delgado setzte sich zu ihm auf das Lager.

»Also ganz unter uns, mir ging es vor vielen Jahren nach meiner ersten Schlacht nicht viel anders. Die Reaktion deines Körpers zeigt nur, dass du kein blutrünstiges Monster bist.«

Der Hauptmann stand wieder auf und stellte sich breitbeinig, die Hände in seinem Gürtel verschränkt, vor Konrad.

»Obwohl ... das, was ich auf dem Schlachtfeld von dir gesehen habe, hat mich schon erschrecken lassen.«

Konrad sah den Hauptmann mit aufgerissenen Augen an.

»Ich will damit sagen, dass ich froh war, auf deiner Seite zu kämpfen. Mit welcher Vehemenz du auf den Feind gestürzt bist und, vor allem, mit welcher Wucht du den Gegner mit Hieben und Stichen eingedeckt hast! Und das gleich bei deinem ersten Schlachteinsatz! Einfach unglaublich!«

Hauptmann Delgado nickte anerkennend mit dem Kopf.

»Wenn ich dich nicht schon im Vorfeld befördert hätte, dann müsste ich es spätestens jetzt nachholen.«

Der Hauptmann lächelte ihn an und deutete eine tiefe Verbeugung an.

»Deine Mutter kann stolz auf dich sein, aber vielleicht ist es besser, dass sie das Gemetzel nicht mit ansehen musste.«

Konrad wusste gar nicht, wie ihm geschah. Er richtete sich langsam auf und sah seinen Fähnleinführer stolz, aber zugleich auch etwas beschämt an. Mit einem verlegenen Räuspern kam die Antwort.

»Ich weiß gar nicht, was ich sagen soll ... ich, ich habe mich einfach mitreißen lassen, und irgendwann lief alles wie von selbst ab, so, als ob ich mich mein Leben lang auf Schlachtfeldern herumgetrieben hätte. Ich glaube sogar, dass ich aufgehört habe, darüber nachzudenken, was ich da gerade anrichte. Das Merkwürdige ist, dass ich den Gegnern gegenüber keinerlei Hassgefühle hatte. Bei vielen meiner Kameraden war das ganz anders. Nicht wenige haben sich vor dem Gefecht so aufgestachelt und in Rage geflucht, dass sie sich bald gegenseitig an den Kragen gegangen wären. Ich habe eigentlich nur um mein Leben gekämpft. Sonderbar ist auch, dass mir die Kraft nicht ausgegangen ist. Ich hatte nicht einmal ein Gefühl von Schwäche.«

Konrad griff in diesem Moment unwillkürlich nach dem Amulett, das ihm aus der Leinenbluse gerutscht war. Und wieder drückte er das Relief fest mit seinen Händen, schloss die Augen und sah mit einem Schlag Johanna vor sich, wie sie die magischen Kräfte dieses Glücksbringers heraufbeschwor. Der Hauptmann schüttelte den Kopf.

»Dann möchte ich nicht wissen, wie du gekämpft hättet, wenn sich auch noch Hass in deine Gefühlswelt gemischt hätte! Na, wie auch immer. Ich denke, du bist auf dem richtigen Weg, in diesem Krieg nicht nur zu überleben, sondern dazu auch noch Karriere zu machen. Und dass du nach dem intensiven Kampf zwar mit des Feindes Blut verschmiert bist, aber selbst nur so wenige Blessuren davongetragen hast, das spricht für sich.«

Der Hauptmann sah dabei auf das Amulett und grinste Konrad an.

»Du willst doch nicht etwa behaupten, dass dieses Stück Gusseisen dich zu alledem befähigt hat? Dann würde ich nämlich sagen, wir statten sofort unser ganzes Fähnlein damit aus!«, fügte er mit einem gepressten Lacher hinzu.

Konrad lächelte etwas verlegen und steckte es schnell wieder in seine Bluse.

»Herr Hauptmann, was mich noch umtreibt, ist nicht nur, was meine Mutter dazu sagen würde, sondern vielmehr, was mein Vater davon halten würde. Die letzte Nacht vor der Schlacht wurde ich von einem merkwürdigen Traum heimgesucht. Ich sah unseren Planwagen, wie er durch ein Unwetter fuhr. Ich saß, wie ich es mir als Kind immer gewünscht hatte, mit auf dem Kutschbock. Doch die Zügel hielt nicht etwa mein Vater, nein neben mir saß unser Knecht Walter. Ich fragte ihn: Wo ist Vater? Er drehte sich zu mir und streifte die Kapuze nach hinten. Was ich dann sah, ließ mir förmlich das Blut in den Adern gefrieren. Das Gesicht sagte mir zwar, dass ich eindeutig Walter vor mir hatte, aber die Augenhöhlen waren so leer wie bei einem Totenschädel. Sein Antlitz war kreidebleich, es zeigte absolut keine Regung und aus seinem Kopf wuchsen Hörner, die genauso aussahen wie die unseres Heidenportals in Wetzlar. Im Traum bin ich vor Schreck vom Kutschbock gesprungen und dann schweißgebadet aufgewacht. Das Geträumte war so deutlich und intensiv, dass es mich sogar jetzt noch gruselt, wenn ich nur daran denke.«

Konrad sah seinen Kompanieführer aus großen, fragenden Augen an.

»Was hat das nur zu bedeuten? Und wieso saß mein Vater nicht neben mir?«

Hauptmann Delgado griff hinter sich und holte einen Krug und zwei Becher hervor. Ein breites Lächeln huschte über sein Gesicht, als er sie genussvoll mit leckerem Rotwein füllte, Konrad einen überreichte und ihm zuprostete.

»Ich bin kein Traumdeuter, aber so wie es sich anhört, hast du einen ausgewachsenen Albtraum erlebt. Ich würde dem nicht zu viel Bedeutung beimessen, und dass man vor einer Schlacht unter Anspannung steht und dann der Geist schon mal verrücktspielt, ist ganz normal. Und dass die Erinnerung an deinen verschollenen Vater dieses Trugbild gezeichnet hat, zeigt mir nur, wie innig du immer noch mit ihm verbunden bist.«

Der Hauptmann legte ihm tröstend beide Hände auf die Schultern.

»Schieben wir die dunklen Wolken zur Seite, dann bleibt dieser Tag voller aufregender Abenteuer, den wir beide mit Glück überstanden haben; leider hatten dieses Glück nicht alle Kameraden. Wie mir Leutnant Perez inzwischen mitteilte, haben wir allein in unserem Fähnlein neun Tote und zwölf Schwerverletzte zu beklagen, von den leichteren Wunden ganz zu schweigen. Unsere Infanterie hat es noch schlimmer erwischt. Die hat sich an der Schanze regelrecht aufgerieben. Immer und immer wieder sind sie gegen dieses Bollwerk angestürmt. Genaue Zahlen gibt es zwar erst morgen in der Offiziersbesprechung, aber Leutnant Perez hat von unseren Kommissaren aufgeschnappt, dass es wohl mindestens dreihundert Tote sein sollen.«

Hauptmann Delgados Rechnung, sich mit seinem Fähnlein bei den kommenden Einsätzen hervorzuheben, um dadurch auf sich aufmerksam zu machen und so möglichst schnell befördert zu werden, ging nicht auf. Beide Kriegsparteien beharkten sich über die nächsten Tage und Wochen immer wieder, aber nie mit letzter Konsequenz. Fast regelmäßig trafen sich Unterhändler. Von beiden Seiten gab es so manchen diplomatischen Versuch, den Gegner zur Aufgabe zu bringen oder in irgendeiner Form eine Einigung zu erzielen, um so die Schlacht bei Waidhaus zu beenden, doch bis auf einen kurzen Waffenstillstand hier und da kam nichts dabei heraus.

Graf Tilly hatte es inzwischen dem böhmischen Lager gleichgetan und sich ebenfalls verschanzt. Aus dieser gesicherten Position heraus unternahm der Feldherr vom 17. August an eine fünf Tage anhaltende Dauerkanonade. Aber selbst dieser Eisenhagel brachte keine Wende. Die Situation konnte festgefahrener nicht sein.

Mittlerweile war der Ausbau der Schanzen auf der böhmischen Seite so perfekt, dass das Heer des Graf Mansfeld praktisch unangreifbar war. Allerdings beherrschte Tillys Kavallerie durch viele und regelmäßige Patrouillenritte, an denen das Delgado- Fähnlein und so auch Konrad beteiligt waren, das umliegende Gebiet. So schnürten die Soldaten der katholischen Liga das Mansfeld-Lager so stark ein, dass die ohnehin schon schwierige Versorgungslage sich drastisch zuspitzte. Bei den eingepferchten gegnerischen Truppen breiteten sich immer mehr die gefürchteten Seuchen aus. Auch Tillys Feldlager blieb von Krankheiten nicht verschont. Um sich zu schützen, mied Konrad den Kontakt von bereits erkrankten Kameraden.

Es wurde September und der Stellungskrieg schien kein Ende zu finden. In den vielen Wochen, die seit dem Eintreffen des Delgado-Fähnleins vergangen waren, hatte Konrad alle Facetten des Krieges kennengelernt. Er konnte sich in vielen Scharmützeln auszeichnen und seinen Mut und Kampfgeist oft eindrucksvoll beweisen. Er besaß mittlerweile bei allen Soldaten hohes Ansehen, und nicht wenige, die ihn kämpfen sahen, bewunderten seine Kraft und den unbeugsamen Kampfeswillen. Die allgegenwärtige, beinahe tägliche Gewalt wurde zur Routine und stumpfte Konrad und seine Kameraden ab.

Und doch war er im Zwiespalt. Zwar hatte Konrad in einem Kampf auf dem Schlachtfeld, Mann gegen Mann, keine Skrupel, einen Gegner tödlich zu verletzen, doch war er immer öfter irritiert, dass christliche Heere so brutal aufeinander einschlugen und Menschlichkeit keinen Platz mehr hatte. Er musste mit ansehen, wie Plündern, Brandschatzen, Vergewaltigen, Foltern und Morden das Normalste der Welt zu sein schienen. Als es Oktober wurde, waren alle Felder um die beiden großen Heerlager ausgebeutet und verwüstet. Die Menschen der Umgebung wurden wie eine reife Frucht ausgequetscht, das Vieh geschlachtet, die Speicher ausgeräumt, das Wasser verseucht. Hunger und Durst stellten inzwischen einen viel mächtigeren Gegner dar als der Feind selbst.

Und dann endlich kam wieder Bewegung in die nicht enden wollende Schlacht. Mit dem Aufmarsch tausender Soldaten aus dem Bayrischen, angeführt von Herzog Maximilian, wurde Graf Mansfeld mit seinem Heer endgültig in die Enge getrieben, und es nahte die Wende. Hauptmann Delgado stürmte auf Konrad zu.

»Ich komme gerade vom Generalstab, und ob Ihr es glaubt oder nicht, der Mansfeld hat eingelenkt! Ein Kurier vom Herzog Maximilian hat uns die frohe Botschaft kundgetan. Der Kurier hat uns eine Proklamation vom Kaiser höchstpersönlich verkündet. In der heißt es, dass unser oberster Feldherr Herzog Maximilian Befehl gegeben hat, die böhmischen Rebellen, wenn sie sich ihm nicht unterwerfen, endgültig zu vernichten.«

Der Hauptmann schlug vor Freude seine Hände zusammen.

»Vor ein paar Tagen hat der bayerische Fürst auch schon gründlich damit begonnen. Auf dem Vormarsch zu uns hat er so ganz nebenbei eine Mansfeld-Garnison, die bisher die Stadt Cham besetzte, mit der Feldartillerie fast eine Woche lang beschossen und so zur Kapitulation gezwungen. Und das, ohne dass einem seiner Soldaten auch nur ein Haar gekrümmt wurde! Ja und die verrückteste Nachricht kommt jetzt.«

Hauptmann Delgado fasste Konrad bei beiden Oberarmen und schüttelte ihn vor Begeisterung durch. So euphorisch hatte Konrad seinen Fähnleinführer schon lange nicht mehr erlebt.

»Korporal Gassner, stellt Euch vor, der Herzog von Bayern hat es tatsächlich geschafft, Graf Mansfeld davon zu überzeugen, dass er auf der falschen Seite kämpft! Er hat ihm klargemacht, dass er bei uns und der katholischen Liga besser aufgehoben ist! Das heißt, ab sofort kämpft der

Graf mit seinen Männern für den Kaiser. Was sagt Ihr dazu?«

Konrad war froh, als ihn der Hauptmann wieder losließ, und trat spontan einen Schritt zurück. Dann antwortete er und konnte seine Enttäuschung nicht verbergen: »Das heißt, unsere ganze Mühsal, die Schanzen zu stürmen, und die unzähligen Verletzten und die vielen Toten, das war alles umsonst?«

»Nun ja, so ist der Krieg. Er ist nicht selten genau so unberechenbar wie das Wetter. Und gerecht ist er schon gar nicht. Was in den Köpfen der hohen Herrschaften vor sich geht, wann welche Entscheidung gefällt wird, wer kann das voraussehen? Wir sind nur wie das Heer der Ameisen. Uns obliegt es, Befehle auszuführen und zu dienen.«

Konrad sah den Hauptmann ungläubig und zweifelnd an und schüttelte seinen Kopf.

»Unberechenbar wie das Wetter? Plötzlich ist dieser Graf, der soeben noch mit aller Härte auf uns eingeprügelt hat, bekehrt? Bei Gott, wie hat der Herzog es überhaupt fertiggebracht, diesen gewieften Mansfeld umzustimmen?«

Hauptmann Delgado lachte herzhaft auf, holte seinen Geldbeutel hervor und wiegte ihn genüsslich in der Hand.

»Diplomatie, mein Lieber! Genauer gesagt, die Diplomatie der klingenden Münze hat sicherlich eine nicht unwesentliche Rolle bei der Entscheidungsfindung gespielt. Unser Oberstleutnant sagte mir, dass der Mansfeld stattliche 600 000 Gulden vom bayerischen Fürsten als privates Salär bereits bekommen hat. Über weitere 400 000 Gulden dürfen sich obendrein seine Truppen freuen. Dazu soll sein dezimiertes Heer noch mit 4000 Mann Infanterie und 2000 Mann Kavallerie aus spanischen Diensten ergänzt werden und so wieder an Schlagkraft gewinnen.«

Feldherr Graf Tilly konnte sich der sich verbreitenden Euphorie von Anfang an nicht anschließen, und er sollte recht behalten. Die Tinte unter dem Kontrakt war noch nicht ganz getrocknet, und Graf Mansfeld nutzte schon die folgende Nacht und setzte seinen Plan konsequent um. Starkregen, gepaart mit stürmischen Winden, ein Wetter, bei dem keine Menschenseele mehr im Freien zu sehen war, nutzte der durchtriebenen Fuchs und stahl sich ungesehen davon. Am nächsten Morgen meldeten Tillys Späher, dass die Schanzen und das gesamte Feldlager geräumt waren. Sofort wurden Reiter ausgesandt, um ihn zu suchen, und noch am Abend kam die Nachricht, dass sich die Mansfeld-Truppen nach Westen, Richtung Rhein, bewegten.

Die Suchtrupps fanden schon nach ein paar Meilen etliche böhmische Soldaten am Wegesrand. Halb verhungert und verdurstet, hatten sie keine Kraft mehr, das Tempo des Eilmarsches durchzuhalten. Von einem lang gedienten Feldwebel, der, durch Krankheit geschwächt, an einem Baum lehnte, erfuhren Tillys Soldaten ein paar brauchbare Einzelheiten. Er berichtete, dass die sich absetzende Truppe aus rund 10 000 Infanteristen und Kavalleristen bestehe und dass Mansfeld zwölf Feldgeschütze und sechs Mörser mit sich führe. Dazu schätzte er das Gefolge dieses Heerzugs auf mindestens 500 Bagage- und Marketenderwagen.

Maximilian von Bayern war allerdings immer noch der Auffassung, dass Graf Mansfeld ihn nicht hintergehe und loyal zu den katholischen Truppen stehe. Graf Tilly hingegen war überzeugt, dass der gewiefte Heerführer mit den vielen Gulden durchgebrannt war, und hätte am liebsten sofort die Verfolgung aufgenommen. Doch sein Dienstherr, der Fürst von Bayern, gebot ihm zunächst noch Einhalt. Es dauerte einige Tage, bis dann doch ein Kommissar die für Maximilian niederschmetternde Nachricht brachte. Mansfeld hatte seine Maske fallenlassen und sich in der pfälzischen Hauptfestung Mannheim mit weiteren Truppen des Gegners – des abgesetzten böhmischen Königs Friedrich von der Pfalz – vereint. Nun endlich kam der Marschbefehl des vor Wut tobenden, gedemütigten Maximilian von Bayern, und Graf Tilly setzte sich mit einem Heer von 12 000 Mann unverzüglich in Bewegung. Der Feldherr hätte gern mehr Truppen mitgeführt, aber der Herzog von Bayern behielt die restlichen Regimenter zur Absicherung der zurückgewonnenen Oberpfalz an Ort und Stelle.

Auch für das Delgado-Fähnlein und Konrad begann nun eine lange, kräftezehrende Verfolgung, wobei sie hoch zu Ross immer noch den Vorteil hatten, sich nicht – wie der größte Teil der Tilly-Truppen – die Füße wundzulaufen. Für Konrad war es das erste Mal, dass er an so einem großen Heerzug teilnahm. Er war beeindruckt von dieser riesigen Menschenkarawane, die alles niedertrampelte, was ihr in den Weg kam. Auch unter den Tilly-Soldaten gab es eine Menge durch Krankheit geschwächter Männer, die alles andere als kampfbereit waren. Doch der dem Heereszug nachfolgende, viele hundert Wagen zählende Tross bot für die meisten von ihnen ein willkommenes Transportmittel. Da Tillys Truppen den Spuren Mansfelds folgten, erlitt die Bevölkerung links und rechts der Strecke innerhalb kürzester Zeit zum wiederholten Male großes Leid. Täglich bekam Konrad vor Augen geführt, mit welcher schonungslosen Härte die Kriegsmaschine ihren Tribut forderte.

Wenn er diese Bilder sah, dachte er immer öfter an die Mutter und an seine Schwestern. Konrad hoffte inständig, dass den Menschen, die ihm nahstanden, das Leid, das er jeden Tag zu Gesicht bekam, erspart bleiben würde. Und wie hatten Meister Michels und seine Gießerei und vor allem Johanna bisher diese schreckliche Zeit wohl überstanden? Fragen, die Konrad immer häufiger den Kopf zermarterten und ihm schlechte Träume schickten.

Das Heer seines Feldherrn Tilly führte ihn in den nächsten Jahren in unzählige Scharmützel und etliche Schlachten. Längst hatte er aufgehört, die Gegner zu zählen, die durch seine starke Hand ihr Leben verloren hatten. Es wirkte fast wie ein Wunder, dass er, wenn überhaupt, nur kleinere Verletzungen davontrug, und langsam glaubte Konrad immer mehr an die magische Wirkung seines Amuletts. Es schien ihn nicht nur zu beschützen, sondern ihm im Kampf nicht enden wollende Kräfte zu verleihen. Doch als er mit ansehen musste, wie Hauptmann

Delgado, zu dem er inzwischen ein enges, freundschaftliches Verhältnis aufgebaut hatte, im Schlachtgetümmel tödlich verletzt wurde, brach für ihn eine Welt zusammen.

Konrad war nur drei Pferdelängen von ihm entfernt, als sich dem Hauptmann von hinten ein feindlicher Infanterist näherte und ihm seine lange, scharfe Pike in die ungeschützte Achselhöhle bohrte. Konrads Warnruf hatte den Offizier in dem vorherrschenden ohrenbetäubenden Lärm nicht erreicht. Und auch sein Degen, mit dem er seinen Fähnleinführer schon das eine oder andere Mal in einer misslichen Lage beistehen konnte, vermochte ihm diesmal keine Deckung zu geben. Mit groß aufgerissenen Augen, die Arme weit von sich gestreckt, ließ der Hauptmann seine Waffe fallen, sank in sich zusammen und rutschte, aufgespießt an der Pike hängend, vom Pferd. Sein Aufschrei erstickte in einem grauenhaften Gurgeln des aus dem Mund quellenden Blutes, ein Anblick, der Konrad zunächst unvermittelt lähmte, bis er nur einen Augenblick später wütend und vor Schmerz aufschrie. Er rammte seinem Wallach die Hacken in die Flanken, um sich dann mit unbändiger Wut und bis dahin nie gekanntem Hass auf den Pikenier zu stürzen, der gerade dabei war, seinen Spieß aus dem zuckenden Körper des Offiziers herauszuziehen.

Konrad erschrak vor sich selbst, als er im nächsten Moment den gegnerischen Soldaten regelrecht hinrichtete. Von Kopf bis Fuß mit Blut besudelt stand er breitbeinig noch eine ganze Zeit über dem leblosen Körper seines väterlichen Freundes und schlug jeden, der ihm zu nahe kam, wild um sich schlagend in die Flucht.

Als er am Ende dieser Schlacht Hauptmann Delgado in sein Zelt trug, war nichts mehr wie vorher. Kraftlos sank er am Nachtlager, auf das er ihn gelegt hatte, nieder und ließ seinen Tränen freien Lauf. Trauer, Verzweiflung und Hoffnungslosigkeit erfassten ihn, so, als ob er nun endgültig den Vater verloren hatte. In dieser unendlichen Leere angekommen, sehnte er sich, den Korporal mit all dem Erlebten einfach von sich zu streifen und zu dem Ort zurückzukehren, an dem er sich verloren hatte, um dann seinen vorbestimmten Weg wieder aufzunehmen.

12. Flucht aus Tillys Feldlager

Konrads Entschluss stand fest, er wollte dem Soldatenleben den Rücken kehren. Er hatte endgültig von all den Gräueltaten des Kriegs genug. Die großen Heere der Kaiserlichen, der katholischen Liga und der protestantischen Union wälzten auf ihrem Unheil bringenden Weg alles nieder. Sie hinterließen eine oft schon von Weitem sichtbare Spur des Grauens. Wenn die Menschen in den Dörfern und Städten überlebten, bekamen sie kaum noch Luft zum Atmen. Beißender Rauch von den vielen niedergebrannten Häusern und ein sich großflächig ausbreitender, süßlicher Verwesungsgeruch waren die nicht enden wollenden, angsteinflößenden, aber ebenso abstumpfenden täglichen Begleiter. Wenn die gequälte Bevölkerung ein durchziehendes Heer überlebt hatte, dann war vielfach ihre komplette Existenz vernichtet. Und als ob dieses schwere Schicksal noch nicht genug wog, kamen ständiger, die Leiber ausmergelnder Hunger und Krankheit hinzu. Es begegneten Konrad immer mehr gespenstisch wirkende Gestalten, an denen die geschundene Kleidung nur noch einen zu groß gewordenen Rahmen bildete. Unsägliches Leid und Verzweiflung machten die Menschen mürbe. Gefangen in tiefer Hoffnungslosigkeit, die ihnen förmlich den Boden unter den Füßen wegzog, wurden sie im Tun und Handeln gelähmt.

Von der Faszination der imposanten Uniformen und Fahnen, der glänzenden Harnische und Helme, der klirrenden Waffen und der hoch zu Ross daherkommenden Kavallerie, der Konrad vor vier Jahren erlag, war nichts mehr übriggeblieben. Der Krieg war längst zum Selbstzweck, zu einer unbarmherzigen, sich selbst ernährenden neuen Lebensform geworden. Er war für alle Söldner und all die Schankwirte, Köche, Mägde, Händler, Handwerker, Wundheiler, Gaukler und Huren, die ihm im Tross folgten, die vermeintlich einzige Möglichkeit, dieses große, sich über das ganze Land ausbreitende mörderische Chaos irgendwie zu überleben.

Konrad wollte einfach nur noch weg und diese schrecklichen Bilder, die sich in seinen Kopf eingebrannt hatten, weit hinter sich lassen. Er fühlte häufig nur noch Verzweiflung und Trauer. Oft genug hatte er sich Hiltrud, der auf ihn mütterlich wirkenden Marketenderin, die er vor über einem Jahr kennengelernt hatte, anvertraut. Mit ihr konnte er über alles reden. Sie, die in ihrem Leben selbst so viel Leid erfahren und ausgehalten hatte, gab ihm ein Stück weit seinen Mut zurück, Mut, den er in den vergangenen Jahren oft beweisen konnte, Mut, den er nun wieder brauchte, um das Leben erneut in seine starken Hände zu nehmen.

Hiltrud war eine gefühlvolle, aber auch resolute Frau, der mit ihren gut vierzig Lebensjahren im Tross hohe Anerkennung zuteil wurde. Ihr Mann hatte bereits vor zwei Jahren, bei einem Scharmützel mit feindlicher Kavallerie, sein Leben für seinen Heerführer Graf Tilly gelassen. Er hatte es bis zum Feldwebel bei den Musketieren gebracht und wurde von Hiltrud von Anfang an im Tross begleitet. So konnten sie als Familie in den schweren Zeiten des großen Krieges am besten überleben. Auch die Heerführer wussten genau, dass durch diese Zweckgemeinschaften mit dem Militär der ganze Kriegsapparat erst am Laufen gehalten wurde. Hiltrud hatte natürlich so auch mehr Kontrolle über ihren Wilfried. Junggesellen unter den Soldaten versoffen, verhurten oder verspielten oft ihren ganzen Sold. Ihr Glück im Unglück war, dass sie schon immer weitsichtig fast jeden Groschen, den sie sich durch Brotbacken im Tross verdienen konnte, zurückgelegt hatte. Dazu kamen auch noch die Einnahmen aus dem Handel mit allerlei Hausrat, Bekleidung und Schmuck, Beute, die durch die vom Feldherrn geduldeten Plünderungen, die fast regelmäßig nach jeder Schlacht stattfanden, eingesammelt wurde. So konnte sich Hiltrud nach dem Tod ihres Mannes vom Ersparten einen Maulesel und einen Planwagen zulegen. Seitdem verdiente sie ihren Lebensunterhalt als Händlerin und Schneiderin. Sie hatte sich darauf spezialisiert, den Offizieren die Uniformen wieder instandzusetzen. Vor allen Dingen nach jeder Schlacht gab es für sie so reichlich zu tun. Hinzu kam, dass sie auf den Schlachtfeldern brauchbare Bekleidungsstücke einsammelte, um sie dann – wieder hergerichtet – zum Kauf anzubieten.

Hiltrud hatte den jungen Konrad schon lang in ihr mütterliches Herz geschlossen. Seine Ratlosigkeit war für sie kaum noch zu ertragen. Sie hatte nicht zuletzt deshalb schon länger darüber nachgegrübelt, ob und wie sie ihm helfen könnte. Am Abend des 21. Juli 1625 war es dann endlich so weit. Hiltrud hatte eine Lösung gefunden. Nun galt es nur noch, Konrad von ihrem Vorschlag beim anstehenden üblichen Abendbesuch zu überzeugen.

Zwei Tage vorher hatte Generalfeldmarschall Graf von Tilly mit seiner viele tausend Mann zählenden Kriegsmaschinerie und dem riesigen, ihn begleitenden Tross über die Weser gesetzt. Er zog über die Höhen des Sollings bis an den östlichen Rand dieses großen Waldgebietes. Hier, am Ufer der frisches Quellwasser führenden Ilme, vor den Toren der kleinen Stadt Dassel und zwischen den nebenan liegenden Dörfern Relliehausen, Sievershausen und Hilwartshausen, wurde für die nächsten elf Tage das große Heerlager aufgebaut. Für alle Dörfer im Umkreis von mindestens zwei Meilen bedeutete das nichts Gutes. Nahrung wurde rücksichtslos von der Bevölkerung eingetrieben, denn das große Heer verschlang Tag für Tag riesige Mengen.

Direkt neben den Söldnerhütten und Zelten baute sich der Tross auf. Wie an vielen Lagerplätzen zuvor hatte Hiltrud mit ihrem Planwagen ganz am Rand ihren festen Platz. Dieser erste Abend nach dem beschwerlichen Marsch und dem nicht weniger anstrengenden Aufbau des Lagers gehörte dann immer den Soldaten, und das umso mehr, wenn man nicht mit einer Feindberührung rechnete. Wein und vor allen Dingen Bier flossen in Strömen, und die Aussicht auf einige Tage ohne Gewaltmärsche ließen alle ausgelassen feiern. Genau diese Tatsache, dass es für kurze Zeit im Lager mehr oder weniger drunter und drüber ging, sollte für den Plan, den sich Hiltrud ausgedacht hatte, von Nutzen sein. Am frühen Abend, bei schon langsam einsetzender Dämmerung, erreichte Konrad die nervös auf ihn wartende Hiltrud.

»Na endlich – wo bleibst du denn? Komm schnell mit in den Wagen! Ich habe dir was Wichtiges zu sagen.«

Hiltrud reichte ihm von der Ladefläche die Hand und zog ihn mit kräftigem Ruck nach oben, sodass er ihr fast um den Hals fiel.

»Schnell, schließ die Plane und sprich bitte leise, denn wer weiß, wer mithört!«

Konrad machte es sich, von den Strapazen des Tages erschöpft, auf einem Sack voller Stoffreste bequem. Er schaute Hiltrud aus kleinen, schläfrigen Augen an. Gähnend, mit fast flüsternder Stimme, fragte er: »Was ist denn heute mit dir los? Warum so geheimnisvoll? Ist was passiert?«

Hiltrud stand vor ihm und beugte sich nach vorn bis dicht vor sein Gesicht.

»Ob was passiert ist, willst du wissen? Na, dann hör mal gut zu!«

»Ich glaube – nein, ich bin mir sicher, ich habe für dich einen gangbaren Weg aus deinem Dilemma gefunden.«

Konrads Augen wurden wieder größer, als hörte er gerade einen Weckruf.

»Was gibt es denn da für einen Weg, den wir nicht schon mal zusammen angedacht hätten?«

Hiltrud richtete sich wieder auf, griff hinter sich und hielt eine Kniebundhose, eine einer Tunika ähnliche Jacke mit breitem Gürtel, einen Hut mit ausladender Krempe und zwei bunten Seidenbändern sowie ein paar mit Schnallen besetzte Schuhe hoch.

»Na und? Was soll das sein? Etwa eine Zauberuniform, mit der ich mich unsichtbar machen und dann hier einfach so rausmarschieren kann?«

Hiltrud lächelte ihn an, legte die Kleidung zur Seite und griff nochmals hinter sich. Was sie nun hervorholte, das erstaunte allerdings auch Konrad.

»Dann schau dir mal dieses Zaubergerät etwas näher an.«

Sie präsentierte ihm einen Schnappsack und eine dreibeinige, schwere Holzstaffelei. Konrad griff den Sack, öffnete ihn, und es kam einiges an Malutensilien zum Vorschein. Er holte ein Tintenfass und mehrere unterschiedlich angeschnittene Gänsefedern, ein kleines, scharfes Messer, einige mit Tinte bekleckste Tücher und eine Blattsammlung, die in einer Ledermappe aufbewahrt war, hervor. Als er die Mappe öffnete, staunte er nicht schlecht. Seine Stimme klang plötzlich ganz aufgeregt.

»Schau dir das an, Hiltrud! Jede Menge Zeichnungen! Eine Ansicht der Stadt Hameln, das Kloster Corvey, die Stadt Höxter – ja und hier, die Burg Polle, an der wir gestern noch vorbeimarschiert sind! Jede Menge gelungener Skizzen in beeindruckender Qualität!«

Konrads Augen wurden immer größer, und er konnte gar nicht aufhören, in der prall gefüllten Mappe zu blättern.

»Ich bin sprachlos – hier, sieh nur, sogar ein Begleittext ist dabei!«

Hiltrud, die kaum lesen und schreiben konnte, wurde hellhörig.

»Und, was steht da so geschrieben?«, fragte sie ungeduldig.

Er überflog den Text, fasste sich ans Kinn und fing an, mit dem Kopf zu nicken.

»Also, hier steht sinngemäß, dass ein gewisser Edmund Mengler als Zeichner für die Kunstmanufaktur Merian aus Frankfurt unterwegs ist und Motive für eine umfassende Bildsammlung, die dann gedruckt werden soll, sucht und zeichnet. Und weiter steht geschrieben, dass ein gewisser Herr Merian alleruntertänigst die Bürgermeister und Ratsherren, Amtmänner, Burgherren, Grafen und Fürsten um wohlwollende Unterstützung bittet und dafür ein kostenfreies Abbild zur Auslieferung gelobt.«

Hiltrud lächelte Konrad erwartungsvoll an.

»Na, was sagst du zu meinem Fund?«

»Ja, sag mal, wo um alles in der Welt hast du das denn aufgetan?«

»Als wir gestern durch den Solling gefahren sind, bin ich mit dem Wagen kurz ausgeschert, um – na, du weißt schon.«

Konrad zuckte mit den Schultern.

»Ich musste mich halt erleichtern! Ja, schau nicht so, mir war die Morgensuppe nicht bekommen, und es rumorte schon den ganzen Tag in meinem Bauch. Auf jeden Fall springe ich also vom Kutschbock und dabei fast direkt auf diesen Schnappsack! Er war aufgeschnürt, und alle Utensilien waren herausgerissen und lagen verstreut auf dem Waldboden. Nur wenige Schritte weiter habe ich dann den armen Kerl gefunden. An seinem ziemlich zermatschten Kopf machte sich schon ein Schwarm von Aasfliegen zu schaffen, und da habe ich halt gedacht, er kann es so und so nicht mehr gebrauchen und habe zugegriffen und alles eingesammelt.«

Konrad schüttelte ungläubig seinen Kopf.

»So etwas passiert auch nur dir! Und was hat das jetzt mit mir zu tun?«

Hiltrud rückte nochmals dichter an ihn heran.

»Ich habe gedacht, dass du mit diesen Sachen in eine neue Identität schlüpfen könntest.«

»Etwa als Edmund Mengler, der Zeichner?«

Konrad schaute Hiltrud verwundert an.

»Ja, warum nicht? Du hast mir doch erzählt, dass du schon immer gern alles, was dich interessiert, in einem Skizzenbuch festgehalten hast. Und wie ich von dir weiß, hast du auch während deiner Lehrzeit in der Kunstgießerei in Hirzenhain viele Entwürfe gezeichnet. So dürfte dir der Umgang mit der Staffelei nicht besonders schwerfallen.«

Konrads Stirn legte sich grübelnd in Falten.

»Du meinst, dass ich, als Zeichner Edmund Mengler getarnt, die Flucht aus dem Feldlager wagen sollte?«

»Wenn nicht jetzt, wann dann? Du weißt doch, dass wir allein in den letzten zwei Wochen von mindestens drei Dutzend Deserteuren gehört haben, die wegen der Aussicht auf bessere Besoldung und Verpflegung alle ins Lager von Wallenstein gewechselt sind.«

»Ja, ja, aber hast du auch mitbekommen, wie schnell ihnen unsere berittenen Feldjäger auf den Fersen waren und was man mit den neun Kameraden angestellt hat, die sie geschnappt haben? Fünfzig Stockhiebe hat jeder von ihnen mit frischen Weidenruten auf den bloßen Rücken bekommen. Und zur Abschreckung mussten wir alle antreten und laut mitzählen! Die Kameraden konnten froh sein, dass man sie als Deserteure nicht gleich aufgeknüpft hat.«

»Und wenn schon, die hatten auch nicht einen so guten Plan und schon gar nicht eine so gelungene Tarnung, wie du sie jetzt hast. Es gibt für dich in der nächsten Zeit kaum eine so günstige Gelegenheit wie heute Abend, wo die meisten deiner feinen Kameraden besoffen sind und alle nur ans Feiern und Herumhuren denken.«

Konrads Gesicht hellte sich nun doch ein wenig auf, und sein Kopf fing unwillkürlich an zu nicken.

»Eigentlich hast du recht, denn auch die meisten Feldlagerwachen werden sich schadlos halten und sich ebenfalls ein paar Biere gönnen.«

Das war das Signal für Hiltrud. Jetzt nur nicht lange zögern, denn sie hatte ihn offensichtlich überzeugt! Sofort sprang sie auf und hielt ihm die Kleider hin.

»Komm, probier sie gleich an! Wenn es irgendwo zu sehr zwickt, ändere ich es dir noch schnell.«

»Anprobieren? Jetzt? Hier?«

Konrad schoss die Röte ins Gesicht, und Hiltrud lachte so intensiv, dass ihr großer Busen kräftig wippte.

»Schon gut, ich springe eben noch mal vom Wagen und schaue mich draußen ein wenig um.«

Als sie nach einigen Augenblicken zurückkam, traute sie ihren Augen nicht. Ein ganz anderer Konrad stand plötzlich vor ihr.

»Ich glaub es nicht! Bist du es wirklich? Komm, dreh dich mal! Das sitzt ja fast wie angegossen!«

»Komm, komm, übertreib mal nicht! Es fühlt sich schon ein wenig merkwürdig an«, winkte Konrad etwas verlegen ab.

»Doch, doch, und vor allem dieser Hut mit den bunten Seidenbändern! Jetzt siehst du wahrhaftig aus wie ein echter Künstler!«

Hiltrud bewegte sich einen Schritt zurück und verbeugte sich mit überschwänglich kreisender Armbewegung. Das Ganze wirkte so gekonnt, als wollte sie den Feldherrn Graf von Tilly persönlich begrüßen.

»Seid mir willkommen, Edmund Mengler aus dem fernen Frankfurt!«, kam es mit gekünstelter Stimme aus ihrem Mund, ein Umgangston, der so gar nicht zu ihr passen wollte.

Genau in diesem Moment torkelten drei Söldner am Wagen vorbei. Sie stutzten einmal kurz ob der Szene, die sich ihnen bot, um dann in ihrem schon recht angetrunkenem Zustand herzhaft loszulachen. Konrad erschrak. Er zog sich reflexartig den breitkrempigen Hut weiter ins Gesicht und senkte gleichzeitig den Kopf.

»Was hast du dir denn da für einen Paradiesvogel geangelt?«, polterten sie los.

Auch Hiltrud war sichtlich erschrocken, fing sich aber schnell. Sie reagierte mit der ihr eigenen Schlagfertigkeit, die sie für das Überleben im Tross, vor allem, wenn sie mal wieder als Lustobjekt herhalten musste, jederzeit parat hatte. Sie stieß die aufdringlich werdenden Trunkenbolde zurück und legte mit erhobener Stimme los: »Was heißt hier Paradiesvogel? Ich habe soeben diesen Gaukler für ein Possenspiel zur Unterhaltung unseres erlauchten Feldherrn und der Herren Offiziere angekleidet. Allerdings sollte es eigentlich das normale Soldatenpack, so wie ihr es seid, nicht zu Gesicht bekommen.«

Hiltrud stemmte ihre Hände in die breiten Hüften und machte einen drohenden Schritt auf die Störenfriede zu.

»So, und nun schaut, dass ihr weitergeht, und wenn ihr keine Schwierigkeiten bekommen wollt, dann vergesst am besten ganz schnell, was ihr hier gesehen habt!«

Die erstaunten Gesichter zeigten, dass die vier die Kröte geschluckt hatten. Der Rädelsführer fuchtelte beschwichtigend mit den Armen.

»Schon gut, verstehe. Natürlich wieder nur für die besseren Herrschaften! Kommt, Kameraden, wir werden auch unseren Spaß haben!« »Genau, die Huren dürfen uns nämlich gleich verwöhnen!«, tönte sein Saufkumpan lauthals dazwischen.

Laut losprustend und hemmungslos lachend drehten sie sich um und stolperten davon. Hiltrud und Konrad waren sichtlich erleichtert und verschwanden sicherheitshalber schnell wieder unter der Plane des Wagens.

»Das hätte glatt ins Auge gehen können! Stell dir nur vor, da wäre einer aus meinem Fähnlein dabei gewesen und hätte mich erkannt!«

Konrad warf den Hut in die Ecke und packte Hiltrud bei den Schultern.

»Aber eins muss man dir lassen: Du bist wirklich eine begabte Schauspielerin! Ich sollte dich mitnehmen, damit du mir unterwegs mit deinem Talent zur Seite stehst.«

Hiltrud wurde tatsächlich etwas verlegen und befreite sich aus Konrads kräftigem Griff, obwohl ihr seine Nähe nicht unangenehm war.

»Das kommt überhaupt nicht in Frage! Da würden wir zwei aber ein ungleiches Paar abgeben und schneller auffliegen, als uns lieb wäre! Nein, nein, diese Saubande braucht mich hier noch, aber ich verspreche dir, ich werde den verdammten Krieg als Marketenderin, so wahr mir Gott helfe, hier mit Sicherheit am ehesten überleben!«

Hiltrud drückte Konrad den weggeworfenen Hut wieder in die Hand.

»So, mein Lieber, nun wird es ernst. Es dauert nicht mehr lange, dann ist es dunkel, und wenn ich den Lärm da draußen richtig deute, dann sind garantiert die Außenwachen am Lagerrand inzwischen genau so besoffen wie der Rest deiner feinen Kameraden. Wenn du Glück hast, dann sind sie sogar schon ein wenig eingenickt.«

»Langsam, langsam! Das geht jetzt aber verdammt schnell! Und überhaupt, wo soll ich diese Nacht noch hin, und wie finde ich mich im Dunkeln zurecht?«

Hiltrud packte ihn und schüttelte ihn auffordernd und kräftig durch. »Konrad, du wartest schon seit Wochen auf eine so günstige Gelegenheit, und heute Nacht passt einfach alles! Du wolltest doch immer nochmals nach deinem Vater suchen. Oder habe ich dich da falsch verstanden?«

»Nein, nein – darüber habe ich schon viel nachgedacht, und ich weiß auch, dass der Ort, wo sich die Spur meines Vaters verloren hat, von hier nicht mehr allzu fern ist. Aber ich habe doch noch gar nichts zusammengepackt! Proviant, eine Decke fürs Nachtlager, meinen Dolch für alle Fälle und ....«

Hiltrud unterbrach ihn abrupt, öffnete nochmals den Schnappsack und hielt ihn Konrad unter die Augen.

»Da, schau hinein! Ich habe alles schon vorbereitet. Und auch den Beutel mit deinen Gulden, den du bei mir zur Aufbewahrung hinterlegt hast, den habe ich natürlich ebenfalls dazugepackt. Übrigens, den Weg wirst du bestimmt gut finden, denn wir haben zunehmenden Mond, und den ganzen Tag war nicht ein Wölkchen am Himmel. Dich erwartet eine sternklare Nacht.«

Konrad war fassungslos. Er konnte kaum glauben, wie intensiv sich Hiltrud mit seiner angedachten Flucht auseinandergesetzt hatte. Der Plan stand offensichtlich bis ins kleinste

Detail! Es war nun an ihm, seinen ganzen Mut zusammenzunehmen und den ersten Schritt in ein neues, unbekanntes Leben zu wagen.

Was folgte, war ein nicht einfacher und reichlich emotionaler Abschied. Konrad, der an den langen Diskussionsabenden, die er mit Hiltrud auf ihrem Planwagen verbracht hatte, schon oft den Tränen nahe gewesen war, konnte sie nun nicht mehr zurückhalten. Unvermittelt kam nochmals alles in ihm hoch. Er sackte plötzlich, sich an die Staffelei klammernd, vor ihr auf die Knie, und die Tränen rannen ihm nur so über sein Gesicht. Auch Hiltrud war von der Situation sichtlich gerührt. Sie atmete tief durch und überspielte ihren aufsteigenden Trennungsschmerz mit angehobener Stimme.

»Also, nun pass mal auf! So einer wie du, der in den letzten Monaten zwar immer mehr mit sich gehadert hat, aber in vielen Schlachten tapfer und erfolgreich seinen Mann gestanden und nie einen Gegner gefürchtet hat, der darf wahrlich keine Angst vor der Zukunft haben! Wenn es einer schafft, dann bist du es! Vergiss jetzt ganz schnell den Korporal Konrad Gassner! Du bist für die nächste Zeit der Zeichner Edmund Mengler aus Frankfurt.«

Sie griff ihm unter die Arme, zog ihn hoch und schaute ihm tief in seine geröteten Augen.

»So, mein Lieber, genug geheult!«

Ein letztes Schluchzen war von ihm noch zu hören, dann machte sich jedoch ein zuversichtliches Lächeln auf seinem Gesicht breit.

»Du hast ja recht! Ich benehme mich hier eines Soldaten von Tillys Gnaden unwürdig. Aber eins ist mir eben klar geworden: Ich werde dich, eine echte Freundin, doch ganz schön vermissen!«

Hiltrud kämpfte nun doch noch mit den Tränen. Sie nahm ihn kurz in ihre kräftigen Arme und drückte ihn herzhaft.

»Genug der Gefühle! Die heben wir uns für später auf, wenn wir uns nach diesem elenden Krieg eines Tages irgendwo wiedersehen.«

Konrad nickte ihr lächelnd zu.

»Ich werde deinen Optimismus in den Schnappsack packen und mit auf meine Reise nehmen.«

»Davon gebe ich dir gern eine Portion ab! Aber nun wieder zur Sache. Ich habe dir die wichtigsten Informationen ja noch gar nicht mitgeteilt. Also – ich war hier kaum mit meinem Wagen angekommen, da kam auch schon der erste Kunde. Es war Hauptmann Brinkmann, ein alter Bekannter. Er war nämlich der Vorgesetzte von meinem verstorbenen Mann. Genauer gesagt, hatte er zu Wilfried ein sehr vertrauensvolles Verhältnis. Als er nun da mit seiner eingerissenen Kniebundhose saß und ich mit Nadel und Faden Hand anlegte, da habe ich die Gunst des Augenblicks genutzt. Ich habe ihm ein bisschen auf den Zahn gefühlt. Zum Beispiel, wie denn so der Plan für die nächsten Tage aussieht und wo wir uns hier genau befinden.«

»Hat er sich denn nicht gewundert, und ist er nicht misstrauisch geworden, als du ihn mit deinen Fragen gelöchert hast?«

»Nein, woher denn? Wie ich schon sagte: Das Vertrauen zu mir ist auch nach dem Tod von meinem Wilfried nicht nur geblieben, sondern eher noch gestiegen. Denn da er Junggeselle ist und sonst niemanden hat, bei dem er sich ausquatschen kann, hat er sich mit mir schon des Öfteren über viel heiklere Themen unterhalten.«

Konrad verdrehte die Augen.

»Na, da sind doch wohl nicht etwa ein paar Gefühle für dich mit im Spiel?«

Das war eine Äußerung, die Hiltrud sogar ein wenig in Verlegenheit brachte, sodass Konrad schnell wieder zum Thema überleitete.

»Komm schon und mach es nicht so spannend! Was hast du denn Wichtiges herausgefunden?«

»Na ja, als ich also seine Hose flickte, da sprudelte es nur so aus ihm heraus. Er erzählte mir, dass wir hier etwa zehn Tage bleiben werden und dass die Herren Offiziere gleich neben uns, im Städtchen Dassel, Quartier bezogen haben. Unser Lager ist zum Teil direkt am Ufer der Ilme aufgebaut. Das ist ein breiter Bach, der aus dem Solling kommt und auf dem – bis kurz hinter der Stadt Einbeck – Holz geflößt wird. Dort, in etwa zwei Meilen von hier, fließt dann die Ilme in die Leine. Die schlängelt sich dann wiederum Richtung Norden nach Hannover. Wie du sicherlich festgestellt hast, stehe ich mit meinem Wagen direkt am Rand des Trosslagers. Wenn du also gleich hier von der Ladefläche springst und gut hundert Schritte geradeaus läufst, dann stehst du direkt am Ufer dieser Ilme. Und wenn du dann linker Hand am Bachlauf weitergehst, dann dürfte eigentlich gar nichts mehr schieflaufen.«

»Hört sich wirklich einfach an! Ich hoffe nur, dass ich den um das Feldlager gehenden Patrouillen nicht doch in die Arme laufe.«

»Ach ja, Konrad, bevor ich es vergesse: Hauptmann Brinkmann hat mir noch erzählt, dass schon seit Monaten in Einbeck die Pest, wütet. Also komm der Stadt auf deinem Weg nicht zu nah und lass dich auf gar keinen Fall verführen, dort in eine Schänke oder Herberge einzukehren! Übrigens, wenn du unbedingt Rast machen willst, dann muss gleich hinter Einbeck, etwas rechts vom Ilmeufer, und zwar bevor sie in die Leine fließt, der Flecken Salzderhelden liegen. Hier dürftest du vor deinen feinen Kameraden sicher sein, denn der Hauptmann hat mir erzählt, dass unsere Truppen von Salzderhelden und der dortigen Heldenburg die Finger lassen sollen. Das Fürstentum Braunschweig, zu dem der Ort und die Burg gehören, hat mit unserem Feldherrn einen Handel abgeschlossen. Sie wurden zumindest für den Moment als neutral erklärt.«

Konrad schüttelte bewundernd den Kopf.

»Unglaublich, Hiltrud, was du alles in Erfahrung gebracht hast! Komm, lass dich noch einmal drücken! Und möge Gott, falls es denn doch einen gibt, immer seine schützende Hand über dich halten!«

»Konrad«, rief sie erschrocken aus, »Konrad, versündige dich nicht!«, wobei sie sich schnell gleich zweimal bekreuzigte.

Mit diesen Worten von Hiltrud sprang er vom Wagen, drehte sich noch einmal zögerlich um, ein letzter, wehmütiger Blick, ein letztes Handheben, und dann verschluckte ihn die Dunkelheit.

Vorsichtig schleichend, immer bemüht, so wenig Geräusche wie möglich zu machen, hielt

Konrad nach ein paar Augenblicken inne. Sofort hockte er sich hin, denn auf dem offenen Wiesengelände gab es nur durch ein paar Sträucher etwas Deckung. Vorsichtshalber nahm er auch den großen, auffälligen Hut ab und verstaute ihn im Schnappsack. Seine Augen gewöhnten sich langsam an die Dunkelheit, und mit dem diffusen Licht des zunehmenden Mondes konnte er sich – wie erhofft – recht gut orientieren. Für einen Augenblick hielt er den Atem an und konzentrierte sich vollkommen auf die Geräusche der Nacht. Aber bis auf ein aus dem Lager herüberschallendes Grölen, Fluchen und Lachen war in seiner Nähe nichts zu hören. Konrad hatte das absolut zügellose Saufen der Kameraden oft genug ertragen müssen. Es war überhaupt nicht sein Ding, nach einem brutalen Kampf mit blutverschmierten Händen sich selbst dafür auch noch zu feiern und so die verzerrte Fratze des Krieges durch ordentlich Alkohol zu verschönern. Heute Nacht kam ihm das Saufgelage wie gerufen, und wahrscheinlich war er nicht der Einzige, der die Gunst der Stunde nutzen würde, um das Weite zu suchen.

Hiltrud hatte recht behalten. An diesem ersten Abend im Feldlager nahmen es auch die patrouillierenden Wachen nicht so genau, denn weit und breit war kein Posten zu sehen. Doch

Konrad ließ trotz alledem Vorsicht walten. Damit seine Silhouette sich im Mondlicht nicht zu deutlich vom Untergrund abhob, entschloss er sich, die nach Hiltruds Beschreibung nur kurze Entfernung bis zum Bach auf allen vieren zurückzulegen. Immer wieder hielt er kurz inne, sah sich um und lauschte, ob ihm nicht doch noch etwas in die Quere kommen würde. Aber es dauerte gar nicht lange, und er stand erleichtert am Ufer der Ilme.

Es war ein knapp zehn Fuß breiter Bach, mit mäßiger Fließgeschwindigkeit. Das friedliche Dahinplätschern wirkte auf Konrad spürbar beruhigend. Seine Anspannung ließ merklich nach. Der immer noch zu hörende Lärm des Feldlagers schien, bereits weit entrückt, zu einer anderen Welt zu gehören. Einer Welt, die er nun ein für alle Mal von sich abstreifen wollte.

Doch dann, scheinbar wie aus dem Nichts, waren ein Stimmen Wirrwarr und eine undefinierbare Aneinanderreihung von seltsamen Lauten und Geräuschen zu hören, als ob die Geister der vielen Menschen, die durch ihn zu Tode gekommen waren, ihn noch einmal einholten und über ihn herfallen wollten. Schlagartig wurde Konrad vor Augen geführt, dass der Krieg ihn noch lang nicht loslassen würde. Es bestand noch immer die Gefahr, dass man ihn entdecken und dann wegen Fahnenflucht streng bestrafen könnte. Instinktiv rutschte er die kleine Bachböschung der Ilme hinunter und watete, vorsichtig balancierend, auf glitschigem Steingrund zum anderen Ufer des an dieser Stelle nur etwa zwei Fuß tiefen Bachs. Drüben angekommen, sprang er, nach allen Seiten lauschend, in den dichten Randbewuchs. Wie er jedoch sehr schnell schmerzhaft feststellte, hatte er sich mitten in eine große Ansammlung von hoch aufgeschossenen Brennnesseln gehockt. Um ein Fluchen zu unterdrücken, presste Konrad seine Lippen fest zusammen und wartete gespannt auf weitere Geräusche. Das Getöse der vermeintlichen Geister kam näher und näher. Doch zu seiner Beruhigung schien sich alles auf der anderen Bachseite abzuspielen. Trotzdem war er als Soldat gewohnt immer verteidigungsbereit zu sein. Mit umklammerter Staffelei, die aus massivem Holz und immerhin fünf Fuß hoch war, hielt er eine zwar untypische, aber auf keinen Fall zu verachtende Schlagwaffe in seinen Händen.

Und dann sah er sie. Die vom Mondlicht in Szene gesetzten Silhouetten nahmen langsam reale Gestalt an und entpuppten sich als eine wild daherstampfende Horde von etwa drei bis vier Dutzend quiekenden und grunzenden Schweinen, die von sieben Söldnern zum Lager getrieben wurden. Es war ein mühseliges Unterfangen, das zu leckeren Braten verurteilte Borstenvieh im schwachen Mondscheinlicht zusammenzuhalten. So richteten die zu Schweinehirten degradierten Soldaten ihre volle Aufmerksamkeit auf die tobende Beute. Wahrscheinlich hätte er sich gar nicht zu verstecken brauchen, sondern einfach nur still am Ufer stehen müssen.

Konrad war sichtlich erleichtert, als es nur wenige Augenblicke später um ihn herum endlich wieder still wurde. Er musste daran denken, wie oft er selbst einen solchen Viehauftrieb als Korporal verantwortlich begleitet hatte und wie schwer es ihm gefallen war, nicht nur den Bauern ihre letztes Vieh wegzunehmen, sondern auch ihre Kornernte, ja eigentlich alles aus dem Speicher zu beschlagnahmen und Familien hungernd zurückzulassen. Dabei musste die Landbevölkerung froh sein, wenn sie so davonkam. Fanden die Söldner nicht genug Beute, dann wurde nicht selten geprügelt, gefoltert, vergewaltigt und gemordet. Genau dieses zügellose, verrohte Verhalten seiner Soldaten konnte Konrad in den letzten Monaten kaum noch ertragen. In solchen Momenten hatte selbst er – als ihr Vorgesetzter – keine Chance, die einmal in Rage gebrachte Meute hungriger Söldner zur Ordnung zu rufen, geschweige denn sie aufzuhalten.

Die brennenden Hautreizungen, die er sich an den Händen und im Gesicht in den Brennnesseln zugezogen hatte, holten Konrad aus seinen Erinnerungen abrupt zurück in die Gegenwart. Zur Linderung entnahm er kühles Wasser aus dem Bach. Dieses erquickende Gefühl weckte spontan seine Lebensgeister, und so begann er sich – mit dem Mondlicht als Laterne – am Ufer der Ilme weiter Richtung Einbeck voranzutasten.

Es war eine ruhige Nacht, und bis auf das gleichmäßige Plätschern des Bachs und das eine oder andere Hundegebell, das aus den benachbarten Dörfern herüberschallte, war kaum etwas zu hören. Lediglich ein paar auffliegende Wildenten erschreckten Konrad. So stolperte er im unwegsamen Uferbereich Stunde um Stunde an den unzähligen Windungen der Ilme entlang, Richtung Osten.

Als die Morgendämmerung langsam, aber stetig den Sträuchern und Bäumen wieder ihre Konturen zurückgab, tauchten vor Konrad die Umrisse der Mauern und Türme der Stadt Einbeck auf. Und auch hier waren die Informationen von Hiltrud mit Silber und Gold gar nicht aufzuwiegen, denn als er etwas näherkam, konnte er die drohenden schwarzen Pestfahnen, die aus den oberen Turmfenstern hingen, deutlich sehen. Sie signalisierten ihm nochmals eindringlich, diesen Ort nicht zu betreten.

Unweit der Stadtbefestigung gönnte er sich eine kurze Atempause. Er lauschte den Geräuschen einer allmählich erwachenden Stadt, die im Moment unsägliches Leid ertrug. Konrad hatte in seinen vier Kriegsjahren erfahren müssen, dass die Pest schlimmer war als jedes feindliche Heer. Kein Feldherr konnte diese Gottesstrafe besiegen. Er hatte Türen gesehen, die, mit Pestkreuzen bemalt, Furcht einflößend jeden abhielten, die Häuser zu betreten, Zeichen, die darauf hinwiesen, dass hier der Schwarze Tod seinen Opfern keine Chance gelassen hatte.

Was war dagegen schon der Schmerz, den er durch den drückenden Schnappsack spürte und der sich auf Schultern und Rücken breitmachte? Was waren dagegen seine schmerzenden Füße, die ihm das unwegsame Ufergelände und die doch etwas zu kleinen Schuhe des Edmund Mengler bescherten!

In dem Moment, als er sie auszog, um seinen geschundenen Körper in der Ilme etwas zu kühlen, lief ihm ein eiskalter Schauer über den Rücken. Denn da war es wieder, das die Stille durchdringende, tiefe Dröhnen der Pesttrommel. Konrad hatte genau dieses Szenario schon einmal erlebt und die Bilder und den warnenden, klagenden Klang der Trommel seitdem nicht mehr vergessen. Im nächsten Moment öffnete sich knarrend das südliche Stadttor. Und es geschah genauso, wie es sich in seiner Erinnerung fest in sein Gedächtnis eingebrannt hatte. Der Trommler war als Erster zu sehen. Begleitet von vier Stadtsoldaten folgte ein Wagen, der von einem dürren Pferd gezogen wurde, das selbst so aussah, als würde es ebenfalls von der Seuche bald hingerafft. Auf der Ladefläche des Gefährts lagen die noch nicht einmal zugedeckten leblosen Körper, die die letzte Nacht nicht überstanden hatten. Hinter dem Leichenwagen marschierten die Pestknechte. Sie trugen lange, schwarze Gewänder und hatten sich Stulpenhandschuhe übergestreift. Ihre Gesichter verbargen sie hinter angsteinflößenden, langnasigen Masken. In den schnabelähnlichen Maskenfortsätzen waren ausgesuchte Kräuter gestopft, die ein Anstecken über die Atemwege verhindern sollten. Diese furchteinflößende Prozession war nun offensichtlich auf dem Weg zu einem Gottesacker vor den Toren der Stadt. Denn wie jeder Ort des Grauens wollte auch Einbeck diese tödliche Seuche so schnell wie möglich aus ihren Mauern hinausbefördern.

Hastig schlüpfte Konrad in die Schuhe, zog sich an seiner schweren Holzstaffelei empor und eilte – halb stolpernd, halb laufend und sich immer wieder umdrehend – am Ufer der Ilme weiter. Nur weg von hier! Auf gar keinen Fall dem Schwarzen Tod zu nahe kommen! Er hatte nur noch den Wunsch, die Stadt und die Pest schnell hinter sich zu lassen.

Konrad wusste, dass sein erstes Etappenziel, der Flecken Salzderhelden, laut der Beschreibung von Hiltrud nicht mehr weit entfernt sein konnte. Dieses Gefühl einer ersten Hoffnung, dort in neuer Identität vor dem Krieg etwas Ruhe und Sicherheit zu finden, trieb ihn noch einmal richtig an. So mobilisierte er die letzten Kräfte und schleppte seinen müden Körper weiter. Als Konrad sich rund 1000 Schritte vom Stadttor Einbecks entfernt hatte, sah er plötzlich in südlicher Richtung hinter einem Bergrücken die Spitze eines Turms. Wie sich später herausstellte, war das der mächtige, quadratische Bergfried der Heldenburg.

Zur Sicherheit beschloss Konrad, immer noch die Straße zu meiden, denn schon zu dieser frühen Morgenstunde erkannte er einige Reiter, die auf Einbeck zuritten und denen er auf gar keinen Fall begegnen wollte. Er suchte für einen Augenblick an der leicht abfallenden Uferböschung der Ilme Deckung. Als die Reiter Staub aufwirbelnd vorübergaloppierten, fühlte er sich wieder sicher, und er setzte seinen Weg fort. Noch ein Stück an der Ilme entlang, dann bog er ab, umging den Berg und marschierte auf Salzderhelden zu.

Je näher er der Ortschaft kam, umso mehr quälten ihn Gedanken über seine nahe Zukunft. Er war immer noch verunsichert, ob er die Rolle als Zeichner Edmund Mengler überzeugend genug spielen konnte und somit überhaupt von den Menschen im Ort in seiner neuen Identität akzeptiert würde. Die letzten Schritte führten ihn, durch einen Streifen Getreide, der unweit vom Ufer der Leine, angebaut war.

Konrad konnte schon deutlich die ersten Mauern und Gebäude am Ortsrand erkennen, als er von großer Müdigkeit regelrecht überfallen wurde. Die Strapazen des Heerzugs, der ihn von der Weser über die Höhen des Sollings und letztendlich durch das Ilmetal bis hierher geführt hatte, und weiterhin die große mentale Anspannung nahmen seinem Körper schlagartig die letzte Kraft. Konrad ließ sich einfach da, wo er gerade stand, mitten im Kornfeld fallen. Er rückte seinen Schnappsack unter den Kopf, vernahm noch verschwommen das Morgengeläut der Salzderheldener Kirche, und dann schwanden auch schon seine Sinne. Der Kopf fiel zur Seite, alle Glieder entspannten sich, die schwere Holzstaffelei glitt ihm aus der sich langsam öffnenden Hand. Konrad war der Gegenwart weit entrückt. Dass ihn eine Zukunft voller Abenteuer erwartete und er bald die Liebe seines Lebens finden würde, ahnte er nicht.

Nachwort

Die Idee zum Buch wurde während der Arbeit an einer 3D-Computeranimation mit dem Titel „Die Heldenburg im Jahr 1652" beboren. Das Zeitfenster, durch das wir die Geschichte des Protagonisten, Konrad Gassner, betrachten, habe ich bewusst in den Anfang des 17. Jahrhunderts gelegt, da über die Heldenburg aus jener Zeit umfassende Informationen vorhanden sind und der Fundus an detaillierten, geschichtlich abgesicherten Daten und authentischen Aufzeichnungen über den 30-jährigen Krieg nahezu unerschöpflich ist.

Obwohl die von mir aufgeschriebene Geschichte rein fiktiv ist und die meisten Personen und Handlungen frei erfunden wurden, so bewegen wir uns immer an Originalschauplätzen im zeitlichen historischen Kontext.

Eine wesentliche Arbeit zum Roman war die Recherche vor Ort. So gibt es tatsächlich am Nordturm des Wetzlarer Doms das Heidenportal. Dieses bemerkenswerte Relikt regionaler romanischer Baukultur war für mich bei der Erkundung der Stadt ein willkommener Zufallsfund, den ich ausgezeichnet in meine Geschichte einbauen konnte. Auch dass zu der genannten Zeit in Wetzlar spanische Besatzungstruppen des Generals Spinola lagen, entspricht den Tatsachen.

Mein nächster Rechercheort war Hirzenhain. Bereits 1375 entstand dort ein aus einer Waldschmiede hervorgegangenes Eisenwerk. Überdies gibt es in Hirzenhain ein Kunstgussmuseum, in dem das von mir beschriebene Handwerk umfassend dokumentiert wird. Die Figur des „Meister Michels" steht mit seinem Hüttenwerk beispielhaft für die Herstellung von Eisengusskunst, die in Oberhessen in Form von künstlerisch gestalteten Ofenplatten seit dem Mittelalter nachweisbar ist. Die Zusammenarbeit von hervorragenden Bildschnitzern, wie „Josef", und hessischen Hüttenleuten machte die Region rund um Hirzenhain zum Mittelpunkt der gesamten Ofenplattenkunst des Heiligen Römischen Reiches Deutscher Nation.

Das Söldner die Seiten wechselten, so wie es die Figur des „Hauptmann Delgado" zeigt, ist keine Seltenheit gewesen. Zahlte ein Heerführer mehr und vor allem regelmäßiger als der andere, so gehörte ein Überlaufen zum Tagesgeschehen.

Auch die von mir beschriebene Schlacht bei Waidhaus hat geschichtlich belegt zu dieser Zeit stattgefunden. Genauso wie das hinterlistige Verhalten des Feldherrn Graf Ernst von Mansfeld, der sich mit dem Rest seiner Truppen und vor allem mit vielen Gulden des Herzog Maximilian von Bayern abgesetzt hat, ist so belegt.

In die Zeitabfolge passt auch der Truppenübergang Tillys über die Weser und das Feldlager im Raum Dassel, sodass sich für die Handlung der Zeitpunkt zur Fahnenflucht Konrads anbot.